Nippon所蔵

日本和食
献立100品。

Nippon所蔵

日本和食献立100品

CONTENTS

Chapter 1 和食─究極の食文化

讀解日本：感時應物之和食根本

獨占日本：新興飲食文化

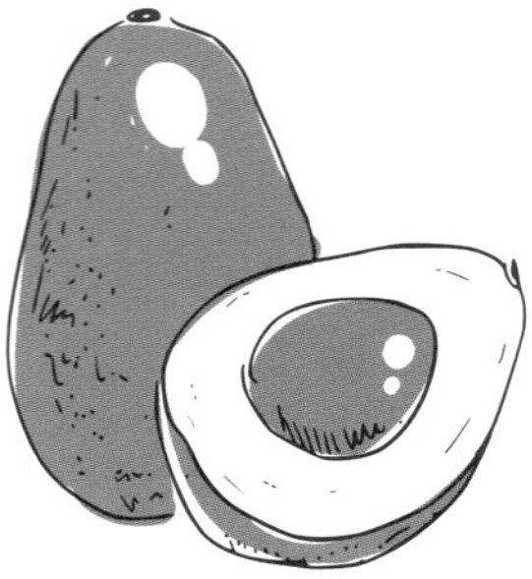

日本視野：舌尖上的電影、漫畫美食

Chapter 2 和食─こだわりの技と枠

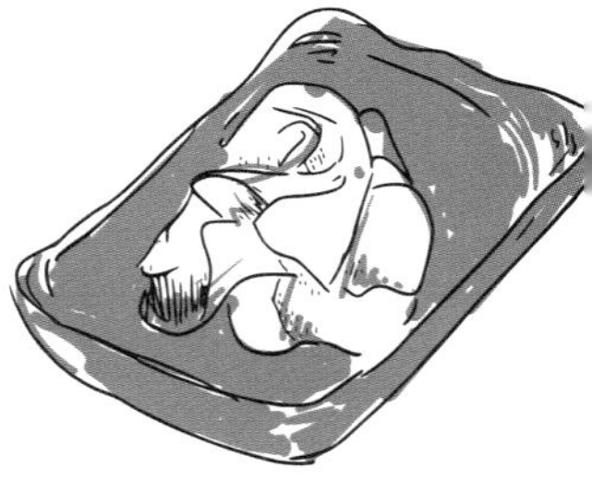

Chapter 3 和食—常備菜の献立帖

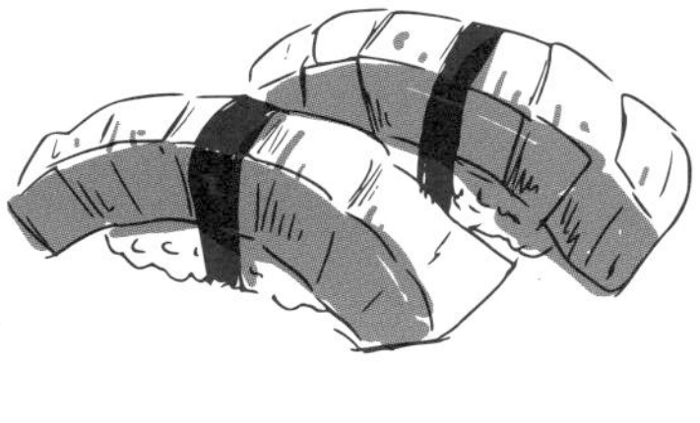

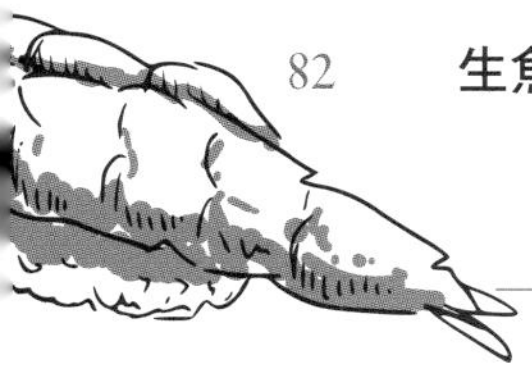

作者　林潔珏・EZ Japan 編輯部
企劃　鄭雁聿
責任編輯　鄭雁聿
編輯團隊　王彥萍、鄭雁聿、楊于萱
錄音　今泉江利子、仁平亘
內頁排版　健呈電腦排版股份有限公司
錄音後製　純粹錄音後製有限公司
發行人　洪祺祥
副總編輯　曹仲堯
法律顧問　建大法律事務所
財務顧問　高威會計師事務所
出版　日月文化出版股份有限公司
製作　EZ 叢書館
地址　臺北市信義路三段 151 號 8 樓
電話　（02）2708-5509
傳真　（02）2708-6157
客服信箱　service@heliopolis.com.tw
網址　www.heliopolis.com.tw
郵撥帳號　19716071日月文化出版股份有限公司
總經銷　聯合發行股份有限公司
電話　（02）2917-8022
傳真　（02）2915-7212
印刷　禹利電子分色有限公司
初版　2015年11月
初版十七刷　2022年5月
定價　350元
ISBN　9789862485064

日本和食献立 100 品 ： Nippon 所藏日語嚴選講座 /　林潔珏，EZJapan 編輯部作 . -- 初版 . -- 臺北市 ： 日月文化，2015.11
144 面 ； 21×28 公分 . – (Nippon 所藏 ； 3)
ISBN 978-986-248-506-4（平裝附光碟片）

1. 日語 2. 讀本

803.18　　104019541

Chapter 1

和食—究極の食文化

讀解日本：感時應物之和食根本

〈專欄〉日本料理五大類的起源和演進
〈專欄〉和食文化起源——江戶時代
〈專欄〉和食的基本形——「一汁三菜」
〈專欄〉年中行事傳統料理
〈專欄〉季節食材
〈報導〉非物質文化遺產——和食

獨占日本：新興飲食文化

〈專題〉居酒屋文化
〈專題〉站著飲食
〈專題〉迴轉壽司

日本視野：舌尖上的電影、漫畫美食

〈特報〉宮崎駿系列電影
〈特報〉深夜食堂
〈特報〉武士的菜單
〈特報〉小野二郎：壽司夢
〈特報〉海鷗食堂
〈特報〉動漫美食——信長的主廚、料理仙姬、孤獨的美食家、妙廚老爹

日本料理五大類的起源和演進

五種《ごしゅ》の日本料理《にほんりょうり》、その起源《きげん》と変遷《へんせん》

文／林潔珏　日文翻譯／水島利惠
圖／小龜

01

01 精進料理《しょうじんりょうり》

精進料理《しょうじんりょうり》とは、菜食料理《さいしょくりょうり》のことである。もともと「精進《しょうじん》」とは仏教用語《ぶっきょうようご》で、雑念《ざつねん》を除《のぞ》き、一心《いっしん》に修行《しゅぎょう》するという意味《いみ》があり、鎌倉時代《かまくらじだい》に中国《ちゅうごく》に留学《りゅうがく》していた僧《そう》の道元《どうげん》、栄西《えいさい》によって確立《かくりつ》されたと言《い》われている。仏教《ぶっきょう》の不殺生《ふせっしょう》の戒律《かいりつ》に基《もと》づき、野菜《やさい》、穀物《こくもつ》、海藻《かいそう》、豆類等《まめるいとう》の植物性《しょくぶつせい》の食材《しょくざい》のみを使《つか》って作《つく》る料理《りょうり》だ。最初《さいしょ》は禅寺《ぜんでら》の僧侶《そうりょ》の食事《しょくじ》として出《だ》されていたが、後《のち》になって徐々《じょじょ》に民間《みんかん》に広《ひろ》まり、淡白《たんぱく》な味《あじ》のおかずをもっとおいしくするために、湯葉《ゆば》、厚揚《あつあ》げ、納豆《なっとう》、味噌《みそ》などの多様《たよう》な加工食品《かこうしょくひん》が発展《はってん》し、調味料《ちょうみりょう》や調理法《ちょうりほう》は、後《のち》の日本料理《にほんりょうり》の発展《はってん》に大《おお》きな影響《えいきょう》を与《あた》えた。

精進料理

精進料理

精進料理相當於素菜，「精進」原為佛教用語，意指屏除雜念，一心修行，據説是在鎌倉時代前往中國留學的僧侶──道元、榮西所確立。基於佛教不殺生的戒律，只用蔬菜、穀物、海藻、豆類等植物性食材做料理，最初供禪寺僧侶食用，後來逐漸擴展至民間。為了讓清淡的菜餚更添滋味，也發展出豆皮、油豆腐、納豆、味噌等多樣的加工食品、調味料和烹調方法，對往後日本料理的發展極具影響。

02 本膳料理《ほんぜんりょうり》

本膳料理《ほんぜんりょうり》は、室町時代《むろまちじだい》の武士間《ぶしかん》における儀礼的《ぎれいてき》な料理《りょうり》で、料理《りょうり》に儀《ぎ》式的《しきてき》な意味合《いみあ》いを擁《よう》しているのがその特徴《とくちょう》である。配膳《はいぜん》にしろ食《た》べる順序《じゅんじょ》にしろ、礼儀《れいぎ》が重《おも》んじられており、日本料理《にほんりょうり》の中《なか》で最《もっと》も正式《せいしき》な形《けい》式《しき》の料理《りょうり》である。本膳料理《ほんぜんりょうり》の食《た》べ進《すす》め方《かた》は、まず料理《りょうり》が並《なら》べられた四《し》角《かく》い机《つくえ》「膳《ぜん》」が、決《き》まりに従《したが》って客《きゃく》の前《まえ》に置《お》かれる。一汁三菜《いちじゅうさんさい》を基本《きほん》とし、招待《しょうたい》した人《ひと》や宴《うたげ》の場面《ばめん》によって、二汁五菜《にじゅうごさい》、三汁七菜《さんじゅうななさい》、三汁《さんじゅう》十五菜《じゅうごさい》など、膳《ぜん》の数《かず》や料理《りょうり》の品数《しなかず》が定《さだ》められるが、料理《りょうり》の品数《しなかず》は必《かなら》ず縁起《えんぎ》がいいとされる奇数《きすう》でなければならない。本膳料理《ほんぜんりょうり》は明治時代《めいじじだい》になると徐々《じょじょ》に廃《すた》れていき、今《いま》では慶弔《けいちょう》や成人《せいじん》の儀式《ぎしき》、祭典《さいてん》の儀式《ぎしき》などでしか見《み》られなくなった。しかも、その多《おお》くは本膳料理《ほんぜんりょうり》を簡単《かんたん》にした会席料理《かいせきりょうり》で、今《いま》では最《もっと》もよく見《み》られる宴会《えんかい》の料理《りょうり》である。

本膳料理

本膳料理源自室町時代武士間的儀式料理，料理具有儀式作用為其特徵。不論是配膳、食用順序都講究禮法，為日本料理中最正式的形式。本膳料理的進食方法是先將放置料理的四方形小桌「膳」，按規定放在賓客面前，一汁三菜為基本，視招待與場面大小增加膳的數量和料理品數，如二汁五菜、三汁七菜、三汁十五菜，但菜數一定是奇數，表吉祥。本膳料理於明治時代日漸衰微，現今只有在婚喪喜慶、成年禮、祭典儀式才看得到，並且多是本膳料理簡化後的會席料理，也是目前最普遍的宴客料理。

03 懐石料理《かいせきりょうり》

懐石料理《かいせきりょうり》は、茶道《ちゃどう》の創始者《そうし》千利休《しゃせんのりきゅう》が茶会《ちゃかい》の席《せき》で、空腹時《くうふくじ》にお茶《ちゃ》を飲《の》むのを避《さ》け、胃腸《いちょう》を守《まも》るために作《つく》られた料理《りょうり》が起源《きげん》とされており、「懐石《かいせき》」とは、禅僧《ぜんそう》が懐《ふところ》に入《い》れ暖《あたた》めておいた石《いし》で、しばらく飢《う》えや寒《さむ》さをしのいだことよりつけられたといわれている。伝《でん》統的《とうてき》な懐石料理《かいせきりょうり》は、ご飯《はん》、味噌汁《みそしる》、向付《むこうづけ》（刺身《さしみ》）、椀盛《わんもり》（煮物《にもの》）、焼《や》き物《もの》という一汁三菜《いちじゅうさんさい》だけのものだった。しかし、世《よ》の中《なか》の移《うつ》り変《か》わりに伴《ともな》って現在《げんざい》の懐石料理《かいせきりょうり》の品《しな》は更《さら》に豊富《ほうふ》になり、基本《きほん》である一汁三菜《いちじゅうさんさい》の他《ほか》に、預《あず》け鉢《ばち》（炊《た》き合《あ》わせ）、吸物《すいもの》、八寸《はっすん》（前菜《ぜんさい》）などの品《しな》が加《くわ》えられ、現在《げんざい》において懐石料理《かいせきりょうり》は、豪華《ごうか》な料理《りょうり》の代《だい》名詞《めいし》となっている。

懷石料理

懷石料理源起茶道創始者千利休在茶會時，為避免空腹飲茶以保護腸胃而製作的料理。「懷石」據說是取自禪僧在懷中放入溫熱的石頭來暫時應付飢寒而得名。傳統的懷石料理只有飯、味噌湯、向付（生魚片）、碗盛（煮物）、烤物一湯三菜，但隨著世代更迭，現今懷石料理的菜色變得更加豐富，除了基本的一湯三菜，還增加了預缽（綜合燜煮），吸物、八寸（前菜）等菜色。懷石料理現在已成豪華料理的代名詞。

04 会《かい》席《せき》料《りょう》理《り》

会席料理《かいせきりょうり》は、俳諧《はいかい》の席《せき》の後《あと》で楽《たの》しまれる料理《りょうり》で、江戸時代《えどじだい》の文政年間《ぶんせいねんかん》に流行《りゅうこう》し始《はじ》めた。会席料理《かいせきりょうり》は本膳料理《ほんぜんりょうり》のように儀礼的《ぎれいてき》な形式《けいしき》を重視《じゅうし》しているものではないので、食《た》べ方《かた》も自由《じゆう》で、気楽《きらく》に料理《りょうり》の味《あじ》を楽《たの》しめるのが最大《さいだい》の特徴《とくちょう》である。会席料理《かいせきりょうり》の内《ない》容《よう》は先付《さきづけ》（前菜《ぜんさい》）、椀物《わんもの》（吸物《すいもの》）、向付《むこうづけ》（刺身《さしみ》）、鉢肴《はちざかな》（焼物《やきもの》）、強肴《しいざかな》（煮物《にもの》）、止《と》め肴《ざかな》（酢《す》の物《もの》または和《あ》え物《もの》）、それにご飯《はん》や味噌汁《みそしる》、漬物《つけもの》が付《つ》く。更《さら》には揚《あ》げ物《もの》や蒸《む》し物《もの》または鍋物《なべもの》が出《で》ることもあり、会席料理《かいせきりょうり》をなおいっそう豪華《ごうか》で豊《ゆた》かなものにしている。

また、懐石料理《かいせきりょうり》と会席料理《かいせきりょうり》の日本語《にほんご》の発音《はつおん》は同《おな》じであるが、実際《じっさい》における意義《いぎ》はそれぞれ違《ちが》う。懐石料理《かいせきりょうり》はお茶《ちゃ》の席《せき》でもっとお茶《ちゃ》をおいしく味《あじ》わうためのものであるが、会席料理《かいせきりょうり》はお酒《さけ》を楽《たの》しむための料理《りょうり》である。しかし、現在《げんざい》では食《た》べる人《ひと》も混同《こんどう》してしまっており、料理店《りょうりてん》でさえ区《く》別《べつ》がされなくなってしまった。

會席料理

會席料理是俳人在聚會後享受的料理，在江戶時代文政年間開始流行，會席料理不像本膳料理一樣注重禮儀形式，吃法自由，以輕鬆的方式享受食物的美味為最大的特點。會席料理的菜色有先付（前菜）、碗物（吸物）、向付（生魚片），缽肴（烤物）、強肴（煮物）、止肴（醋物或涼拌），搭配白飯、味噌湯、醬菜。甚至有些會再加上炸物、蒸物或鍋物，使之更為豪華、豐盛。

此外，懷石料理和會席料理的日語發音雖然相同，但實際意義各有不同。懷石料理是為了讓茶喝起來更美味，而會席料理是為了享受酒的料理，不過現今不僅吃的人混淆，就連餐館也不加以區別了。

会席料理

05 郷《きょう》土《ど》料《りょう》理《り》

日本《にほん》の国土《こくど》は南北《なんぼく》の縦《たて》に長《なが》いため、気候《きこう》の差《さ》も大《おお》きく、寒流《かんりゅう》と暖流《だんりゅう》の流《なが》れが気温《きおん》を左右《さゆう》することから、各地方《かくちほう》の風土条件《ふうどじょうけん》も異《こと》なっており、産出《さんしゅつ》されるものも多様性《たようせい》に富《と》んでいる。調味料《ちょうみりょう》や食材《しょくざい》において、その地《ち》の条件《じょうけん》に合《あ》った特色《とくしょく》ある郷土料理《きょうどりょうり》が発展《はってん》し、例《たと》えば、北海道《ほっかいどう》のちゃんちゃん焼《や》き（地元特産《じもととくさん》の鮭《さけ》を使用《しよう》）、青森《あおもり》のじゃっぱ汁《じる》（魚《さかな》の骨《ほね》や頭《かしら》などのアラと野菜《やさい》を煮込《にこ》んだ汁《しる》）、会津《あいづ》の山椒漬《さんしょうづ》け（ニシンを漬《つ》けた加工品《かこうひん》）などがある。先人《せんじん》の知恵《ちえ》が受《う》け継《つ》がれた郷土料理《きょうどりょうり》は、無形文化財《むけいぶんかざい》にもなっている。

鄉土料理

日本國土南北縱長，氣候差別大，又有寒流、暖流流經而左右氣溫，以致各區域的風土條件迥異，豐富了物產的多樣性。調味料、食材因地制宜發展出各具特色的鄉土料理。像北海道的鏘鏘燒（食材取自當地特產鮭魚）、青森的雜把湯（魚骨、魚頭和蔬菜煮成的湯）、會津的山椒漬（用鯡魚醃漬的加工品）等等。承載先民智慧的鄉土料理，亦是無形文化財。

三菜《さんさい》で、宴席《えんせき》や祝《いわ》い事《ごと》のある日《ひ》だけは、体面《たいめん》を重《おも》んじて豪華《ごうか》な料理《りょうり》を出《だ》していた。ここで注目《ちゅうもく》することは、江戸時代《えどじだい》にはほとんど肉《にく》を食《た》べる習慣《しゅうかん》がなかったということで、たんぱく質《しつ》は、豆類《まめるい》や魚類《ぎょるい》から摂《と》っていた。

「おいしいものを味《あじ》わう」という意識《いしき》の芽生《めば》え

肥料《ひりょう》や温室栽培《おんしつさいばい》の技術《ぎじゅつ》など、生産技《せいさんぎ》術《じゅつ》の革新《かくしん》により、かつお節《ぶし》、みりん、醤《しょう》油《ゆ》、酒粕酢《さけかすす》、砂糖《さとう》などの加工品《かこうひん》や調味料《ちょうみりょう》が普及《ふきゅう》した。江戸時代《えどじだい》の初期《しょき》には、すでにレシピや栄養学《えいようがく》、食材図鑑《しょくざいずかん》、農作物《のうさくもつ》の栽培法《さいばいほう》、グルメのガイドブックなどの書《しょ》籍《せき》も現《あらわ》れており、江戸後期《えどこうき》になると外《がい》食《しょく》を提供《ていきょう》する高級料亭《こうきゅうりょうてい》や定食屋《ていしょくや》、居酒《いざか》屋《や》、屋台《やたい》などが日《ひ》に日《ひ》に増《ふ》えていった。

特《とく》に屋台《やたい》については、寿司《すし》や天《てん》ぷら、そば、鰻《うなぎ》の蒲焼《かばやき》など、今《いま》なお人気《にんき》のある料《りょう》理《り》が誕生《たんじょう》した。そして、徳川吉宗《とくがわよしむね》が砂糖《さとう》の生産《せいさん》を奨励《しょうれい》した頃《ころ》から、国産《こくさん》の砂糖《さとう》が次第《しだい》に主流《しゅりゅう》になっていき、大福《だいふく》や団子《だんご》、善哉《ぜんざい》などを売《う》る和菓子店《わがしてん》も多《おお》く出現《しゅつげん》するようになる。江戸時代《えどじだい》に発展《はってん》した食《しょく》の習《しゅう》慣《かん》は、今《いま》でも大《おお》きな影響《えいきょう》を残《のこ》している。

江戸時代《えどじだい》　食《しょく》の発展年表《はってんねんぴょう》

寛永《かんえい》20《にじゅう》年《ねん》（1643） —— ❶最初《さいしょ》の料理本《りょうりぼん》『料理物語《りょうりものがたり》』刊行《かんこう》

寛文《かんぶん》5《ご》年《ねん》（1665） —— ❷幕府《ばくふ》が食材《しょくざい》の出回《でまわ》り時期《じき》を定《さだ》める

延宝《えんぽう》2《に》年《ねん》（1674） —— ❸土佐《とさ》（高知県《こうちけん》）において、かつお節《ぶし》が作《つく》られ始《はじ》める

元禄年間《げんろくねんかん》（1688～1704） —— ❹江戸《えど》で最初《さいしょ》の料理屋《りょうりや》が誕生《たんじょう》

享保《きょうほう》12《じゅうに》年《ねん》（1727） —— ❺徳川吉宗《とくがわよしむね》が砂糖《さとう》の生産《せいさん》を奨励《しょうれい》
❻1800年代《せんはっぴゃくねんだい》には国産《こくさん》の砂糖《さとう》が主流《しゅりゅう》になる

安永年間《あんえいねんかん》（1772～1781） —— ❼天《てん》ぷらを売《う》る屋台《やたい》が誕生《たんじょう》

天明《てんめい》5《ご》年《ねん》（1785） —— ❽甘《あま》みのある酒《さけ》が発展《はってん》してできた調味料《ちょうみりょう》として「みりん」が普及《ふきゅう》し始《はじ》める

文化年間《ぶんかねんかん》（1804～1817） —— ❾文化元年《ぶんかがんねん》、酒粕酢《さけかすす》の醸造《じょうぞう》に成功《せいこう》
❿鰻《うなぎ》めしの誕生《たんじょう》
⓫江戸《えど》の居酒屋《いざかや》において、うどん、そば、蒲焼《かばやき》などを提供《ていきょう》する飲食店《いんしょくてん》が繁盛《はんじょう》する
⓬文化《ぶんか》・文政時代《ぶんせいじだい》(1804～1830)、濃口醤油《こいくちしょうゆ》の完成《かんせい》

文政年間《ぶんせいねんかん》（1818～1830） —— ⓭にぎり寿司《ずし》の誕生《たんじょう》
⓮庶民《しょみん》の間《あいだ》で会席料理《かいせきりょうり》が流行《りゅうこう》

蛋白質來源多以豆類和魚類為主。

享受美食的意識抬頭

由於肥料、溫室栽培技術等生產技術的革新，帶動柴魚燻製、味醂、醬油、酒糟醋、砂糖等加工品和調味料的普及。江戶時代初期便出現食譜、營養學、食材圖鑑、農作物栽培法、美食店指南等書刊。到了江戶時代後期，提供外食的高級料亭、定食屋、居酒屋、路邊攤與日俱增。特別是路邊攤，誕生不少至今仍受歡迎的料理，像壽司、天婦羅、蕎麥麵、鰻魚蒲燒等。而自從德川吉宗獎勵砂糖生產，國產砂糖日漸成為主流，因此出現不少專賣大福、糯米丸子、紅豆湯等和菓子的店鋪。發展於江戶時代的飲食習慣，至今仍影響之深。

❶最早的料理書《料理物語》發刊
❷幕府規定上市食材的銷售時間
❸在土佐（高知縣）開始有燻乾的柴魚製作
❹江戶最初的外食店誕生
❺德川吉宗獎勵砂糖生產
❻1800 年代國產砂糖成為主流
❼天婦羅的路邊攤誕生
❽由甜酒發展而成的調味料「味醂」開始普及
❾文化元年酒糟醋釀造成功
❿鰻魚飯誕生
⓫江戶的居酒屋、烏龍麵、蕎麥麵、蒲燒等餐飲店非常興盛。
⓬文化・文政期間（1804~1830）深色醬油完成
⓭握壽司誕生
⓮民間盛行會席料理

06

和食文化起源

江戸時代

和《わ》食《しょく》文《ぶん》化《か》の起《き》源《げん》——江《え》戸《ど》時《じ》代《だい》

文／林潔玨　日文翻譯／水島利恵
圖／shutterstock

日本《にほん》の食文化《しょくぶんか》の基礎《きそ》は、江戸時代《えどじだい》につくられたといえ、庶民《しょみん》のグルメ意識《いしき》も、江戸時代《えどじだい》に生《う》まれた。日本《にほん》の食文化《しょくぶんか》の起源《きげん》を探究《たんきゅう》するには、江戸時代《えどじだい》から見《み》ていかなければはならない。

身分《みぶん》による食《しょく》の違《ちが》い

元禄《げんろく》～享保年間《きょうほうねんかん》（江戸時代中期《えどじだいちゅうき》）、日常《にちじょう》の食事《しょくじ》は一日二食《いちにちにしょく》というのがほとんどであったが、経済《けいざい》が発展《はってん》するにつれ生活水準《せいかつすいじゅん》も上昇《じょうしょう》し、行灯《あんどん》などの照明器具《しょうめいきぐ》が普及《ふきゅう》すると、徐々《じょじょ》に一日三食《いちにちさんしょく》へと変《か》わっていった。商人《しょうにん》と平民《へいみん》の典型的《てんけいてき》な食事《しょくじ》は、ごはん、味噌汁《みそしる》、そして漬物《つけもの》で、夕食《ゆうしょく》には海藻《かいそう》や野菜《やさい》の煮物《にもの》などのおかずが一《いち》、二品《にひん》増《ふ》え、裕福《ゆうふく》な家庭《かてい》では、時々《ときどき》魚《さかな》も食《た》べられていたが、農民《のうみん》は、年貢《ねんぐ》を納《おさ》めなければならないため、食《た》べられる米《こめ》は限《かぎ》られており、多《おお》くは粟《あわ》や稗《ひえ》を主食《しゅしょく》としていた。武士《ぶし》の食事《しょくじ》はとてもシンプルで、特《とく》に下級武士《かきゅうぶし》は、三食《さんしょく》とも平民《へいみん》と何《なん》の違《ちが》いもなく、加《くわ》えて当時《とうじ》は、今《いま》でいう宅配弁当《たくはいべんとう》のような「賄《まかな》い屋《や》」というものもあり、独身《どくしん》の武士《ぶし》を専門《せんもん》に料理《りょうり》を提供《ていきょう》していた。また、非常《ひじょう》に高《たか》い地位《ちい》である大名《だいみょう》でも、たいていは一汁二菜《いちじゅうにさい》または

02

日本飲食文化的基礎可說是在江戶時代成形，庶民的「グルメ」（享受美食）意識，也在江戶時代覺醒。探究日本飲食文化起源必從江戶時代觀起。

身分的飲食差異

元祿～享保年間（江戶時代中期）日常飲食多以一日二餐為主，後來因經濟發展，帶動生活水準提升，燈油等照明器具的普及下，逐漸轉變成一日三餐。商人和平民典型的三餐為米飯、味噌湯和醬菜，晚餐則增加海藻或蔬菜煮物等一、二樣配菜，富裕人家偶爾也會吃魚。而農民因須上繳貢賦，能吃的白米有限，多以小米或稗子為主食。武士的三餐也很簡單，特別是下級武士，三餐吃的和平民沒什麼兩樣。當時還有所謂的「賄屋」，很像現代的宅配便當，專門提供給單身武士。而地位崇高的大名武家平常也是一湯二菜或三菜，唯有在宴客或喜慶之日，因重視門面才會擺上豪華的菜色。要注意的是江戶時代幾乎沒有吃肉的習慣，

一汁一菜

起源《きげん》と発展《はってん》

文献《ぶんけん》としての明《あき》らかな明記《めいき》はないが、平安時代《へいあんじだい》の食事風景《しょくじふうけい》が描《えが》かれた絵巻物《えまきもの》から、当時既《とうじすで》に一汁三菜《いちじゅうさんさい》の食事形式《しょくじけいしき》があったことがうかがえる。もう一《ひと》つの説《せつ》として、一汁三菜《いちじゅうさんさい》の始《はじ》まりは、鎌倉時代《かまくらじだい》、禅《ぜん》寺《でら》において採《と》られていた「一汁一菜《いちじゅういっさい》」の質素《しっそ》な食事形式《しょくじけいしき》（来客《らいきゃく》があった時《とき》には一《いち》汁三菜《じゅうさんさい》になる）が変化《へんか》し、このような飲《いん》食形式《しょくけいしき》がしばらくすると一般《いっぱん》の人々《ひとびと》の間《あいだ》にも広《ひろ》がり、次第《しだい》に伝統的《でんとうてき》な日常《にちじょう》の食《しょく》事形式《じけいしき》へと変《か》わっていったのではないかといわれている。現在《げんざい》、日本《にほん》の食事《しょくじ》は外《がい》国《こく》からの影響《えいきょう》を大《おお》きく受《う》けているが、例《たと》えばカレーライスのように和洋折衷《わようせっちゅう》の洋《よう》食《しょく》もあり、一般的《いっぱんてき》なカレーライスの白《しろ》いごはんの横《よこ》に福神漬《ふくじんづけ》が添《そ》えられているのも、伝統的《でんとうてき》な一汁三菜《いちじゅうさんさい》の影響《えいきょう》を受《う》けているといわれている。

栄養《えいよう》バランスの重視《じゅうし》

一汁三菜《いちじゅうさんさい》という基本《きほん》の形式《けいしき》を重視《じゅうし》する以外《いがい》に、一汁三菜《いちじゅうさんさい》は甘味《あまみ》、辛味《からみ》、酸味《さんみ》、塩味《しおみ》、苦味《にがみ》の「五味《ごみ》」、赤《あか》、緑《みどり》、黄《き》、白《しろ》、黒《くろ》の「五色《ごしき》」、焼《や》く、煮《に》る、揚《あ》げる、蒸《む》す、切《き》る（生《なま》）の「五法《ごほう》」、この三大原則《さんだいげんそく》に基《もと》づいて作《つく》られる料理《りょうり》で、同《おな》じような味付《あじつ》けや彩《いろど》り、調理法《ちょうりほう》が重《かさ》ならないように作《つく》られる。この五味《ごみ》、五色《ごしき》、五法《ごほう》の概念《がいねん》は中国《ちゅうごく》の「陰陽五行《いんようごぎょう》」の思想《しそう》から来《き》たといわれているが、そもそも陰《いん》陽五行《ようごぎょう》とは、自然界《しぜんかい》にある全《すべ》てのものは「陰《いん》」と「陽《よう》」に分《わ》けることができ、自《し》然界《ぜんかい》は「金《ごん》」「木《もく》」「水《すい》」「火《か》」「土《ど》」の五《いつ》つの要素《ようそ》で成《な》り立《た》っているという思《し》想《そう》である。

主食《しゅしょく》は「陽《よう》」、副菜《ふくさい》は「陰《いん》」

主食《しゅしょく》にはたんぱく質《しつ》を多《おお》く含《ふく》んだ魚《さかな》、肉《にく》、卵《たまご》、豆腐《とうふ》などの食材《しょくざい》が多《おお》く使《つか》われるが、これらの食材《しょくざい》は「陽《よう》」とみなすことができる。また、「陰《いん》」に属《ぞく》する副菜《ふくさい》にはビタミンやミネラル、食物繊維《しょくもつせんい》などの栄養素《えいようそ》を豊富《ほうふ》に含《ふく》んだ葉《は》もの野菜《やさい》、芋《いも》類《るい》、きのこ類《るい》、海藻類《かいそうるい》、豆類等《まめるいなど》の食材《しょくざい》が多《おお》く使《つか》われ、このような栄養《えいよう》のバランスがとれたメニューは、非常《ひじょう》に理想的《りそうてき》な組《く》み合《あ》わせであるといえるであろう。また、味《あじ》の濃淡《のうたん》の調整《ちょうせい》についても、同《おな》じように陰陽《いんよう》の調和理念《ちょうわりねん》を応用《おうよう》している。例《たと》えば、白《しろ》ごはんには味《あじ》の濃《こ》い味噌汁《みそしる》がよく合《あ》わせられ、味《あじ》が濃《こ》い目《め》の炊《た》き込《こ》みご飯《はん》や寿司《すし》には、さっぱりしている吸《す》い物《もの》が添《そ》えられる。また、塩《しお》で下味《したあじ》がつけられていないような魚《さかな》は、比較的《ひかくてき》濃《こ》い味《あじ》のたれと合《あ》わせられることが多《おお》く、塩《しお》で下《した》味《あじ》がつけられているような魚《さかな》は、さっぱりとしたスープ料理《りょうり》に使《つか》われるのも同《おな》じ理由《りゆう》からである。

栄養《えいよう》のバランス、味《あじ》の濃淡《のうたん》、適切《てきせつ》な量《りょう》、これらが和食《わしょく》の最大《さいだい》の魅力《みりょく》であり、肥満《ひまん》の問題《もんだい》が非常《ひじょう》に深刻《しんこく》な欧米《おうべい》でも、和食《わしょく》に対《たい》する評価《ひょうか》が極《きわ》めて高《たか》い理由《りゆう》である。

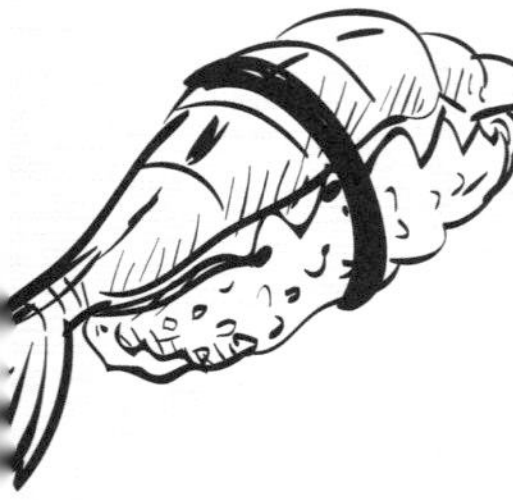

注重營養均衡的陰陽五行概念

除了著重基本形式之外，一汁三菜依據甜、辣、酸、鹹、苦的「五味」，紅、綠、黃、白、黑的「五色」，烤、煮、炸、蒸、切（生食）的「五法」此三大原則料理，並避免同樣調味、顏色、烹調方法的重複。據說五味、五色、五法的概念來自中國的「陰陽五行」思想。陰陽五行係指自然界中，所有的東西都可分成「陰」或「陽」，而構成自然界的要素則為「金」、「木」、「水」、「火」、「土」之五行。

主陽副陰之説

主菜多採用富含蛋白質的魚、肉、蛋、豆腐等食材，這些食材可視為「陽」。而歸屬於「陰」的副菜則多採用富含維他命、礦物質或食物纖維等營養素的青菜、薯類、菇類、海藻類、豆類等食材，如此均衡的營養搭配，可説是非常理想的組合。至於味道濃淡的掌控，一樣是應用陰陽協調的理念。例如白飯多會搭配味道較濃的味噌湯，而滋味豐厚的菜飯和壽司，則會附上清淡的清湯。另外，像是沒用鹽調味的魚類，通常搭配較濃郁的醬汁，而有加鹽調味的魚類則用於清淡的高湯料理，亦是同樣的道理。

營養均衡、味道濃淡、分量適中，這些正是和食最大的魅力，也是肥胖問題相當嚴重的歐美對和食有極高評價的原因。

07

和食的基本形 一汁三菜

和食《わしょく》の基本《きほん》——「一汁三菜《いちじゅうさんさい》」

文／林潔珏　日文翻譯／水島利恵
圖／shutterstock

03

「一汁三菜《いちじゅうさんさい》」とは？

「一汁三菜《いちじゅうさんさい》」とは、和食《わしょく》の基本《きほん》であり、懐石料理《かいせきりょうり》や本膳料理《ほんぜんりょうり》、精進料理《しょうじんりょうり》の基本《きほん》となる構成《こうせい》のことである。また、いわゆる「一汁三菜《いちじゅうさんさい》」とは、ごはんや漬物《つけもの》を除《のぞ》く、汁物一品《しるものいっぴん》、おかず三品《さんぴん》（主菜一《しゅさいいっ》品《ぴん》＋副菜二品《ふくさいにひん》）で構成《こうせい》された献立《こんだて》のことをいう。

一汁三菜

何謂一汁三菜？

一汁三菜（一湯三菜）是和食的基本，也是懷石料理、本膳料理、精進料理（素食料理）構成的基礎。所謂的一汁三菜是指除了米飯、醬菜之外，再加上一道湯品、三道菜（一道主菜和二道副菜）所構成的菜色組合。

起源和演進

雖然文獻上沒有明確的記載，但根據描繪平安時代飲食情景的畫卷便可知，一汁三菜的飲食形態在當時已出現。另有一說，一汁三菜最初是由鎌倉時代的禪寺所採用的一種簡樸飲食形態「一汁一菜」（當賓客到訪時，則增加為一汁三菜）演變而來。這樣的飲食形式逐漸在民間流傳開來，遂成為日後傳統的日常飲食形態。雖然現今日本飲食深受外來影響，但仍有和洋折衷的洋食，如日式咖哩飯，通常在白飯旁邊放上福神漬，據說是受了傳統一汁三菜的影響。

年中行事 08
傳統料理

年中行事《ねんちゅうぎょうじ》と伝統料理《でんとうりょうり》

04

文 / 林潔珏　日文翻譯 / 水島利惠
圖 /shutterstock

おせち

「年行行事《ねんちゅうぎょうじ》」とは、1年《いちねん》の中《なか》で、慣例《かんれい》や風習《ふうしゅう》に従《したが》って行《おこな》われる儀式《ぎしき》や行事《ぎょうじ》で、日本《にほん》ではこれらの特別《とくべつ》な日《ひ》に、その雰囲気《ふんいき》を高《たか》めるため、特別《とくべつ》な料理《りょうり》を用意《ようい》する。特別《とくべつ》な料理《りょうり》を作《つく》ることによって、普通《ふつう》の日《ひ》と区別《くべつ》するという意味《いみ》の他《ほか》に、今《いま》のように飽食《ほうしょく》の時代《じだい》ではなかった昔《むかし》には、栄養補給《えいようほきゅう》をするという意味合《いみあ》いも備《そな》えていた。これらの料理《りょうり》のほとんどは、旬《しゅん》の食材《しょくざい》を利用《りよう》して作《つく》られ、器《うつわ》もまた季節《きせつ》の雰囲気《ふんいき》あふれるものが使《つか》われることから、季節《きせつ》の風物詩《ふうぶつし》の一《ひと》つとなっている。昔《むかし》から伝《つた》えられてきた「行事食《ぎょうじしょく》」は、古代《こだい》の人々《ひとびと》が大自然《だいしぜん》と共存《きょうぞん》する生活《せいかつ》の中《なか》から生《う》み出《だ》した知恵《ちえ》の結晶《けっしょう》なのだ。

「年中行事」係指在一年當中按慣例與習俗所舉行的儀式或活動，在這些特別的日子裡，日本人會準備特別的料理好讓這些節慶更熱鬧。除了和一般的日子作區別，也因為昔日不像現今的飽食時代，還帶有補充營養的含意。這些料理大部分都利用當季的食材，使用的器皿也洋溢著季節的氛圍，可說是季節的風物詩之一。自古以來，傳承下來的「行事料理」，是古人與大自然和諧共處的生活中所誕生的智慧結晶。

新《あたら》しい一年《いちねん》

七草がゆ

新《あたら》しい一年《いちねん》の始《はじ》まりである正月《しょうがつ》は、一年中《いちねんじゅう》において最《もっと》も重要《じゅうよう》な節日《せちにち》である。正月《しょうがつ》にいただく料理《りょうり》は「おせち」と呼《よ》ばれ、中国《ちゅうごく》と同様《どうよう》、それぞれの料理《りょうり》におめでたい意味《いみ》、また縁起《えんぎ》がいい意味《いみ》が含《ふく》まれている。例《たと》えば、紅白《こうはく》の蒲鉾《かまぼこ》は形《かたち》が初日《はつひ》の出《で》に似《に》ていることより、栗《くり》きんとんは財運《ざいうん》に恵《めぐ》まれる、黒豆《くろまめ》は健康《けんこう》に暮《く》らせる、海老《えび》は長寿《ちょうじゅ》を祈《いの》るという意味《いみ》がある。また、正月《しょうがつ》の間《あいだ》は毎日《まいにち》ごちそうを食《た》べるため、正月《しょうがつ》7日《なのか》目《め》である1月《いちがつ》7日《なのか》には、「七草《ななくさ》がゆ」を食《た》べて胃腸《いちょう》を一休《ひとやす》みさせる。

新的一年

新年是一年之始最重要的節日，這時享用的料理稱之為「年菜」。和中國一樣，每道料理都帶有喜慶、吉祥的含意，例如紅白魚板代表日出、栗子金團代表財運、黑豆代表健康、蝦子代表長壽等。由於過年期間吃得太豐盛，在正月第7天的1月7日會食用「七草粥」，讓腸胃休息一下。

福《ふく》を招《まね》き迎《むか》える春《はる》

福豆

「節分《せつぶん》」（立春《りっしゅん》の一日前《いちにちまえ》）は、2《に》月《がつ》の重要《じゅうよう》な節日《せちにち》である。この日《ひ》、日本《にほん》では「福《ふく》豆《まめ》」と「恵方巻《えほうまき》」（7《なな》種類《しゅるい》の具《ぐ》を巻《ま》いた寿司《すし》）を食《た》べ、邪気《じゃき》を遠《とお》ざけ福《ふく》を招《まね》く。また、3《さん》月《がつ》の重要《じゅうよう》な節日《せちにち》は「ひな祭《まつ》り」で、女《おんな》の子《こ》の健《すこ》やかな成長《せいちょう》と幸福《こうふく》を祈《いの》り、一般《いっぱん》の家《か》庭《てい》では、ちらし寿司《ずし》、はまぐりのお吸《す》い物《もの》、そして三色《さんしょく》の菱餅《ひしもち》を準備《じゅんび》する。また、3《さん》月《がつ》の立春《りっしゅん》と9《く》月《がつ》の立秋《りっしゅう》の前後《ぜんご》各《かく》三日《みっか》間《かん》である「お彼岸《ひがん》」には、おはぎを準備《じゅんび》し、先祖《せんぞ》へお供《そな》えをするのが慣《なら》わしである。

納福招春

「節分」（立春的前一天）是 2 月重要的節日，日本人在這天會吃「福豆」和「恵方巻」（包有 7 種配料的壽司捲）來驅邪招福。3 月重要的節日為「女兒節」，為祈求女兒平安成長與幸福，一般家庭都會準備散壽司、蛤蜊湯和三色菱形餅。而在立春（3 月）和立秋（9 月）前後 3 天的「彼岸」，還要準備萩餅來供奉先祖。

英《えい》気《き》を養《やしな》い力《ちから》を蓄《たくわ》える

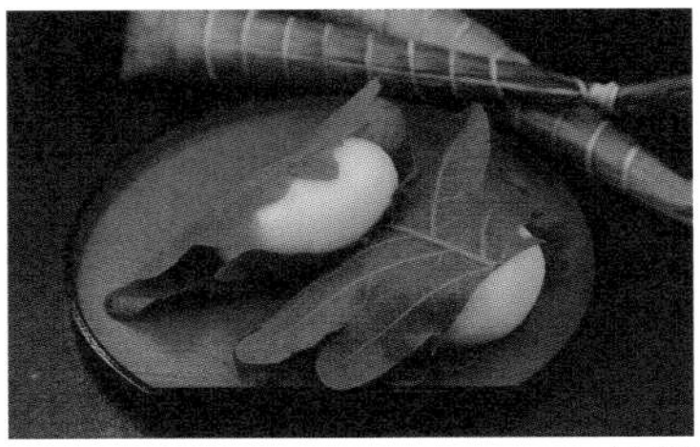
柏餅

5《ご》月《がつ》の「こどもの日《ひ》」には柏餅《かしわもち》を食《た》べる。柏《かしわ》の木《き》は、新芽《しんめ》が出《で》てくるまでは古《ふる》い葉《は》が枯《か》れ落《お》ちない植物《しょくぶつ》だということから、家系《かけい》が途《と》切《ぎ》れない縁起《えんぎ》のいい物《もの》であると考《かんが》えられている。7《しち》月《がつ》は、彦星《ひこぼし》と乙姫《おとひめ》が1《いち》年《ねん》に1《いち》度《ど》会《あ》う季節《きせつ》、七夕《たなばた》がやって来《く》る。七夕《たなばた》にはそうめんが食《た》べられ、食《た》べると病気《びょうき》にかからないという説《せつ》や、機織《はたおり》の技術上達《ぎじゅつじょうたつ》を願《ねが》うという説《せつ》がある。猛暑《もうしょ》が続《つづ》く7《しち》、8《はち》月《がつ》は、夏《なつ》バテを予防《よぼう》するため、日本人《にほんじん》は土用《どよう》の丑《うし》の日《ひ》に鰻《うなぎ》を食《た》べ栄養《えいよう》補給《ほきゅう》をする。

養精蓄鋭

5 月的「男童節」得吃柏餅，因為柏是一種在新芽長出來之前，舊葉不會掉落的植物，被認為是家業不會中斷的吉祥物。7 月是牛郎與織女相會的時刻，七夕則要食用麵線，據説吃了能預防疾病或使織布的技術更加純熟。在暑日連連的 7、8 月，日本人還會在土用丑日（每年的 7 月 19 日～ 8 月 7 日期間）吃鰻魚補充營養，以預防因夏季暑熱造成的身體疲憊感。

旧《きゅう》年《ねん》を送《おく》り新《しん》年《ねん》を迎《むか》える

千歳飴

9《く》月《がつ》の重陽《ちょうよう》が来《く》ると、菊酒《きくしゅ》（菊《きく》の花《はな》を浸《ひた》した日本酒《にほんしゅ》）を飲《の》み、栗《くり》ごはんを食《た》べ、「十五夜《じゅうごや》」（中秋節《ちゅうしゅうせつ》）には、「月見団子《つきみだんご》」（白《しろ》いもち米《ごめ》から作《つく》った団子《だんご》）を食《た》べる。11《じゅういち》月《がつ》は子供《こども》の成長《せいちょう》を祝《いわ》う「七五三《しちごさん》」（女《おんな》の子《こ》は3《さん》歳《さい》と7《なな》歳《さい》、男《おとこ》の子《こ》は5《ご》歳《さい》になる年《とし》に、神社《じんじゃ》へお参《まい》りに行《い》く儀式《ぎしき》）があり、長寿《ちょうじゅ》の意味《いみ》が込《こ》められた、長《なが》くて細《ほそ》い「千歳飴《ちとせあめ》」を食《た》べる。そして、1《いち》年最後《ねんさいご》の締《し》めくくりの日《ひ》である大《おお》みそかには「年越《としこ》しそば」を食《た》べ、1《いち》年《ねん》の災厄《さいやく》を断《た》ち切《き》ることで、新《あたら》しい一年《いちねん》を無事《ぶじ》に迎《むか》えることができるといわれている。

送舊迎新

到了 9 月的重陽節，就得喝菊酒（菊花浸泡的日本酒）、吃栗子飯，而「十五夜」（中秋節）則是「月見糰子」（白色的糯米丸子）。11 月祝福孩童順利成長的「七五三」（女孩適逢 7 歲、3 歲，男孩 5 歲必須到神社參拜的儀式），得吃帶有長壽之意、又長又細的「千歳飴」。最後，做為一年的終結，也就是除夕，據説要吃「過年蕎麥麵」斬斷今年的災厄，才能順利迎接新的一年。

旬之味

旬《しゅん》の味《あじ》

季節《きせつ》の果物《くだもの》、食材《しょくざい》

春

油《あぶら》菜《な》	油菜
春菊《しゅんぎく》	春菊
キャベツ	高麗菜
竹《たけ》の子《こ》	竹筍
じゃが芋《いも》	馬鈴薯
玉《たま》ねぎ	洋蔥
ごぼう	牛蒡
タラの芽《め》	遼東楤木芽
蕨《わらび》	蕨菜
ウド	獨活
いちご	草莓
キウイ	奇異果
あさり	海瓜子
わかめ	群帶菜

夏

きゅうり	小黃瓜
トマト	番茄
葉《は》しょうが	帶葉生薑
茗《みょう》荷《が》	茗荷
らっきょう	蕗蕎
さくらんぼ	櫻桃
桃《もも》	水蜜桃
メロン	哈密瓜
すいか	西瓜
ブドウ	葡萄
梨《なし》	梨子
鮎《あゆ》	香魚
あじ	竹筴魚
鱧《はも》	鱧魚
さざえ	蠑螺
穴《あな》子《ご》	星鰻
うに	海膽

秋

松茸《まつたけ》	松茸
さつま芋《いも》	地瓜
舞茸《まいたけ》	舞菇
なめこ	滑菇
なす	茄子
柿《かき》	柿子
栗《くり》	栗子
秋刀魚《さんま》	秋刀魚
鯖《さば》	青花魚

冬

白菜《はくさい》	白菜
大根《だいこん》	白蘿蔔
れんこん	蓮藕
山芋《やまいも》	山藥
野《の》沢《ざわ》菜《な》	野澤菜
みかん	橘子
金柑《きんかん》	金桔
りんご	蘋果
鰤《ぶり》	鰤魚
鮭《さけ》	鮭魚
アンコウ	鮟鱇魚
鰈《かれい》	比目魚
牡蠣《かき》	牡蠣
金《きん》目《め》鯛《だい》	金目鯛
河豚《ふぐ》	河豚
蟹《かに》	螃蟹
伊勢《いせ》海老《えび》	龍蝦
帆《ほ》立《たて》	扇貝
鮑《あわび》	鮑魚

季節食材

季節《きせつ》の食材《しょくざい》

09

05

文 / 林潔珏　日文翻譯 / 水島利恵
圖 /shutterstock

日本人《にほんじん》はその季節《きせつ》の食材《しょくざい》を「旬《しゅん》の物《もの》」と呼《よ》ぶ。今《いま》では養殖《ようしょく》やハウス栽培《さいばい》も普及《ふきゅう》し、更《さら》には輸入《ゆにゅう》も解《かい》放《ほう》されているため、ほとんどの食《しょく》材《ざい》は、一年《いちねん》の四季《しき》を通《とお》していつでも手《て》に入《はい》るが、旬《しゅん》の食材《しょくざい》はやはりおいしく、その上《うえ》高《たか》い栄養価《えいようか》を含《ふく》んでおり、季節《きせつ》のものを食《た》べることによって、体《からだ》の機能調整《きのうちょうせい》を助《たす》けてくれる効果《こうか》も期待《きたい》できる。例《たと》えば、夏《なつ》は体《からだ》の中《なか》にこもった熱《ねつ》を外《そと》に逃《に》がしてくれる効果《こうか》のある食材《しょくざい》がたくさんあり、冬《ふゆ》は体《からだ》を温《あたた》めてくれる効果《こうか》のある食材《しょくざい》が少《すく》なくない。食材《しょくざい》を選《えら》ぶ時《とき》、旬《しゅん》のものを選《えら》ぶのがいいとされるのは、このような理由《りゆう》からなのだ。

日本《にほん》の四季《しき》ははっきりしており、それぞれの季節《きせつ》が来《く》れば、スーパーや商店街《しょうてんがい》では、続々《ぞくぞく》と旬《しゅん》の食材《しょくざい》が並《なら》べられるため、たちまちその季《き》節《せつ》の雰囲気《ふんいき》であふれ返《かえ》る。また、レストランやスイーツ専門店《せんもんてん》では、季《き》節限定《せつげんてい》の特別《とくべつ》メニューが次々《つぎつぎ》と売《う》り出《だ》される。日本《にほん》では、その季《き》節《せつ》の食材《しょくざい》を「旬《しゅん》」と呼《よ》ぶが、その季節出始《きせつではじ》めの食材《しょくざい》を「走《はし》り」、その時期《じき》がもうすぐ終《お》わってしまうものを「名残《なご》り」という。また、「旬《しゅん》」の食材《しょくざい》には、「新玉《しんたま》ねぎ」「新《しん》じゃがいも」のように、名前《なまえ》の前《まえ》に「新《しん》」という字《じ》がつくものもあり、買《か》い物《もの》をする時《とき》の参考《さんこう》までに覚《おぼ》えておくといいかもしれない。

日本人稱當季的食材為「旬物」。因現今的養殖、溫室栽培普及化，再加上開放進口，使得絕大多食材在一年四季都不虞匱乏，不過當季盛產的食材還是比較美味，而且富含高營養價值。此外，食用季節性的食材對身體機能的調節也有助益，例如夏天有很多食材有散熱功效、冬天也有不少食材可讓身體暖和起來，所以在食材的選擇上，以當季的為佳。

日本四季分明，每到季節更迭之時，超市、商店街擺滿了當季食材，瞬間洋溢著濃厚的季節氛圍，餐廳、甜點專門店紛紛推出當季的特別菜單。日本人稱當季的食材為「旬」、當季剛出產為「走り」、快結束的為「名残り」，此外，特別是「旬」的食材，有些名稱還會加上一個「新」字，例如「新玉ねぎ」（新洋蔥）、「新じゃがいも」（新馬鈴薯），採買時不妨參考一下記起來吧。

日本《にほん》政府《せいふ》が無形文化遺産《むけいぶんかいさん》を申請《しんせい》するにあたって、和食《わしょく》の特徴《とくちょう》を下記《かき》の４点《よんてん》にまとめた。

01 多用《たよう》で新鮮《しんせん》な食材《しょくざい》とその持《も》ち味《あじ》の尊重《そんちょう》

日本《にほん》の国土《こくど》は南北《なんぼく》に長《なが》く、十分《じゅうぶん》な雨量《うりょう》もあり、四方《しほう》が海《うみ》に囲《かこ》まれ、更《さら》には寒流《かんりゅう》と暖流《だんりゅう》が交《まじ》わるという、非常《ひじょう》に恵《めぐ》まれた自然環境《しぜんかんきょう》にあるため、各地《かくち》には様々《さまざま》な食《しょく》材《ざい》が豊富《ほうふ》に揃《そろ》っており、食材本来《しょくざいほんらい》がもつ味《あじ》を引《ひ》き立《た》たせる調理技術《ちょうりぎじゅつ》や調理道具《ちょうりどうぐ》が発達《はったつ》している。

02 栄養《えいよう》のバランスに優《すぐ》れた健《けん》康的《こうてき》な食生活《しょくせいかつ》

「一汁三菜《いちじゅうさんさい》」を基本《きほん》とする日本《にほん》の食《しょく》事《じ》スタイルは、栄養《えいよう》のバランスの面《めん》で、最《もっと》も理想的《りそうてき》だといわれている。また、食《しょく》材《ざい》のもつ「うま味《み》」を有効《ゆうこう》に利用《りよう》することで、動物性脂肪《どうぶつせいしぼう》の摂取《せっしゅ》を抑《おさ》え、日本人《にほんじん》の長寿《ちょうじゅ》と肥満防止《ひまんぼうし》に大《おお》きな効果《こうか》をもたらしている。近年《きんねん》、和食《わしょく》が無形文化遺産《むけいぶんかいさん》に登録《とうろく》されたことを受《う》け、人々《ひとびと》の食《しょく》に対《たい》する健康志向《けんこうしこう》が高《たか》まりをみせていると、メディアも報《ほう》じている。

03 自然《しぜん》の美《び》と四季《しき》の移《うつ》ろいを表現《ひょうげん》

和食《わしょく》は、準備《じゅんび》するところから食《しょく》するに至《いた》るまでの、それぞれの段階《だんかい》において、自然《しぜん》の美《うつく》しさや四季《しき》の移《うつ》ろいを表《ひょう》現《げん》するのが大《おお》きな特徴《とくちょう》である。季節《きせつ》の草《くさ》花《ばな》、木《き》の枝《えだ》や葉《は》などで料理《りょうり》を飾《かざ》ったり、季節《きせつ》に合《あ》ったしつらえを整《ととの》えたりし、食《しょく》事《じ》を楽《たの》しむのと同時《どうじ》に、季節《きせつ》の織《お》り成《な》す美《び》を存分《ぞんぶん》に感《かん》じ取《と》ることができる。

04 正月《しょうがつ》などの年中行事《ねんちゅうぎょうじ》との密《みっ》接《せつ》な関《かか》わり

日本《にほん》の食文化《しょくぶんか》は、正月《しょうがつ》などの年中行《ねんちゅうぎょう》事《じ》と密接《みっせつ》に結《むす》びついて発展《はってん》してきた。人々《ひとびと》は自然《しぜん》から「食《しょく》」という恩恵《おんけい》を受《う》け、共《とも》に食事《しょくじ》をする時間《じかん》を過《す》ごすことにより、家族《かぞく》や地域《ちいき》の人々《ひとびと》との間《あいだ》にある絆《きずな》を深《ふか》めてきたのである。

無形文化遺産《むけいぶんかいさん》の登録《とうろく》は、文化《ぶんか》の伝承《でんしょう》と保護《ほご》が大《おお》きな目的《もくてき》である。時代《じだい》の進歩《しんぽ》に伴《ともな》い、料理《りょうり》が簡単《かんたん》にできるようになると、食材《しょくざい》に対《たい》してこだわる人《ひと》も少《すく》なくなってくる。また、西洋料理《せいようりょうり》を食《た》べる若《わか》者《もの》が増《ふ》え、和食離《わしょくばな》れも起《お》こっている。日本政府《にほんせいふ》は、和食《わしょく》が無形文化遺産《むけいぶんかいさん》に登録《とうろく》されたのを機《き》に、改《あらた》めて国民《こくみん》が和食《わしょく》というものを見直《みなお》し、海外《かいがい》へ向《む》けて日本《にほん》の食《しょく》文化《ぶんか》を広《ひろ》めることにより、福島《ふくしま》の放射性《ほうしゃせい》物質《ぶっしつ》の漏洩《ろうえい》により生《う》まれた、日本《にほん》の食品《しょくひん》に対《たい》する悪《わる》いイメージが一刻《いっこく》も早《はや》く回復《かいふく》することを望《のぞ》んでいる。

沛、四面環海，又有寒暖流交會，自然環境得天獨厚，各地食材多樣豐沛，活用食材原味的烹調技術和炊具也非常發達。

02 營養均衡有益健康的飲食生活

據說在營養均衡方面，日本飲食的基本形式「一湯三菜」是最理想的。而且透過有效利用食材的「鮮味」，抑制動物脂肪的攝取，為日本人的長壽、預防肥胖，帶來很大的效益。有媒體表示近年來人們傾向於健康飲食的潮流也是受和食申遺成功的鼓舞。

03 表現自然之美與四季的轉換

和食在備膳用餐各個環節上，充分表現出自然之美、四季的轉換是其重要特徵，例如利用當季的花草枝葉點綴菜餚，配合季節的陳設布置，讓人在大啖美食的同時能充分地感受四季之美。

04 與正月等年中行事有密切的關聯

日本的飲食文化是與正月等年中各種節慶活動密切結合而發展起來的。人們藉由分享自然的恩澤「食」，共度用餐時光，可增進與親人、地方人士之間的情誼。

非物質遺產登錄的主要目的是為了保護和傳承文化，隨著時代進步，烹飪技術趨向簡化，對食材越來越不講究。再加上吃西餐的年輕人增加，引起離棄和食的現象，日本政府希望藉由這次和食的入遺，能讓國人重新認識和食，並向海外推廣日本的飲食文化，以及挽回福島輻射外洩對日本國產食品所造成的不良印象。

10 非物質文化遺産 和食

06

無形《むけい》文化《ぶんか》遺産《いさん》——和食《わしょく》

文／林潔珏　日文翻譯／水島利恵
圖／shutterstock

「無形《むけい》文化《ぶんか》遺産《いさん》」とは？

「無形文化遺産《むけいぶんかいさん》」とは、主《おも》に表現《ひょうげん》、芸《げい》術《じゅつ》、儀式《ぎしき》及《およ》び祭礼行事《さいれいぎょうじ》、伝統工芸技術《でんとうこうげいぎじゅつ》等《とう》、また人文歴史《じんぶんれきし》や生活《せいかつ》と密接《みっせつ》に関《かか》わる無形《むけい》の文化《ぶんか》が対象《たいしょう》とされ、遺跡《いせき》、自然《しぜん》、建築物《けんちくぶつ》などを対象《たいしょう》とする「世界遺産《せかいいさん》」や、書物《しょもつ》、絵画《かいが》などを対象《たいしょう》とする「ユネスコ記憶遺産《きおくいさん》」と並《なら》んで、国際連合教育《こくさいれんごうきょういく》科学文化機関《かがくぶんかきかん》（ユネスコ）の三大遺産《さんだいいさん》の一《ひと》つである。

和食《わしょく》が選《えら》ばれた理由《りゆう》は？

無形文化遺産保護条約《むけいぶんかいさんほごじょうやく》が採択《さいたく》された当《とう》初《しょ》は、民族芸能《みんぞくげいのう》、祭礼《さいれい》、伝統技術《でんとうぎじゅつ》といったものが対象《たいしょう》とされていたが、2010《にせんじゅう》年《ねん》よりその対象《たいしょう》が「食《しょく》」のジャンルにまで広《ひろ》がり、「フランスの美食術《びしょくじゅつ》」「地中《ちちゅう》海《かい》の伝統料理《でんとうりょうり》」「メキシコ料理《りょうり》」「トルコの伝統料理《でんとうりょうり》」に続《つづ》き、2013《にせんじゅうさん》年《ねん》12《じゅうに》月《がつ》4日《よっか》に「和食《わしょく》―日本伝統《にほんでんとう》の食文化《しょくぶんか》」として、正式《せいしき》に和食《わしょく》が無形文化遺産《むけいぶんかいさん》の一《いち》覧表《らんひょう》に記載《きさい》された。先代《せんだい》から受《う》け継《つ》がれてきた食文化《しょくぶんか》は、大自然《だいしぜん》を敬《うやま》うという日本人《にほんじん》の精神《せいしん》をよく表《あらわ》している。

何謂非物質文化遺產？

「非物質遺產」主要以表演藝術、節慶活動、傳統工藝技術等，與人文歷史、生活有密切關係的無形文化為對象。和以遺址、自然、建築等為對象的「世界遺產」、及以文獻、繪畫等為對象的「世界記憶遺產」，並稱聯合國教育科學文化組織的三大遺產項目。

和食被選入的主要原因？

非物質文化遺產保護條約之初，主要以民俗藝能、祭典、傳統技術等為對象，至2010年擴展至「食」領域，繼「法國美食術」「地中海傳統料理」「墨西哥料理」「土耳其傳統料理」後，和食也在2013年12月4日，以「和食—日本傳統的飲食文化」正式登記到非物質文化遺產名錄，歷代相傳的飲食文化，深切體現了日本人敬重大自然的精神。

日本政府在提出申遺時，將和食的特徵歸納為如下四點：

01 **多樣新鮮的食材與對食材原味的尊重**

日本國土南北狹長，雨量充

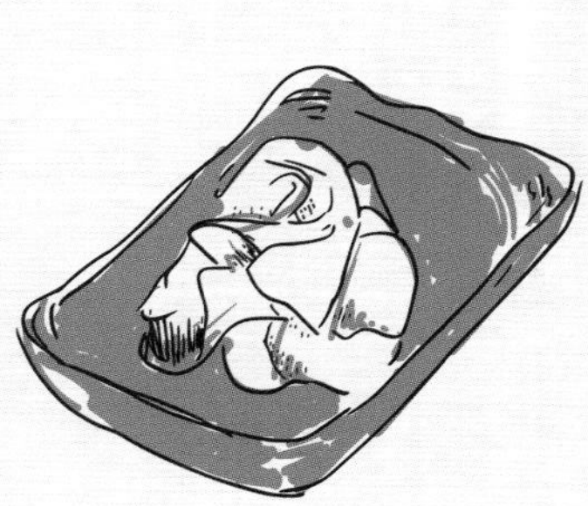

のアルコール飲料《いんりょう》と、アルコールが入《はい》っていないソフトドリンクがある。また、2003《にせんさん》年《ねん》からは、「本格焼酎《ほんかくしょうちゅう》」㊟を飲《の》むのが流行《りゅうこう》し始《はじ》めると、一気《いっき》に本格焼酎《ほんかくしょうちゅう》ブームが到来《とうらい》し、焼酎《しょうちゅう》の種《しゅ》類《るい》も豊富《ほうふ》になっていった。

㊟本格焼酎《ほんかくしょうちゅう》とは、単式蒸留《たんしきじょうりゅう》機《き》で作《つく》られた、アルコール度数《どすう》45《よんじゅうご》度《ど》以下《いか》の焼酎《しょうちゅう》を指《さ》す。「泡盛《あわもり》」も蒸留酒《じょうりゅうしゅ》の一種《いっしゅ》である。

最初《さいしょ》に注文《ちゅうもん》する「飲《の》み物《もの》」と「おつまみ」

日本語《にほんご》には、「とりあえずビール」という慣用句《かんようく》がある。これは、居酒屋《いざかや》へ行《い》った人《ひと》が最初《さいしょ》に言《い》うお決《き》まりの一言《ひとこと》だが、では、どうしてこの言葉《ことば》が定着《ていちゃく》したのだろうか。日本人《にほんじん》はビールを飲《の》むのが好《す》きで、ビールは

喉《のど》の渇《かわ》きを潤《うるお》し、水分補給《すいぶんほきゅう》できることからであると考《かんが》えられる。特《とく》に、炎天下《えんてんか》の続《つづ》く夏《なつ》に飲《の》むビールは、なんともいえず気持《きも》ちのいいものだ。また、最初《さいしょ》に注文《ちゅうもん》するおつまみは、たんぱく質《しつ》、ビタミンCが豊富《ほうふ》な枝豆《えだまめ》だ。二日酔《ふつかよ》いの予防策《よぼうさく》のため、必《かなら》ず注文《ちゅうもん》しなければならないおつまみなのである。

何謂居酒屋？

居酒屋是個能夠勾勒出大眾生活模樣的場所，它有著令人感到歡樂、撫慰人心的氛圍，使人們能夠完全釋放壓力，以最舒服的姿態吃一頓飯。居酒屋定義廣泛，以酒類來看，可與酒吧、PUB、啤酒屋等區隔開來；以料理來看，則可與西式、義式等做區隔。簡單來說，居酒屋指的是提供日本酒等酒精飲料與多樣、質量較高的和食料理的餐館。

居酒屋的歷史

日本人的飲酒歷史悠長，在日本最古老的史書《古事記》與最早紀錄古代日本社會現況的《魏志倭人傳》有詳細的描寫。從文獻中可知早期的日本只有貴族等身分地位較高者才有資格飲酒，直到江戶時代，一般庶民才有了飲酒的場所和習慣，居酒屋即是在江戶時代出現的一種飲酒場所，起初店裡只賣酒，但也賣些簡單的小菜。自此以後，那些原本只賣食物的店家也紛紛賣起酒來，居酒屋的雛形也就悄然形成。

居酒屋的菜單

初起的菜單，只有日本酒和一些簡單的小菜，自從與西方交流後飲食方面起了相當大的改變。現今常見的酒精飲料有啤酒、日本酒、威士忌、燒酒、葡萄酒、雞尾酒和幾種不含酒精的飲料。2003年開始流行喝「本格燒酒」㊟，掀起一陣飲酒熱潮，使得酒類品項越趨豐富。

㊟：本格燒酒屬使用單式蒸餾機製酒，酒精濃度於45度以下，「泡盛」也是蒸餾酒的一種。

定番飲品、定番小菜

日文裡有句慣用語「先來個啤酒吧」，是酒客進入居酒屋第一句固定會說的話。至於為何會變成固定開場語？原因可追究於日本人愛喝啤酒的習慣，啤酒常作為解渴、補充水分來源，尤其在炎炎夏日喝上一杯啤酒，令人清涼舒暢。小菜方面，毛豆因為富含蛋白質、維他命C，可預防宿醉，因此成了必點的小菜首選。

居酒屋文化 11

居酒屋《いざかや》文化《ぶんか》

07

文 /EZ Japan 編輯部　日文翻譯 / 水島利恵
圖 /shutterstock

居酒屋《いざかや》とは？

居酒屋《いざかや》は、一般庶民《いっぱんしょみん》の生活模様《せいかつもよう》を描《えが》き出《だ》している場所《ばしょ》だ。居酒屋《いざかや》には、楽《たの》しい気分《きぶん》にさせてくれたり、心《こころ》が慰《なぐさ》められたりする雰囲気《ふんいき》があり、ストレスから完全《かんぜん》に解放《かいほう》させてくれ、最《もっと》もリラックスした姿《すがた》で食事《しょくじ》ができるところであるといえよう。居酒屋《いざかや》の定義《ていぎ》は広《ひろ》いが、酒《さけ》の種類《しゅるい》で分《わ》けるなら、バー、パブ、ビアホールなどと区別《くべつ》され、料理《りょうり》で分《わ》けるなら、洋風《ようふう》、イタリアンなどと区別《くべつ》される。簡単《かんたん》に言《い》うと、居酒屋《いざかや》とは、日本酒《にほんしゅ》などのアルコール飲料《いんりょう》と比較的多《ひかくてきおお》くの種類《しゅるい》や量《りょう》の和食《わしょく》メニューを提供《ていきょう》する飲食店《いんしょくてん》のことを指《さ》す。

居酒屋《いざかや》の歴史《れきし》

日本人《にほんじん》の飲酒習慣《いんしゅしゅうかん》には長《なが》い歴史《れきし》があり、日本最古《にほんさいこ》の歴史書《れきししょ》である『古事記《こじき》』や古代日本《こだいにほん》の社会状況《しゃかいじょうきょう》を記録《きろく》した『魏志倭人伝《ぎしわじんでん》』に、詳《しょう》細《さい》に記録《きろく》されている。初期《しょき》の日本《にほん》では、貴族《きぞく》などの身分《みぶん》や地位《ちい》が高《たか》い者《もの》だけが酒《さけ》を飲《の》むことができたことが文献《ぶんけん》よりわかっており、それは江戸時代《えどじだい》まで続《つづ》く。一般庶民《いっぱんしょみん》にも酒《さけ》を飲《の》む習慣《しゅうかん》が生《う》まれたのは、江戸時代《えどじだい》に入《はい》ってからで、居酒屋《いざかや》は江戸時代《えどじだい》に出現《しゅつげん》した酒《さけ》を飲《の》む場所《ばしょ》であった。当初《とうしょ》、酒《さけ》しか売《う》っていなかった店《みせ》が、簡単《かんたん》なおつまみも出《だ》すようになり、その後《のち》、もともとは料理《りょうり》しか出《だ》していなかった店《みせ》が酒《さけ》を置《お》くようなっていった。居酒屋《いざかや》の原型《げんけい》は、このようにして作《つく》られていったのだ。

居酒屋《いざかや》のメニュー

居酒屋《いざかや》ができた頃《ころ》のメニューは、日本酒《にほんしゅ》と簡単《かんたん》なおつまみしかなかったが、西洋《せいよう》との交流《こうりゅう》が始《はじ》まると、飲《いん》食《しょく》の習慣《しゅうかん》にも大《おお》きな変化《へんか》が生《う》まれていった。今《いま》では、飲《の》み物《もの》のメニューとして、ビール、日本酒《にほんしゅ》、ウイスキー、焼酎《しょうちゅう》、ワイン、カクテルなど

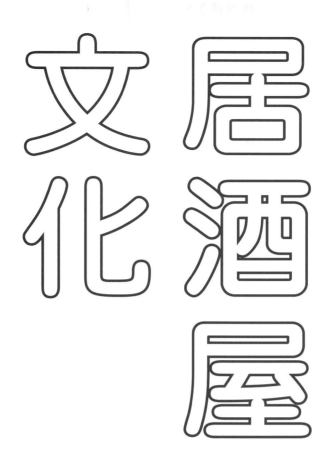

立《た》ち飲《の》みの日《ひ》

日本《にほん》で名《な》の知《し》れたブロガー藤原法仁《ふじわらのりひと》と、浜田信郎《はまだしんろう》の二人《ふたり》が発起《ほっき》し、日本《にほん》記念《きねん》日《び》協《きょう》会《かい》に、11《じゅういち》月《がつ》11《じゅういち》日《にち》を「立《た》ち飲《の》みの日《ひ》」として制定《せいてい》するよう申《もう》し入《い》れをした。申請《しんせい》の理由《りゆう》は、数字《すうじ》の11《じゅういち》と11《じゅういち》が揃《そろ》って並《なら》んでいるのが、人《ひと》が集《あつ》まって立《た》ち飲《の》みをしている姿《すがた》と似《に》ているからだ。そのイメージと、立《た》ち飲《の》みの精神《せいしん》とがぴったりと合《あ》い、2010《にせんじゅう》年《ねん》に申請《しんせい》が成功《せいこう》してからというもの、イベントを開催《かいさい》する人《ひと》は、毎年《まいとし》激増《げきぞう》している。古《ふる》い飲食《いんしょく》の習慣《しゅうかん》は、記念日《きねんび》というものを通《とお》して後世《こうせい》に伝《つた》わり、祖先《そせん》の生《せい》活《かつ》の知恵《ちえ》を現代人《げんだいじん》に教《おし》えてくれているようである。

何謂站著飲食？

日文裡「立ち飲み」「立ち食い」指的都是站著飲食，是種不設座位，在所設置的簡易桌子上放食物的飲食型態。由於需求空間小、設備簡單、不用雇多名店員等因素，價格相較於有座位的店家便宜。對於每天生活步調緊湊的大都會上班族來說，站著飲食既方便又划算，隨處可見的站著飲食店家林立於大城市各個角落，為街道特有的景象。

站著飲食的歷史？

站著食飲風氣可追溯到江戶時代，站著飲食的習慣有兩種說法，一種說法是當時路邊攤老闆結束營業後，會直接在攤位上站著吃東西，或許是江戶人急性子又豪爽之故，逐漸形成的一種飲食型態；另一種說法則是當時賣酒的酒館是論斤賣酒，為了方便酒客飲用而在店頭鋪設能簡單喝酒的空間。另外，站著喝酒的另一個說法「角打ち」，即是從站在酒館店頭裡直接喝「升酒」㊟而延伸出的用語。

㊟：「升酒」是一種在名為「升」的四方型的木盒裡飲用的酒。

站著飲食日

由日本知名的部落客藤原法仁和濱田信郎兩人共同發起，向日本紀念日協會提出將11月11日制定為「站著飲食日」。申辦的理由為數字11和11排在一起就好像一群人站著喝東西，意象和站著飲食的精神契合，自2010年申辦成功後，響應活動的人數每年不斷激增。一個古老的飲食型態，透過紀念日得以流傳下去，使後人見證老祖宗的生活智慧。

12 站著飲食

立《た》ち飲《の》み、立《た》ち食《ぐ》い

08

文／EZ Japan 編輯部　日文翻譯／水島利恵
圖／shutterstock

立《た》ち飲《の》み、立《た》ち食《ぐ》いとは？

「立《た》ち飲《の》み」「立《た》ち食《ぐ》い」とは、立《た》ったまま飲《の》んだり食《た》べたりすることで、席《せき》がなく、置《お》いてある簡単《かんたん》なテーブルの上《うえ》に食《た》べ物《もの》などを置《お》き飲食《いんしょく》するスタイルのことである。小《ちい》さいスペースでよく、店《みせ》の内装《ないそう》も簡単《かんたん》で、多《おお》くの店員《てんいん》を雇《やと》わなくてもいいなどの理由《りゆう》から、価格《かかく》も一般《いっぱん》の席《せき》のある店《みせ》より安《やす》く設定《せってい》されている。毎日《まいにち》の生活《せいかつ》に忙《いそが》しい都《と》会《かい》で働《はたら》くサラリーマンからすると、立《た》ち飲食店《いんしょくてん》は、便利《べんり》でリーズナブルなところであり、あちこちで見《み》られる立《た》ち飲《の》み、立《た》ち食《ぐ》いの店《みせ》は、都会《とかい》の片隅《かたすみ》に建《た》ち並《なら》び、街《まち》に独特《どくとく》の風景《ふうけい》を添《そ》えている。

立《た》ち飲《の》み、立《た》ち食《ぐ》いの歴史《れきし》

立《た》ち飲《の》み、立《た》ち食《ぐ》いの習慣《しゅうかん》は、江戸時代《えどじだい》にまで遡《さかのぼ》る。これには二《ふた》つの説《せつ》があり、一《ひと》つは、当時《とうじ》屋台《やたい》を営業《えいぎょう》していた店主《てんしゅ》が、営業《えいぎょう》が終《お》わった後《あと》に、立《た》ったまま屋台《やたい》でごはんを食《た》べていたため、若《も》しくは、江戸《えど》の人々《ひとびと》は、せっかちでさっぱりした性格《せいかく》だったことから、徐々《じょじょ》にこの飲食形態《いんしょくけいたい》が生《う》まれていったという説《せつ》だ。もう一《ひと》つの説《せつ》は、当時量《とうじはか》り売《う》りで酒《さけ》を売《う》っていた酒屋《さかや》は、酒《さけ》を飲《の》む客《きゃく》が便利《べんり》なように、店頭《てんとう》でも酒《さけ》が飲《の》める簡単《かんたん》な場所《ばしょ》をつくったという説《せつ》だ。また、立《た》ち飲《の》みの別《べつ》の呼《よ》び方《かた》である「角打《かくう》ち」とは、酒屋《さかや》の店先《みせさき》で立《た》ちながら飲《の》む「升酒《ますざけ》」㊟から派生《はせい》した言葉《ことば》である。

㊟ 升酒《ますざけ》とは、升《ます》と呼《よ》ばれる四角形《しかくけい》の木《き》で作《つく》られた容器《ようき》の中《なか》に注《そそ》いで飲《の》む酒《さけ》のことである。

壽司原本是非常昂貴的食物，對一般民眾來說，若沒有特殊的事情，是很難出手享用的。因此，為了盡可能讓大家輕鬆享用便宜的壽司，想出來的就是這個迴轉壽司。

迴轉壽司的誕生

日本最早的迴轉壽司是誕生在距今約50年以前。據說「元祿壽司」創辦人白石義明為了以低成本、高效率來應付不同喜好的眾多顧客，以製造啤酒的輸送帶為靈感，設計了「旋轉輸送餐台」。在1970年舉辦的大阪萬國博覽會中知名度一下子高漲，也開始展現出全國性的擴展。剛開始時因元祿壽司擁有旋轉餐台的專利，其他的業者無法跟進。專利到期的同時，新加入的大型企業接連不斷，競爭也就愈發激烈。

迴轉壽司的普及

90年代以後，除了以往的低價格、均一化，高級化、美食化也成了迴轉壽司業界的主流。在新鮮優質的典型壽司之外，運用法國、義大利、日本料理等技術，創作的壽司也大受歡迎。以前無法想像的漢堡排、牛肋排肉、照燒、加上多彩蔬菜和美乃滋的卡巴喬風（經過調味的魚、肉類薄片）壽司食材和香噴噴的炙烤壽司食材等，都深深地吸引了顧客的心。

此外，運用電腦技術，碰觸畫面就可點菜的「觸控螢幕」，或傳送點好的壽司給顧客的專用特急軌道等，娛樂色彩濃厚的系統也陸續登場。

13 迴轉壽司

回転寿司《かいてんずし》

09

文／林潔珏　圖／Shutterstock

元々《もともと》、寿司《すし》というものはとても高価《こうか》な食《た》べ物《もの》で、一般庶民《いっぱんしょみん》にとってはよほどのことがなければ、なかなか手《て》を出《だ》すことができないものだった。そこで、寿司《すし》を少《すこ》しでも安《やす》くて気軽《きがる》に食《た》べてもらおうということで考《かんが》えられたのが、この回転寿司《かいてんずし》である。

回転寿司《かいてんずし》の誕生《たんじょう》

日本《にほん》最初《さいしょ》の回転寿司《かいてんずし》が誕生《たんじょう》したのは今《いま》から50年《ごじゅうねん》ほど前《まえ》のことだ。「元禄寿司《げんろくずし》」の創業者《そうぎょうしゃ》である白石《しらいし》義明《よしあき》が、好《この》みの異《こと》なる多数《たすう》の客《きゃく》の注文《ちゅうもん》に低《てい》コストで効率的《こうりつてき》な対応《たいおう》をするために、ビール製造《せいぞう》のベルトコンベアをヒントとし「コンベア旋回食事台《せんかいしょくじだい》」を考案《こうあん》したという。1970《せんきゅうひゃくななじゅう》年《ねん》に開催《かいさい》された大阪万博《おおさかばんぱく》で一気《いっき》に知名度《ちめいど》が上《あ》がり、全国的《ぜんこくてき》な広《ひろ》がりを見《み》せ始《はじ》めた。当初《とうしょ》は元禄寿司《げんろくずし》が旋回食事台《せんかいしょくじだい》の特許《とっきょ》を持《も》っていたため、ほかの業者《ぎょうしゃ》は参入《さんにゅう》できなかった。特許《とっきょ》切《ぎ》れと同時《どうじ》に大手企業《おおてきぎょう》の新規参入《しんきさんにゅう》が相次《あいつ》ぎ、競争《きょうそう》が激《はげ》しくなった。

回転寿司《かいてんずし》の普及《ふきゅう》

90《きゅうじゅう》年代《ねんだい》以降《いこう》は、従来《じゅうらい》の低価格《ていかかく》・均一化《きんいつか》に加《くわ》え、高級《こうきゅう》・グルメ化《か》も回転寿司業界《かいてんずしぎょうかい》の主流《しゅりゅう》となった。上質《じょうしつ》で新鮮《しんせん》な定番寿司《ていばんずし》のほか、フレンチやイタリアン、和食《わしょく》などの技術《ぎじゅつ》を用《もち》いた創作寿司《そうさくずし》も人気《にんき》だ。昔《むかし》では考《かんが》えられないハンバーグやカルビ、照《て》り焼《や》き、色《いろ》とりどりの野菜《やさい》とマヨネーズが乗《の》っているカルパッチョ風《ふう》ネタ、香《こう》ばしい炙《あぶ》りネタなど、お客《きゃく》の心《こころ》をグッと引《ひ》き付《つ》けている。

また、コンピューター技術《ぎじゅつ》を用《もち》いて、画面《がめん》をタッチして注文《ちゅうもん》できる「タッチパネル」や注文《ちゅうもん》した寿司《ずし》を運《はこ》んでくれる専用《せんよう》の特急《とっきゅう》レーンなど、エンタメ色《しょく》の濃《こ》いシステムも続々《ぞくぞく》と登場《とうじょう》している。

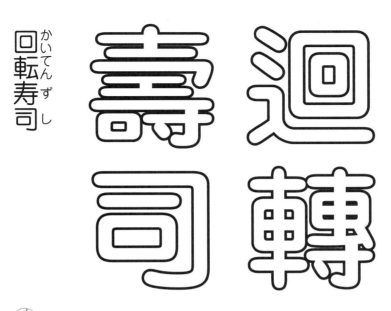

『となりのトトロ』　サツキが作ったお弁当

グなど、これらの料理《りょうり》はどれも素朴《そぼく》だが、心《こころ》に染《し》み入《い》る日常《にちじょう》の庶民《しょみん》のごちそうである。宮崎《みやざき》駿《はやお》のストーリーに出《で》てくる主人公《しゅじんこう》たちは、誰《だれ》もがこのようなシンプルでありながらもおいしい料理《りょうり》に心《こころ》を癒《いや》され、力《ちから》をもらい、食《た》べた後《あと》は、再《ふたた》び戦《たたか》う勇気《ゆうき》が湧《わ》いてくる。

宮崎《みやざき》駿《はやお》シリーズの映画《えいが》の中《なか》に出《で》てくる料理《りょうり》は、我々《われわれ》の現実生活《げんじつせいかつ》の中《なか》で、食《た》べ物《もの》というものに対《たい》する、最《もっと》も純粋《じゅんすい》な記憶《きおく》を呼《よ》び覚《さ》ましてくれる。ラーメンの中《なか》に入《はい》っている玉子《たまご》、米《こめ》がほとんど入《はい》っていないようなお粥《かゆ》に浮《う》かべられたねぎ、弁当箱《べんとうばこ》に敷《し》き詰《つ》められた白《しろ》ごはんの真《ま》ん中《なか》にぽつんとある梅干《うめぼ》し、これらは、ほんの少《すこ》し加《くわ》えられたものだが、この少《すこ》しの滋味《じみ》が谷底《たにぞこ》につき落《お》とされた人々《ひとびと》に、みなぎるパワーを与《あた》えてくれるのだ。

『千と千尋の神隠し』ハクが千尋にあげたおにぎり

この世《よ》に尊卑《そんぴ》の差《さ》はないとよくいうが、食《た》べ物《もの》を高級《こうきゅう》なものとそうでないものに分《わ》けたり、何《なに》かを食《た》べる度《たび》に、その料理《りょうり》のレベルをランク分《わ》けしていることはないだろうか。これらの行為《こうい》は、食《た》べ物《もの》に対《たい》して失礼《しつれい》ではないだろうか。日本人《にほんじん》は、鮮度《せんど》の高《たか》い旬《しゅん》のものが一番《いちばん》おいしいという概念《がいねん》をもっている。夏《なつ》に採《と》れる竹《たけ》の子《こ》、秋《あき》の栗《くり》など、それぞれの食材《しょくざい》が持《も》つ、独特《どくとく》の風味《ふうみ》がある。それぞれの食材《しょくざい》のもつ本来《ほんらい》の味《あじ》や特徴《とくちょう》を楽《たの》しむのが日本人《にほんじん》だ。そして、現在《げんざい》のように世界中《せかいじゅう》の人々《ひとびと》に愛《あい》されている和食《わしょく》という食文化《しょくぶんか》を作《つく》っていったのである。

『もののけ姫』　ジコ坊が作った雑炊

這個世界可以分成三種人，
一、對宮崎駿這個名字不陌生，
二、對宮崎駿的作品如數家珍，
三、最愛的動畫電影至少有一部出自宮崎駿。

宮崎駿與高畑勳共同創立享譽國際的吉卜力工作室，這個動畫王國建構出的世界觀之大、意圖探討的議題之深，總是超乎想像。宮崎駿堅持手繪的溫暖畫風，畫出了大朋友小朋友嚮往的純淨甘美世界，也畫出或殘酷或美麗的人性正反面。宮崎駿藉由動畫電影說出一個故事的同時，也敞開環保、反戰，甚至是女權等深度議題的大門，觀後使人反思之餘更縈繞心底。

在物資缺乏的戰時，人們過著何其匱乏的生活，為了吃上一口飽飯，可能譜出多少悲歌？在受到戰爭影響如此深刻的宮崎駿系列電影當中，我們自然看不到做工繁複、一味追求精緻外觀的料理，取而代之的是最質樸卻沁入日常的庶民美食。如《龍貓》中小月為家人做的便當、《崖上的波妞》宗介媽媽煮的加了大塊肉和半熟蛋的速食麵、《神隱少女》裡白龍遞給千尋的飯糰、《天空之城》裡巴魯做的荷包蛋吐司、《風起》中男主角二郎吃的鯖魚定食、《魔法公主》裡痞痞和尚煮的粥、還有《霍爾的移動城堡》裡霍爾煎的培根和雞蛋等。每一位宮崎駿故事中的主人翁，都因這些再簡單不過的美食而療癒了心靈，獲得力量，吃了之後湧現再戰的勇氣。

宮崎駿系列電影中出現的美食，勾起現實生活中的人們對食物最純粹的記憶。不論是在麵裡加的那顆蛋、或是稀到不能再稀的米湯上飄著的蔥花、抑或是飯盒裡滿滿白飯中間塞著的梅乾，其實只不過是多了一點點、就那麼一點點的滋味，就能使跌落谷底的人們覺得充滿力量。

我們常說人沒有貴賤之分，殊不知我們卻常將食物分類成高級與低級，連帶使得每一次吃東西的體驗也有了等級之分。這樣的行為不是對食物很失禮嗎？在日本人的觀念裡，新鮮的當季食物，就是最好吃的美食。夏天的竹筍、秋天的栗子，各有各的獨特風味。日本人懂得欣賞各種食物的特色與原味，也造就了如今在世界上占有一席之地的和食文化。

14

宮崎駿系列電影

閃耀著希望之光的滋味

宮崎駿《みやざきはやお》シリーズの映画《えいが》

希望《きぼう》の光《ひかり》を放《はな》つ滋味《じみ》

文／伍羚芝　日文翻譯／水島利惠
圖／shutterstock

この世《よ》で人《ひと》は三種類《さんしゅるい》に分《わ》けられるという。一《ひと》つ目《め》は、宮崎駿《みやざきはやお》という名前《なまえ》をよく知《し》らない人《ひと》、二《ふた》つ目《め》は、宮崎駿《みやざきはやお》の作品《さくひん》ならどれもよく知《し》っている人《ひと》、そして三《みっ》つ目《め》は、好《す》きなアニメ映画《えいが》を挙《あ》げたとき、その内《うち》の少《すく》なくとも一《ひと》つに宮崎駿《みやざきはやお》の映画《えいが》が入《はい》っている人《ひと》。

宮崎駿《みやざきはやお》と高畑勲《たかはたいさお》は、国際的《こくさいてき》にも有名《ゆうめい》なスタジオジブリを共同《きょうどう》で立《た》ち上《あ》げた。スタジオジブリが作《つく》り出《だ》す映《えい》画《が》の世界観《せかいかん》の大《おお》きさ、伝《つた》えようとするテーマの深《ふか》さは、毎回想像《まいかいそうぞう》を超《こ》えるものだ。宮崎駿《みやざきはやお》は温《ぬく》もりが感《かん》じられる手《て》書《が》きの画風《がふう》にこだわり、彼《かれ》の描《か》いた絵《え》から溢《あふ》れる純粋《じゅんすい》で甘美《かんび》な世界《せかい》に大人《おとな》も子供《こども》も引《ひ》き寄《よ》せられる。また、人間《にんげん》の残酷《ざんこく》さ、そして人間《にんげん》の美《うつく》しさの両面《りょうめん》を描《えが》き出《だ》しているのが彼《かれ》の作風《さくふう》だ。宮崎駿《みやざきはやお》は、アニメーション映画《えいが》を通《とお》して、話《はなし》を進行《しんこう》しながらも、環境保護《かんきょうほご》、反戦《はんせん》、女性《じょせい》の人《じん》権問題《けんもんだい》などに及《およ》ぶまでの深《ふか》いテーマを投《な》げかけ、映画《えいが》を見終《みお》わり、改《あらた》めてその問題《もんだい》について考《かんが》えてみようという余《よ》韻《いん》を残《のこ》す。

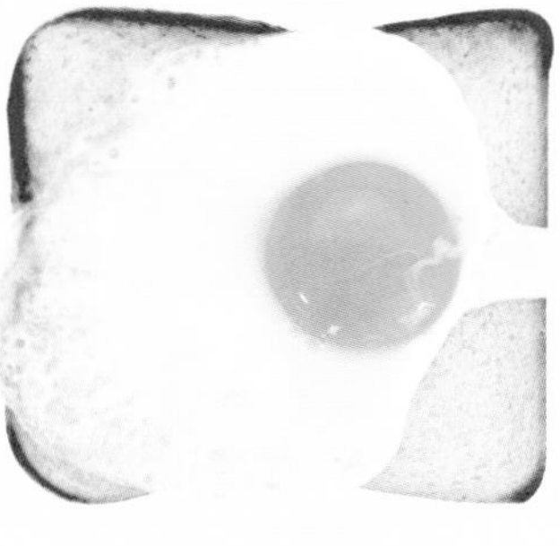

『天空の城ラピュタ』　パズーが作った目玉焼きトースト

物資《ぶっし》の乏《とぼ》しかった戦《せん》時中《じちゅう》、困窮《こんきゅう》した生活《せいかつ》の中《なか》で人々《ひとびと》はどのようにして過《す》ごしたのだろうか。食《く》いつなぐために、どれだけの悲《かな》しい物語《ものがたり》が生《う》まれたことだろう。戦争《せんそう》の色濃《いろこ》い影響《えいきょう》がみられる宮《みや》崎駿《ざきはやお》シリーズの映画《えいが》の中《なか》に、手《て》の込《こ》んだ繊細《せんさい》な料理《りょうり》が出《で》てくることはない。『となりのトトロ』のサツキが家族《かぞく》のために作《つく》ったお弁当《べんとう》、『崖《がけ》の上《うえ》のポニョ』の宗助《そうすけ》の母親《ははおや》が作《つく》った、大《おお》きなハムとゆで玉子《たまご》が入《はい》ったインスタントラーメン、『千《せん》と千尋《ちひろ》の神隠《かみかく》し』でハクが千尋《ちひろ》にあげたおにぎり、『天空《てんくう》の城《しろ》ラピュタ』のパズーが作《つく》った目玉焼《めだまや》きトースト、『風《かぜ》立《た》ちぬ』の主人公《しゅじんこう》二郎《じろう》がいつも食《た》べる鯖《さば》の味噌煮込《みそにこ》み定食《ていしょく》、『もののけ姫《ひめ》』のジコ坊《ぼう》が作《つく》った雑炊《ぞうすい》、『ハウルの動《うご》く城《しろ》』のハウルが作《つく》ったベーコンエッ

『崖の上のポニョ』
宗助の母親が作ったインスタントラーメン

たような衝撃《しょうげき》が走《はし》るのだ。

『深夜食堂《しんやしょくどう》』の一番《いちばん》の見《み》どころは、一品《ひとしな》の料理《りょうり》しか出《で》てこないというところだ。原作《げんさく》にしろドラマの中《なか》にしろ、出《で》てくる料理《りょうり》はたくさんあるが、劇場版《げきじょうばん》としてスクリーンに現《あらわ》れた料理《りょうり》は、「ナポリタン」「カレーライス」「とろろご飯《はん》」の三品《さんしな》で、これらはどれも定番《ていばん》の日本料理《にほんりょうり》だ。カレーは、明治時代《めいじじだい》にイギリスから伝《つた》わった後《あと》、日本人《にほんじん》に深《ふか》く受《う》け入《い》れられ、日本《にほん》の米食文化《べいしょくぶんか》と結合《けつごう》してから様々《さまざま》な料理《りょうり》が作《つく》られるようになった。日本料理《にほんりょうり》としてのカレーライスは、濃縮《のうしゅく》された果肉《かにく》が入《はい》っていることから、他《た》の国《くに》のカレーと比《くら》べて辛《から》さが控《ひか》えめで、甘《あま》みが強《つよ》いのが特徴《とくちょう》であり、お年寄《としよ》りでも子供《こども》でも、どちらの味覚《みかく》にも合《あ》うカレーライスは、日本《にほん》の国民食《こくみんしょく》となった。ナポリタンもカレーライスと同様《どうよう》、海外《かいがい》から伝《つた》わったトマトスパゲッティから独自《どくじ》に作《つく》り出《だ》された料理《りょうり》だ。バブル時代以前《じだいいぜん》の昭和《しょうわ》の日本《にほん》では、喫茶店《きっさてん》や食堂《しょくどう》などならどこにでもあるメニューで、家庭《かてい》でもまた簡単《かんたん》にできる料理《りょうり》として作《つく》られるなど、瞬《また》く間《ま》に庶民《しょみん》のごちそうとして広《ひろ》まった。出《で》てくる料理《りょうり》に対《たい》して興味《きょうみ》を抱《いだ》いてしまうところが、『深夜食堂《しんやしょくどう》』の最《もっと》も面白《おもしろ》い部分《ぶぶん》なのだ。調《しら》べたり探《さが》したりと、料理《りょうり》のうんちくを調《しら》べながら、ちょっとその料理《りょうり》を食《た》べてみようではないか。

2011 年震驚世界的福島核災安排進劇情當中，探討災民擺脫傷痛的心路歷程與某些志工自願幫忙其實心態可議的背後真相，藉此傳達「凡事不能只看表面」的反思，以嶄新的角度看待這件事時，彷彿給大腦來了一記正面衝擊。

而說到《深夜食堂》的最大賣點，無非是一道道美食佳餚。曾出現在原著與電視劇裡的菜色何其多，這次有幸登上電影版大銀幕的是「拿坡里義大利麵」「咖哩飯」和「山藥泥蓋飯」，三者都是日式料理中各霸一方的經典。咖哩在明治時代由英國傳入後深受日本人喜愛，與日本米食文化結合後又演化出各式特色料理。日式咖哩因為加入濃縮果泥，與他國咖哩相比辣度較低且甜味較重，老少咸宜的味覺使得咖哩飯儼然成為日本國民美食。和日式咖哩飯一樣，拿坡里義大利麵是結合了國外傳入的番茄義大利麵，獨創出的料理。在泡沫時期前的昭和日本，咖啡廳、食堂等隨處都吃得到，在家庭中也能輕易烹調，一口氣廣傳成為庶民美食。《深夜食堂》最大的貢獻便是勾起人們對這些美食的興趣，進而去探索其精深，在求知的同時亦求得一嚐吧。

【深夜食堂 電影版】DVD
由天馬行空發行

15 深夜食堂

深夜食堂《しんやしょくどう》

用平民料理守護著深夜未歸的人們，
黑暗中一處溫暖驛站

深夜《しんや》、まだ家路《いえじ》へ着《つ》かない
人《ひと》たちを迎《むか》えてくれる家庭料理《かていりょうり》
暗闇《くらやみ》の中《なか》に灯《とも》る一軒《いっけん》の温《ぬく》もりの宿《やど》

文／伍羚芝 日文翻譯／水島利惠
圖／天馬行空提供

「食堂《しょくどう》」というのは、人々《ひとびと》が集《あつ》まって食事《しょくじ》をする場所《ばしょ》のことだ。歴史《れきし》が始《はじ》まって以来《いらい》、人類《じんるい》は団体生活《だんたいせいかつ》をし、毎日《まいにち》生《い》きるために必要《ひつよう》な食糧《しょくりょう》を口《くち》にしてきた。ただ栄養《えいよう》を吸収《きゅうしゅう》する行為《こうい》であった飲食《いんしょく》が、人間《にんげん》同士《どうし》の交流《こうりゅう》を通《とお》して、次第《しだい》に豊《ゆた》かな歴史《れきし》や文化《ぶんか》を生《う》み出《だ》すものに変《か》わっていったのだ。食堂《しょくどう》という存在《そんざい》は、日本文化《にほんぶんか》の縮図《しゅくず》であるともいえるだろう。

安倍夜郎《あべやろう》の『深夜食堂《しんやしょくどう》』は、食堂文化《しょくどうぶんか》の集大成《しゅうたいせい》ともいえる作品《さくひん》で、日本《にほん》の食堂《しょくどう》にある定番料理《ていばんりょうり》をストーリーと共《とも》に説明《せつめい》してくれている。毎回登場《まいかいとうじょう》する人物《じんぶつ》は、それぞれに人生《じんせい》の悩《なや》みがあり、読者《どくしゃ》は物語《ものがたり》を読《よ》み進《すす》めていくうちに、自然《しぜん》と郷愁《きょうしゅう》の念《ねん》が湧《わ》いてき、感情移入《かんじょういにゅう》をしてしまうこともあるかもしれない。大人《おとな》になり社会《しゃかい》に足《あし》を踏《ふ》み入《い》れた後《あと》の、複雑《ふくざつ》に入《い》り混《ま》ざる感情漂《かんじょうただよ》う『深夜食堂《しんやしょくどう》』だが、繊細《せんさい》な心情《しんじょう》の描写《びょうしゃ》が我々《われわれ》の心《こころ》を癒《いや》してくれる。

市場《しじょう》に出《だ》され大《おお》きな反響《はんきょう》を呼《よ》んだ『深夜食堂《しんやしょくどう》』は、すぐにテレビドラマ化《か》され、その後《ご》映画化《えいがか》もされた。こんなにも人々《ひとびと》を引《ひ》きつけた要素《ようそ》は、実写化《じっしゃか》された物《もの》や人《ひと》でも、音声《おんせい》でもなく、生《い》き生《い》きと映《うつ》し出《だ》される映像《えいぞう》にある。この世界《せかい》の片隅《かたすみ》に、本当《ほんとう》にこんな場所《ばしょ》があるような気持《きも》ちになり、おいしい料理《りょうり》が、人生《じんせい》のでこぼこ道《みち》を平《たい》らにしてくれるのだ。『深夜食堂《しんやしょくどう》』の劇場版《げきじょうばん》は、原作《げんさく》の中《なか》には登場《とうじょう》していない人物《じんぶつ》や、みんなが興味《きょうみ》をもっているマスターの私生活《しせいかつ》の様子《ようす》を加《くわ》えるなど、新《あたら》しい要素《ようそ》が取《と》り入《い》れられており、更《さら》には2011年《にせんじゅういちねん》に世界《せかい》を激震《げきしん》させた福島原子力発電所《ふくしまげんしりょくはつでんしょ》の事故《じこ》を話《はなし》の中《なか》に取《と》り込《こ》み、被災《ひさい》で心《こころ》に傷《きず》を負《お》った人《ひと》がその苦《くる》しみから抜《ぬ》け出《だ》すまでの過程《かてい》、また、あるボランティアが自《みずか》ら志願《しがん》して人々《ひとびと》を助《たす》けたいと思《おも》う気持《きも》ち、背景《はいけい》にある真実《しんじつ》などに迫《せま》っている。これらから、「何事《なにごと》も表面《ひょうめん》だけを見《み》てはいけない」というメッセージが届《とど》けられ、この出来事《できごと》を違《ちが》った角度《かくど》から見《み》た時《とき》、まるで頭《あたま》を殴《なぐ》られ

「食堂」在日文中，是指人們聚集用餐的地方。人類自有歷史以來就過著團體生活，每天不斷地攝取賴以維生的糧食。經過人們彼此間的交流，飲食由單單攝取營養的行為，逐漸衍生成富有歷史與文化的產物。食堂的存在，也可說是日本文化的縮影。

安倍夜郎的《深夜食堂》更是食堂文化集大成之作。《深夜食堂》可說是將日本食堂的經典菜色做了最佳詮釋的一部作品，每集出現的人物各有其人生煩惱，在翻閱間總會隨著劇情被勾起鄉愁，或代入個人情緒，紙頁間散發出一種成人踏進社會後的百感交集，細膩情感的描寫療癒了你我的心。

推出後便受到極大迴響的《深夜食堂》隨即改編成電視劇，而後是電影。原本吸引讀者的元素都因為動態影像與聲音而更顯生動，讓人相信著世界上的一隅真的有這麼一個地方，能藉由美食撫平人生路上的顛簸。《深夜食堂》電影版加入了原著中沒有的人物、令人好奇的老闆私下樣貌等全新元素，更將

春《はる》の支《ささ》えの下《もと》、一人前《いちにんまえ》の料理人《りょうりにん》として、先代《せんだい》の料《りょう》理《り》技術《ぎじゅつ》を踏襲《とうしゅう》し、妻《つま》を思《おも》いやる立派《りっぱ》な大人《おとな》の男《おとこ》に成《せい》長《ちょう》していく。

『武士《ぶし》の献立《こんだて》』は、世界《せかい》に日本《にほん》の和食文化《わしょくぶんか》の美《うつく》しさを改《あらた》めて示《しめ》し、和食《わしょく》への理解《りかい》を更《さら》に深《ふか》めることのできる映画《えいが》だといえるだろう。映画《えいが》を通《とお》して、江戸《えど》時代《じだい》の台所《だいどころ》に立《た》ち、当時《とうじ》の飲食文化《いんしょくぶんか》を垣間《かいま》見《み》ることもできる。舟木家《ふなきけ》が親戚《しんせき》を集《あつ》めて料理《りょうり》の腕前《うでまえ》を評価《ひょうか》する試食会《ししょくかい》、新藩主《しんはんしゅ》の就任《しゅうにん》を祝《しゅく》して、徳川家《とくがわけ》や近隣《きんりん》の大名《だいみょう》を招待《しょうたい》し振《ふ》る舞《ま》われた饗応料理《きょうおうりょうり》、次々《つぎつぎ》と現《あらわ》れる繊細《せんさい》で美《うつく》しい和食《わしょく》、それらは、舟木伝内《ふなきでんない》とその子《こ》安信《やすのぶ》が、各地《かくち》を巡《めぐ》り、その地《ち》の美味《うま》いものや作《つく》り方《かた》を研究《けんきゅう》し、それらを文字《もじ》にして記録《きろく》した彼《かれ》らの智恵《ちえ》の結晶《けっしょう》がいまの世《よ》にも伝《つた》えられているのだ。『武士《ぶし》の献立《こんだて》』は、武士道《ぶしどう》の精神《せいしん》を舌《した》で感《かん》じ取《と》ることができる、日本《にほん》の飲食文化《いんしょくぶんか》を書《か》き記《しる》した貴重《きちょう》な一《いち》ページなのである。

料理方面擁有過人天分的小春在舟木傳內再三的懇求下終於答應嫁進舟木家，成為安信的妻子。在沒有任何感情基礎的狀態下，夫婿對她的冷淡可想而知，但她始終以大和撫子的柔軟身段包容尚不成熟的安信，並憑藉一手好廚藝讓夫婿對她心服口服。舟木家經歷改革派政變、藩主驟逝、新藩主上任等風風雨雨，安信則在小春一路的扶持之下，成為一名獨當一面的料理人，承襲上一代的衣缽，也蛻變成懂得疼惜妻子的成熟男人。

《武士的菜單》讓世界再度看見日本和食文化的極致之美，對和食有更深一層的認識，透過電影走進日本江戶時代的廚房，一窺當時的飲食文化，不論是舟木家聚集眾親戚鑑定手藝的試吃會，或是祝賀新藩主上任招待德川家和鄰近大名的宴會料理，一道道輪番上陣的精美和食，是舟木傳內與其子安信走訪各地研究當地美食與料理方式，並以文字記錄下他們的智慧結晶並流傳於世，《武士的菜單》讓武士道綻放於舌間之上，齒頰之間，更在大和飲食文化中寫下珍貴的一頁。

16 武士的菜單

武士《ぶし》の献立《こんだて》

舌尖上的武士精神，菜刀武士的修行之道

舌《した》の上《うえ》で感《かん》じる武士《ぶし》の精神《せいしん》、包丁侍《ほうちょうざむらい》の修業《しゅぎょう》の道《みち》

文／伍羚芝　日文翻譯／水島利恵
圖／海鵬影業提供

日本語《にほんご》の「武士《ぶし》」という言葉《ことば》そのものは、側《そば》に仕《つか》えお供《とも》する、お付《つ》きの者《もの》という意味《いみ》だが、実際《じっさい》、武士《ぶし》とは、地方領主《ちほうりょうしゅ》の武装《ぶそう》した私兵集団《しへいしゅうだん》のことだった。武士《ぶし》が腰《こし》に差《さ》す刀《かたな》は、階級《かいきゅう》や特権《とっけん》の象徴《しょうちょう》であると言《い》われていたが、武士《ぶし》にしてみれば、道徳《どうとく》や教養《きょうよう》の象徴《しょうちょう》であったようだ。

『武士《ぶし》の献立《こんだて》』は、2010《にせんじゅう》年《ねん》に放映《ほうえい》された『武士《ぶし》の家計簿《かけいぼ》』に続《つづ》いて作《つく》られた、江戸時代《えどじだい》を背景《はいけい》とする時代映画《じだいえいが》で、加賀藩《かがはん》の藩主《はんしゅ》に仕《つか》える台所方舟木家《だいどころかたふなきけ》の物語《ものがたり》だ。舟木伝内《ふなきでんない》は、加賀藩前田家《かがはんまえだけ》に仕《つか》える料理人《りょうりにん》（今《いま》でいうお抱《かか》えシェフのようなもの）で、武士《ぶし》の身分《みぶん》ではあるものの、振《ふ》るうのは刀《かたな》ではなく包丁《ほうちょう》、斬《き》るのは敵《てき》ではなく肉《にく》や魚《さかな》だった。このような台所《だいどころ》で料理《りょうり》をつくることを仕事《しごと》としていた武士《ぶし》を、人々《ひとびと》は親《した》しみをこめて包丁侍《ほうちょうざむらい》と呼《よ》んでいた。舟木《ふなき》家《け》の次男《じなん》、舟木安信《ふなきやすのぶ》は、代々続《だいだいつづ》くこの家業《かぎょう》をひどく嫌《きら》っていた。

日本《にほん》の古《ふる》いしきたりでは、長男《ちょうなん》が家業《かぎょう》を継《つ》ぎ、次男《じなん》、三男《さんなん》は家《いえ》を出《で》て学問《がくもん》に励《はげ》むか仕事《しごと》をするかのどちらかだった。舟木家《ふなきけ》では、長男《ちょうなん》が急病《きゅうびょう》のため若《わか》くして亡《な》くなってしまったことから、家業《かぎょう》を継《つ》ぐという重《おも》い責任《せきにん》が、一夜《いちや》にして次男安信《じなんやすのぶ》の身《み》にのしかかってきたのだ。この突然《とつぜん》の転身《てんしん》は、彼《かれ》に好《す》きだった剣術《けんじゅつ》の道《みち》を捨《す》てさせ、料理《りょうり》の技術《ぎじゅつ》を受《う》け継《つ》がせ、両親《りょうしん》が調《ととの》えた婚姻《こんいん》を受《う》け入《い》れさせるということになる。人並外《ひとなみはず》れた料理《りょうり》の才能《さいのう》を持《も》つ春《はる》は、舟木伝内《ふなきでんない》に再三懇願《さいさんこんがん》され、ついに舟木家《ふなきけ》に嫁入《よめい》りすることを承諾《しょうだく》し、安信《やすのぶ》の妻《つま》となる。もともと相手《あいて》に何《なん》の感情《かんじょう》もたないまま結婚《けっこん》したことから、夫《おっと》の妻《つま》に対《たい》する冷《つめ》たい態度《たいど》は推《お》して知《し》るところだが、大和撫子《やまとなでしこ》の妻《つま》、春《はる》は、まだ一人前《いちにんまえ》とはいえない安信《やすのぶ》を優《やさ》しく包《つつ》み、彼女《かのじょ》の料理《りょうり》の腕《うで》を使《つか》って、夫《おっと》を心服《しんぷく》させるのだった。舟木家《ふなきけ》は改革派《かいかくは》による政変《せいへん》、藩主《はんしゅ》の急死《きゅうし》、新《あたら》しい藩主《はんしゅ》の困難《こんなん》を目《ま》の当《あ》たりにしながら、安信《やすのぶ》は

正如在日文中，「武士」一詞本身即有貼身隨從、侍者的意思，實際上武士就像是地方領主的私人武裝集團。對外人而言，武士的佩刀是階級和特權的象徵，對武士自身而言，更是道德素養的象徵。

《武士的菜單》是繼 2010 年的《武士的家計簿》後推出的時代劇電影，以日本江戶時代為背景，改編自侍奉加賀藩主君的一代御廚——舟木一家的故事。舟木傳內是侍奉加賀藩前田家的料理人，（以今日來比喻就像是御用廚師），雖為武士的身分，但揮舞的不是武士刀而是菜刀；斬殺的不是敵人而是魚、肉，因此這些在廚房工作的武士便被戲稱為菜刀武士，這讓舟木家的次男——舟木安信尤其痛恨這個家傳的職業。

日本古禮中，長子是家業的繼承人，次子、三子通常會離家求學或工作。而舟木家的長子因急病英年早逝，繼承家業的重擔一夕之間全落在安信身上。突然的轉變使他被迫放棄最愛的劍術，繼承衣缽，接受父母親安排好的婚事。在

シュランの評価《ひょうか》で重視《じゅうし》されるのは、品質《ひんしつ》、独創《どくそう》性《せい》、料理《りょうり》の質《しつ》の一貫性《いっかんせい》だ。日本《にほん》の伝統職人《でんとうしょくにん》の気質《かたぎ》を擁《よう》している小野二郎《おのじろう》から言《い》わせれば、これらの条件《じょうけん》を満《み》たすことは、最《もっと》も基本的《きほんてき》なことで、彼《かれ》は要求《ようきゅう》に対《たい》し、どんな明文化《めいぶんか》された規定《きてい》よりも、遥《はる》かに厳格《げんかく》であり、その追求《ついきゅう》は無限《むげん》だ。「修業《しゅぎょう》」を重視《じゅうし》する日本人《にほんじん》は、その過程《かてい》の中《なか》で、欲望《よくぼう》を制御《せいぎょ》しなければならず、そのためにある程度《ていど》の犠牲《ぎせい》を払《はら》わなければならないことを覚《おぼ》える。その結果《けっか》として、技術《ぎじゅつ》能力《のうりょく》だけではなく、精神的《せいしんてき》な面《めん》でも鍛《きた》えられ、「無《む》我《が》」の境地《きょうち》に向《む》かって行《い》くのだ。

「伝統《でんとう》」と「創造《そうぞう》」、この二《ふた》つは両極端《りょうきょくたん》であると思《おも》われがちだが、実《じつ》は創造《そうぞう》とは、卓越《たくえつ》を追求《ついきゅう》した結果《けっか》として、必然的《ひつぜんてき》に生《う》まれるものである。技術《ぎじゅつ》も完璧《かんぺき》、食材《しょくざい》も常《つね》に最高級《さいこうきゅう》、サービスも至《いた》れり尽《つ》くせりであってもなお、更《さら》に立《た》ち止《ど》まらずに前進《ぜんしん》していくと、自然《しぜん》とその方向《ほうこう》は、普通《ふつう》とは違《ちが》う新《あたら》しいものを探《さが》していくようになる。伝統的《でんとうてき》な日本《にほん》料理《りょうり》は、料理《りょうり》を出《だ》す順序《じゅんじょ》があり、濃《こ》い味《あじ》のものは最後《さいご》に出《だ》す。小野二郎《おのじろう》は十年間《じゅうねんかん》の苦悩《くのう》の末《すえ》、店《みせ》で出《だ》すメニューに「抑揚頓挫《よくようとんざ》」の概念《がいねん》を取《と》り入《い》れた。築地市《つきじいち》場《ば》からその日《ひ》最高《さいこう》のものを選《えら》んで作《つく》るメニューは、季節感《きせつかん》にあふれ、変化《へんか》に富《と》んでいる。客《きゃく》が口《くち》にする寿司《すし》は、まるで一曲《いっきょく》の協奏曲《きょうそうきょく》を静《しず》かに聴《き》いているようであり、クラシック楽章《がくしょう》、即興曲《そっきょうきょく》の演出《えんしゅつ》、そして最後《さいご》は伝統的《でんとうてき》な最終楽章《さいしゅうがくしょう》で締《し》めくくられる。自《じ》分《ぶん》が一番《いちばん》好《す》きなことを芸術《げいじゅつ》の域《いき》まで極《きわ》める、これが「職人《しょくにん》」の精神《せいしん》なのだ。彼《かれ》の寿司《すし》を味《あじ》わった人《ひと》は、その寿司《すし》を食《た》べて言葉《ことば》を失《うしな》う。寿司《すし》の神《かみ》、小野二郎《おのじろう》が握《にぎ》る寿司《すし》は、一生《いっしょう》でも待《ま》って味《あじ》わう価値《かち》のあるものといえよう。

界，我埋首於工作、不停努力往顛峰邁進，但沒有人知道所謂的顛峰在哪裡。」

——小野二郎

「即使到了我這個年紀、已經工作了數十年，我仍然不認為自己已經達到完美了。」——小野二郎

米其林評比一間餐廳最重視的是品質、創意，再者為品質的一致性。對深具日本傳統職人精神的小野二郎來說，滿足這些條件只是最基本的要求。他對自己的期許遠比任何明文規定還要來的嚴苛，還要無窮無盡。重視「自我修練」的日本人，領會修練的過程中必定得克制慾望而做出某種程度的犧牲，也因此，習得的不僅是技術能力，更是精神上的磨練、趨於「無我」的境界。

「傳統」與「創意」向來被認為是對立的兩端，事實上，創意是追求卓越後的必然結果。當技術已臻完美、食材堅持頂級、服務無微不至後，從不停止前進的腳步自然會轉而尋找更加與眾不同的新方向。傳統日本料理有上菜的順序，口味較重的會最後上，小野二郎苦思十年，在菜色中融入「抑揚頓挫」的概念，從築地市場挑選當天最高級的漁獲所打造出的菜單更富有季節性與變化，讓饕客品嚐壽司就像是在聆聽一首協奏曲，有經典樂章、有即興演出，最後以傳統的終章結尾。將自己最愛的事物做成一門藝術，這就是「職人」的精神。嚐過的人莫不感嘆，壽司之神小野二郎的手藝值得一生等待！

17 小野二郎 壽司夢

小野二郎《おのじろう》：寿司《すし》の夢《ゆめ》

壽司之神的無我境界

寿司《すし》の神《かみ》：無我《むが》の境地《きょうち》

文／伍羚芝　日文翻譯／水島利惠

圖／佳映娛樂提供

1925年《せんきゅうひゃくにじゅうごねん》生《う》まれの小野二郎《おのじろう》は、世界《せかい》で最高齢《さいこうれい》のミシュラン三《み》ツ星店料理人《ぼしてんりょうりにん》で、幼《おさな》い頃《ころ》、料理屋《りょうりや》に奉公《ほうこう》に出《で》たのをきっかけに、その一生《いっしょう》を寿司《すし》の道《みち》に捧《ささ》げ、今《いま》なお、その技《わざ》を磨《みが》き続《つづ》けている。大勢《おおぜい》の職人《しょくにん》を輩出《はいしゅつ》している日本《にほん》でも、常《つね》に究極《きゅうきょく》を追《お》い求《もと》める彼《かれ》の右《みぎ》に出《で》る者《もの》はおらず、彼《かれ》こそが職人《しょくにん》の中《なか》の職人《しょくにん》であり、その頂点《ちょうてん》を超越《ちょうえつ》することは至難《しなん》の業《わざ》である。

小野二郎《おのじろう》は日本《にほん》で崇拝《すうはい》されているだけでなく、世界《せかい》でも、日本《にほん》の「人間国宝《にんげんこくほう》」「寿司《すし》の第一人者《だいいちにんしゃ》」として、その名《な》が知《し》れ渡《わた》っている。小野二郎《おのじろう》が営《いとな》んでいる寿司屋《すしや》の名《な》は「すきやばし次郎《じろう》」といい、東京《とうきょう》の銀座《ぎんざ》に位置《いち》する。日本《にほん》の安倍晋三首相《あべしんぞうしゅしょう》が、重要《じゅうよう》な海《かい》外《がい》からの賓客《ひんきゃく》を接待《せったい》する「寿司外交《すしがいこう》」もここで進行《しんこう》され、アメリカのオバマ大統領《だいとうりょう》も、ここの寿司《すし》を食《た》べ、「人生《じんせい》の中《なか》で、一番《いちばん》おいしい寿司《すし》だった」と絶《ぜっ》賛《さん》したほどだ。また、幼《おさな》い頃《ころ》から寿司《すし》が大好《だいす》きなニューヨークの映画監督《えいがかんとく》デヴィット・ゲルブ（David Gelb）は、小野二郎《おのじろう》の寿司《すし》を食《た》べて感動《かんどう》し、自《みずか》ら二《に》年《ねん》の歳月《さいげつ》を費《つい》やして小野二郎《おのじろう》のドキュメンタリーを製作《せいさく》した。彼《かれ》が寿司《すし》を握《にぎ》る過程《かてい》を通《とお》して、小野二郎《おのじろう》の理念《りねん》、人生観《じんせいかん》というものを、世界《せかい》の人々《ひとびと》が知《し》ることとなったのだ。

「毎日毎日同《まいにちまいにちおな》じことを繰《く》り返《かえ》し精進《しょうじん》しているが、いつもどんな境地《きょうち》に辿《たど》り着《つ》くことができるのだろうかという模索《もさく》でもある。仕事《しごと》に没頭《ぼっとう》し、立《た》ち止《ど》まらずに更《さら》に上《うえ》を目指《めざ》して邁進《まいしん》しても、いわゆる頂上《ちょうじょう》がどこかということを知《し》る人《ひと》はいない」小野二郎《おのじろう》は言《い》う。

「この年《とし》になって、仕事《しごと》も数十年《すうじゅうねん》してきたが、いまだに自分《じぶん》が完璧《かんぺき》な域《いき》に達《たっ》したとは思《おも》っていない」小野二郎《おのじろう》は言《い》う。

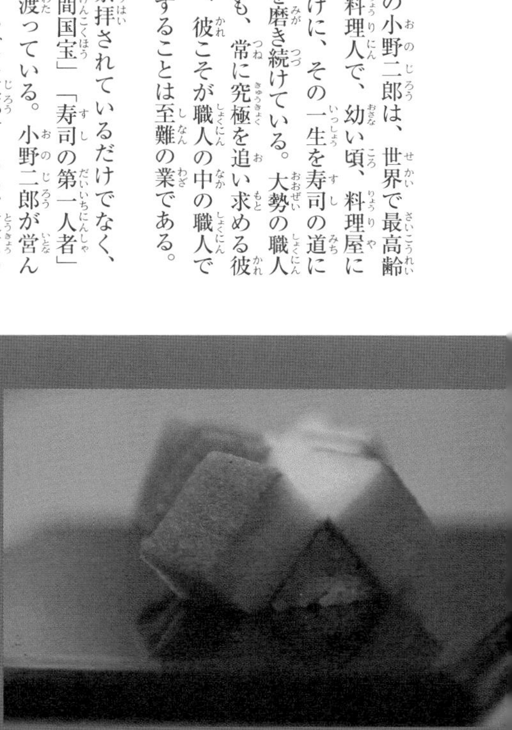

出生於 1925 年的小野二郎是全世界最年長的米其林三星主廚，從小就從壽司學徒做起的他，將一生投注於壽司之路至今仍未停止鑽研，追求極致的精神讓他就連在職人輩出的日本都無人能出其右，可謂職人中的職人、難以超越的巔峰。

小野二郎不僅在日本地位崇高，被認定為日本的「人間國寶」，「壽司第一人」的美稱更是享譽全球。小野二郎的壽司店名為「數寄屋橋次郎」，位於東京銀座，日本首相安倍晉三曾在此進行「壽司外交」招待重要外賓，就連美國總統歐巴馬嚐過後都盛讚小野二郎的壽司是他此生吃過最美味的壽司。而從小熱愛壽司的紐約導演大衛賈柏更是受到小野二郎的壽司所感動，花費兩年的時間親自記錄下小野二郎製作壽司的過程，也讓世界得以一窺小野二郎充滿智慧的理念與人生觀。

「我一直重複相同的事以求精進，卻也總是思索著還能提升到什麼樣的境

「あなたはやりたいことをやっていて、いいわね」と、友人《ゆうじん》が羨《うらや》んで言《い》った一言《ひとこと》に、サチエは「やりたくないことは、やらないだけなんです」と淡々《たんたん》と答《こた》えた。角度《かくど》を変《か》えて見《み》てみると、驕《おご》らず、温厚《おんこう》で慎《つつし》み深《ぶか》い日本人《にほんじん》と、自己《じこ》を尊重《そんちょう》する欧米人《おうべいじん》との間《あいだ》において、最《もっと》も心地《ここち》よいと感《かん》じる距離《きょり》があり、心《こころ》から相手《あいて》に接《せっ》する気持《きも》ちを持《も》ちながら、自我《じが》を貫《つらぬ》き通《とお》すという気持《きも》ちは、共存《きょうぞん》できるとわかる。

映画《えいが》の全体《ぜんたい》を通《とお》して、料理《りょうり》よりサチエの方《ほう》に目《め》がいってしまう。こんなにも人《ひと》を引《ひ》きつけてしまうサチエ、なんとも素敵《すてき》な女性《じょせい》だ。大反響《だいはんきょう》を呼《よ》んだ「かもめ食堂《しょくどう》」、この撮影現場《さつえいげんば》は、今《いま》もなおフィンランドの人気観光《にんきかんこう》スポットとして、たくさんの人《ひと》が訪《おとず》れているそうだ。

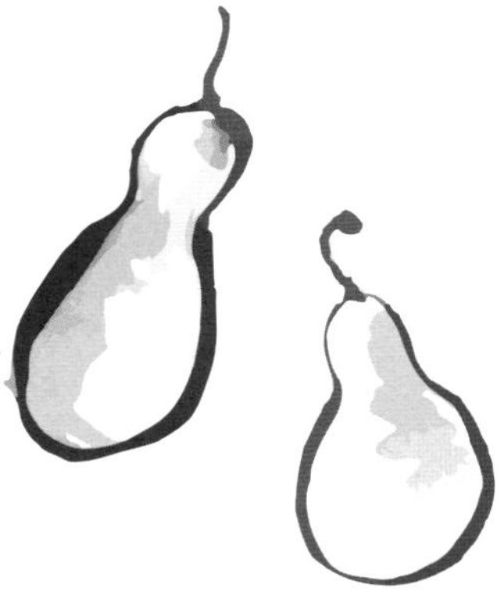

都在不知不覺間再也離不開，相處起來舒服又自然。

面對朋友欣羨的一句「可以做自己想做的事，真好呢」，幸江淡淡地回：「我只是不去做自己不想做的事而已」。一個簡單的角度轉換，不卑不亢，介於溫良恭儉的日本人與重視自我的歐美人之間，界定出人與人之間最舒服的距離，證明真心待人與維持自我是可以同時並存的。

在整部電影裡，幸江比料理還要搶眼，做人做事至此，是何等圓滿的境界。「海鷗食堂」獲得極大的回響，據說至今拍攝場景仍是芬蘭的熱門景點，有許多人造訪。

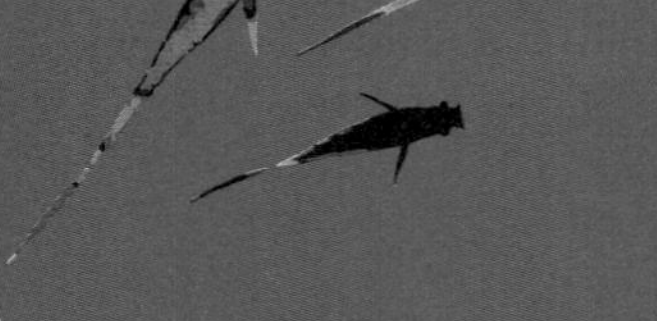

18 海鷗食堂

かもめ食堂《しょくどう》

簡單的和食風味、滿滿的人情溫暖

シンプルな和食《わしょく》の味《あじ》、人《ひと》の心《こころ》を温《ぬく》もりで満《み》たしてくれる

文／伍羚芝　日文翻譯／水島利惠
圖／昇龍數位提供

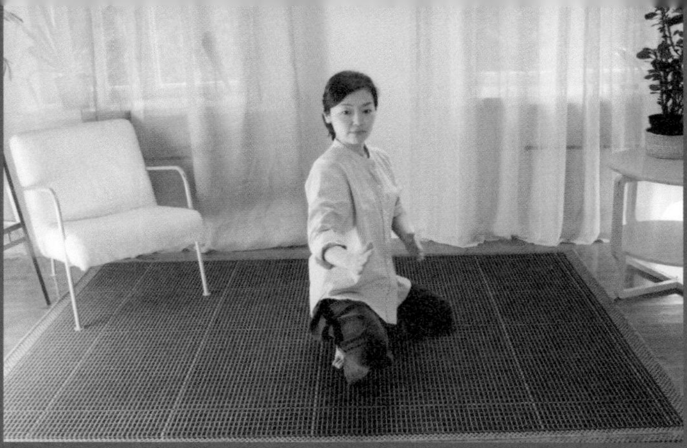

『かもめ食堂《しょくどう》』が撮影《さつえい》されたのは、日本《にほん》から一番《いちばん》近《ちか》いヨーロッパの国《くに》、フィンランド。群《むれ》ようこの同《どう》名《めい》の小説《しょうせつ》を映画化《えいがか》したもので、首都《しゅと》のヘルシンキが舞台《ぶたい》となっており、一人《ひとり》の日本人女性《にほんじんじょせい》が、単独《たんどく》で異《い》郷《きょう》の地《ち》に赴《おもむ》き、「かもめ食堂《しょくどう》」という小《ちい》さな店《みせ》の経《けい》営《えい》に奮闘《ふんとう》するというストーリーだ。

素朴《そぼく》で、親切《しんせつ》、そして個人《こじん》を尊重《そんちょう》するフィンランド人《じん》に、主人公《しゅじんこう》のサチエは親《した》しみを感《かん》じる。フィンランド人《じん》を観察《かんさつ》し、鮭《さけ》を食《た》べるのが好《す》きだということが分《わ》かったサチエは、もしかすると、和食《わしょく》もフィンランド人《じん》の味覚《みかく》に合《あ》うのではないかと考《かんが》える。そうして、店《みせ》を始《はじ》めてはみたものの、店《みせ》には一人《ひとり》として客《きゃく》は来《こ》ない。このような日々《ひび》が一日《いちにち》、また一日《いちにち》と過《す》ぎていくだけだったが、サチエは何《なん》の焦燥感《しょうそうかん》も、心配《しんぱい》な態度《たいど》も見《み》せなかった。もともと合気道《あいきどう》を嗜《たしな》んでいたサチエは、膝行《しっこう》（座《すわ》り技《わざ》の基本《きほん》）をして自己《じこ》を鍛《きた》えることを忘《わす》れておらず、それが、彼女《かのじょ》に平静《へいせい》を保《たも》たせていたのだった。

「かもめ食堂《しょくどう》」は、サチエの性格《せいかく》と同《おな》じようだった。急《いそ》がずゆっくり、騒《さわ》がず、恐《おそ》れず冷静《れいせい》に、ただ静《しず》かに自分《じぶん》の選《えら》んだ道《みち》を揺《ゆ》るがずに歩《ある》き、自分《じぶん》のすべきことを確実《かくじつ》に行《おこな》い毎日《まいにち》を過《す》ごしていた。このように続《つづ》く平穏《へいおん》な日々《ひび》、何《なに》か異変《いへん》が起《お》こっても慌《あわ》てない態度《たいど》を見《み》て、フィンランドの人々《ひとびと》は「かもめ食堂《しょくどう》」に興味《きょうみ》を抱《いだ》き始《はじ》める。一度《いちど》、また一度《いちど》と客《きゃく》が訪《おとず》れ始《はじ》め、次第《しだい》に毎日客《まいにちきゃく》が店《みせ》を訪《おとず》れるようになる。サチエの心《こころ》がそのまま現《あらわ》れている「かもめ食堂《しょくどう》」。店《みせ》に来《く》る客《きゃく》は、知《し》らず知《し》らずのうちに店《みせ》から離《はな》れられなくなり、くつろげる自然《しぜん》な場所《ばしょ》となっていったのだった。

《海鷗食堂》的拍攝地是距離日本最近的歐洲國家——芬蘭，故事主體改編自群陽子的同名小說，以首都赫爾辛基為舞台，描述一名日本女性隻身於異鄉奮鬥，獨自經營名為「海鷗食堂」的小店。

芬蘭人的樸實、樂於助人、尊重他人的性格，讓主角幸江倍感親切，也觀察到芬蘭人喜歡吃鮭魚，心想或許和食料理可以征服芬蘭的味蕾。不過一開始，店裡完全無人光顧，這樣的日子一天又一天地持續著，卻不見幸江流露出任何焦躁、擔憂的神情。原來曾學過合氣道的幸江仍不忘以膝行法鍛鍊自己，讓她找到平靜。

「海鷗食堂」就如同幸江的個性，不急不徐、不吵不鬧、不畏懼，只是靜靜地不動搖地走在選定的這條道路上，日復一日謹守本分。就是這份沉穩自持、處變不驚的態度，讓芬蘭人們對「海鷗食堂」開始抱持興趣，一次又一次光顧後，逐漸地變成每天來報到。因為「海鷗食堂」著實體現了幸江的內心，大家

化《か》される。作者《さくしゃ》の久住昌之《くすみまさゆき》は定期的《ていきてき》な連載《れんさい》はせず、東《とう》京《きょう》秋葉原《あきはばら》が電気街《でんきがい》からオタク街《がい》に様変《さまが》わりしたような様子《ようす》を描《えが》き、舞台《ぶたい》となる店《みせ》も非常《ひじょう》に慎重《しんちょう》に選《えら》んでいる。

おもしろいのは、『孤独《こどく》のグルメ』は、今《いま》でいうフェイスブックやブログのグルメ記《き》事《じ》のようで、特《とく》にドラマでは、撮影班《さつえいはん》が漫画《まんが》に出《で》てくる店《みせ》とよく似《に》た店《みせ》を選《えら》んでいることから、視聴者《しちょうしゃ》は、番組《ばんぐみ》での手《て》がかりを頼《たよ》りに、店《みせ》を探《さが》し出《だ》すという楽《たの》しみ方《かた》もできる。

また、五郎《ごろう》と同《おな》じように、いつも三《さん》食外《しょくそと》で食《た》べたくない人《ひと》は、連載《れんさい》三十年《さんじゅうねん》を迎《むか》える『クッキングパパ』がお薦《すす》めだ。『クッキングパパ』は、毎回《まいかい》レシピが紹介《しょうかい》されるため、主人公《しゅじんこう》の荒岩一《あらいわかず》味《み》や家族《かぞく》と一緒《いっしょ》に、真似《まね》して紹介《しょうかい》されている家庭料理《かていりょうり》を作《つく》ってみることができる。漫画《まんが》を読《よ》んでいると、気《き》づかぬうちに料《りょう》理《り》が学《まな》べ、同時《どうじ》に料理《りょうり》が家族《かぞく》との関係《かんけい》をどのようにして繋《つな》いでくれているのかということも分《わ》かるだろう。

歴史《れきし》の融合《ゆうごう》、文化《ぶんか》、グローバル化《か》、社会《しゃかい》、家庭《かてい》など、あらゆるテーマを扱《あつか》う料《りょう》理《り》漫画《まんが》は、現在《げんざい》の漫画《まんが》の中《なか》で欠《か》くことのできないジャンルを確立《かくりつ》している。これらの漫画《まんが》の中《なか》の全《すべ》ては理解《りかい》できないかもしれないが、料理職人《りょうりしょくにん》が伝《つた》えようとしている真髄《しんずい》を感《かん》じ取《と》ることはできるであろう。

料理漫畫是專業、職人漫畫的其一文本種類，自1970年發展以來已有45年歷史。談到日本料理的沿革，從精進料理、本膳料理與懷石料理的歷史不免乏味，但若從《信長的主廚》這個架空歷史漫畫來玩味可就趣味橫生。主角「健」穿越時空到日本戰國時代，擔任織田信長的主廚。健運用現代料理的調理方式得到啟發，循著歷史軌跡一一幫信長解決了有關政治與軍事難題。

《料理仙姬》是作者菊地正太假「料理漫畫」之名，行推廣傳統日本「粋」美學之實的藝道漫畫。日本料理講究「純粋」、「當令」，藉茶道中「一期一會」的概念帶著誠意款待客人，他們重視將食物擺放在盤中時的色彩、平衡和立體感，以及上菜時機的巧妙來調和料理、器皿之間的關係。

除了文化的題材，料理更是與「社會」相結合。《孤獨的美食家》描述從事貿易的五郎，走遍日本各地，尋覓連在地人都不見得知道的美食。他體現出社會學家班雅明（Benjamin）筆下巴黎拱廊街的漫遊者（Flâneur），不僅藉由抽空的閒暇來觀看外界不斷流逝的時間，也將自己置身於靜態的店中來觀察人們對於料理的反應。由於作者久住昌之採不定期刊載，描繪像東京秋葉原從電器街轉變成動漫街的城鎮演進，也非常慎重地選擇作為題材的店家。有趣的是《孤獨的美食家》更像是現今臉書、部落客的美食文般，尤其在改編的電視劇當中，劇組現地挑選出漫畫中類似的店面，觀眾甚至有機會按圖索驥找尋到美味。

此外，若不想和五郎一樣三餐老是在外，推薦連載三十年的《妙廚老爹》。透過每回必附的食譜，模仿做出主角荒岩一味或家人所介紹的家庭料理，並在漫畫潛移默化教諭的過程中，理解料理如何揉合與家庭之間的關係。

融合歷史、文化、全球化、社會、家庭等多元化的主題，讓料理漫畫成為當代漫畫不可缺少的一部分。即使無法參透當中的人生百態，亦可體會料理職人試著傳達的醍醐味！

文／余曜成 日文翻譯／水島利恵
圖／shutterstock

料理《りょうり》漫画《まんが》（グルメ漫画《まんが》）とは、プロフェッショナル、職人漫画《しょくにんまんが》の中《なか》のジャンルの一《ひと》つで、1970《せんきゅうひゃくななじゅう》年《ねん》に人気《にんき》が出《で》て以来《いらい》、すでに45《よんじゅうご》年《ねん》の歴史《れきし》がある。日本料理《にほんりょうり》を沿革《えんかく》から話《はな》すと、精進《しょうじん》料理《りょうり》、本膳料理《ほんぜんりょうり》、懐石料理《かいせきりょうり》など、それらの歴史《れきし》はどうしても面白味《おもしろみ》に欠《か》けるが、『信長《のぶなが》のシェフ』のような架空《かくう》の歴史漫画《れきしまんが》としてなら、途端《とたん》に面《おも》白《しろ》さが生《う》まれてくるだろう。戦国時代《せんごくじだい》にタイムスリップした主人公《しゅじんこう》「ケン」は、織田《おだ》信長《のぶなが》のメインシェフを任《まか》されることとなってしまう。ケンは、現代料理《げんだいりょうり》の調理方《ちょうりほう》法《ほう》からヒントを得《え》て、信長《のぶなが》を取《と》り囲《かこ》む政治《せいじ》や軍事的《ぐんじてき》な難題《なんだい》を、歴史《れきし》の軌跡《きせき》に沿《そ》って、一《ひと》つ一《ひと》つ解決《かいけつ》していく。

『おせん』は、作者《さくしゃ》きくち正太《しょうた》が料《りょう》理《り》漫画《まんが》という名《な》を借《か》りて、伝統的《でんとうてき》な日本《にほん》の「粋《いき》」の美学《びがく》を広《ひろ》めようと描《か》いている芸道漫画《げいどうまんが》だ。日本料理《にほんりょうり》は「純《じゅん》粋《すい》」「旬《しゅん》」にこだわり、茶道《ちゃどう》では「一《いち》期一会《ごいちえ》」の概念《がいねん》を以《もっ》て、誠心誠意《せいしんせいい》お客《きゃく》様《さま》をもてなす。料理人《りょうりにん》は、料理《りょうり》を皿《さら》に乗《の》せたときの色《しき》彩《さい》、バランス、立体《りったい》感《かん》を大切《たいせつ》にし、また、料理《りょうり》を出《だ》す絶妙《ぜつみょう》のタイミングを見計《みはか》らって調理《ちょうり》したり、皿《さら》を下《さ》げたりする。

また、文化《ぶんか》をテーマにしたもの以《い》外《がい》に、更《さら》に料理《りょうり》と密接《みっせつ》な繋《つな》がりのある「社会《しゃかい》」をテーマにした漫《まん》画《が》もある。『孤独《こどく》のグルメ』は、貿易商《ぼうえきしょう》を営《いとな》んでいる五郎《ごろう》が、日本《にほん》の各地《かくち》を渡《わた》り歩《ある》き、地《じ》元《もと》の人《ひと》でも知《し》らないようなおいしいものを探《さが》し出《だ》すというストーリーだ。社会学者《しゃかいがくしゃ》のベンヤミン(Benjamin)が、パリのパサージュ・クーヴェル（歩行者専用道《ほこうしゃせんようどう》路《ろ》）にいるフラヌール（遊歩者《ゆうほしゃ》）について、ある暇《ひま》な時間《じかん》、外《そと》の留《とど》まることなく流《なが》れる時間《じかん》を眺《なが》めているだけでなく、静《しず》かな店《みせ》の中《なか》に身《み》を置《お》いて、人々《ひとびと》が料理《りょうり》に対《たい》してどんな反応《はんのう》をするのかを観察《かんさつ》していることもあると述《の》べているが、主人公五郎《しゅじんこうごろう》によってそれが体現《たいげん》

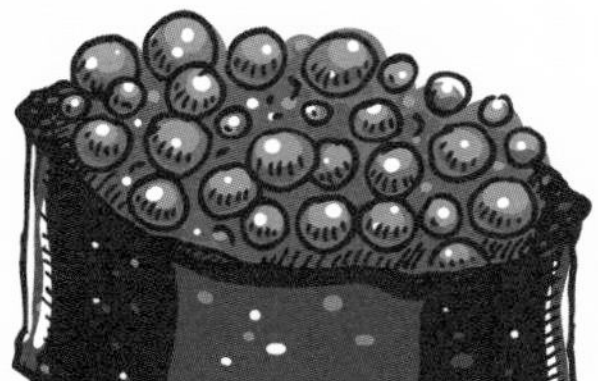

舌尖上的動漫美食 19

漫画《まんが》で味《あじ》わうグルメ

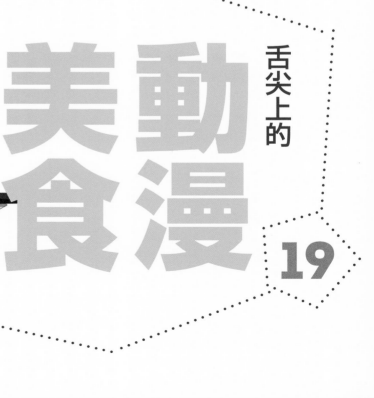

Chapter 2

和食—こだわりの技と枠

基本 I 調理的五種技法
基本 II 擺盤
基本 III 日本的食器
基本 IV 吃法和禮儀

20

5《いつ》つの調理《ちょうり》技法《ぎほう》

10

調理的五種技法

文 / 林潔珏　日文翻譯 / 水島利恵
圖 /shutterstock

五味《ごみ》とは

一食《いっしょく》の料理《りょうり》には、酸味《さんみ》、甘味《あまみ》、苦味《にがみ》、辛味《からみ》、塩味《しおみ》の五《いつ》つの味《あじ》が全《すべ》て備《そな》わっており、おいしく味《あじ》わえるだけでなく、食《た》べる人《ひと》を飽《あ》きさせない工夫《くふう》がされている。基本《きほん》の調味料《ちょうみりょう》である「さ・し・す・せ・そ」の砂糖《さとう》、塩《しお》、酢《す》、醤油《しょうゆ》、味噌《みそ》を使《つか》い、同《おな》じ食材《しょくざい》でも、魔法《まほう》をかけたかのように、味《あじ》に変化《へんか》が生《う》まれ、味《あじ》わい豊《ゆた》かなごちそうへと変化《へんか》する。

五味

酸、甜、苦、辣、鹹這五種味道於一餐若能兼具，不僅讓人吃得津津有味，又不會生厭。利用基本調味料「sa・shi・su・se・so」的砂糖、鹽、醋、醬油、味噌，如同在食材上施展魔法般，幻化出滋味多變而豐富的佳餚。

五法《ごほう》とは

生《なま》（切《き》る）、煮《に》る、焼《や》く、揚《あ》げる、蒸《む》す、この５種類《ごしゅるい》の調理法《ちょうりほう》で作《つく》った料理《りょうり》で、刺身《さしみ》、煮物《にもの》、焼《や》き物《もの》、蒸《む》し物《もの》、揚《あ》げ物《もの》のことである。その中《なか》でも生《なま》（切《き》る）とは生《なま》で食《しょく》すことをいい、和食《わしょく》の中《なか》でも非常《ひじょう》に重要《じゅうよう》な位置《いち》を占《し》めている。食材《しょくざい》が一番新鮮《いちばんしんせん》でおいしい旬《しゅん》のものは、スパッと鮮《あざ》やかに切《き》らなければならない。お客様《きゃくさま》のおもてなしによく出《だ》される会席料理《かいせきりょうり》では、この５種《ごしゅ》の料理《りょうり》が必《かなら》ず出《だ》される。調理方法《ちょうりほうほう》に変化《へんか》を加《くわ》えることで、料理《りょうり》が豊富《ほうふ》になり、様々《さまざま》な味《あじ》わいが楽《たの》しめるのだ。

五法

生（切）、煮、烤、炸、蒸這五種烹調手法所做的料理，便是刺身、煮物、烤物、蒸物、炸物，其中生（切）代表生食，在和食中佔有相當重要的地位。掌握食材最鮮美的時候料理，得靠俐落的切工。常用來宴客招待的會席料理必定出現這五種料理，烹調手法變化，賦予料理豐富而多層次的味覺享受。

五色《ごしき》とは

白《しろ》は純潔《じゅんけつ》を意味《いみ》し、黒《くろ》は優美《ゆうび》な雰囲気《ふんいき》を醸《かも》し出《だ》し、黄色《きいろ》や赤《あか》の暖色系《だんしょくけい》は食欲増進《しょくよくぞうしん》、緑色《みどりいろ》の寒色系《かんしょくけい》は安心感《あんしんかん》や落《お》ち着《つ》いた感《かん》じを演出《えんしゅつ》する。和食《わしょく》の中《なか》でよく目《め》にする黒《くろ》い漆器《しっき》や、赤《あか》い汁椀《しるわん》、また新鮮《しんせん》な花《はな》や緑《みどり》の葉《は》が添《そ》えられるのも、すべて五色《ごしき》の技法《ぎほう》が使《つか》われており、料理《りょうり》そのものを芸術品《げいじゅつひん》へと変《か》えてしまう。この他《ほか》、五色《ごしき》の組《く》み合《あ》わせは、食材《しょくざい》の栄養《えいよう》も考慮《こうりょ》されており、目《め》でも楽《たの》しめ、栄養価値《えいようかち》もある料理《りょうり》というのが和食《わしょく》のひときわ優《すぐ》れた点《てん》となっている。

五色

白色代表純潔、黑色散發出典雅的氣質、黃色和紅色暖色系促進食慾、綠色冷色系展現安心、穩重感。和食料理中常出現的黑色漆器、紅色湯碗或鮮花綠葉陪襯等，皆是運用五色技法，使料理本身亦是藝術品。此外，五色搭配也考量食材的營養，兼具觀賞與營養值價的料理讓和食更為出色。

五適《ごてき》とは

適温《てきおん》というのは、「熱《あつ》いものは熱《あつ》いうちに、冷《つめ》たいものは冷《つめ》たいうちに食《た》べる」、適材《てきざい》というのは、「お客様《きゃくさま》の年齢《ねんれい》や性別《せいべつ》に合《あ》わせて適《てき》した食材《しょくざい》を選《えら》ぶ」、適量《てきりょう》というのは、「多《おお》すぎず少《すく》なすぎず、ちょうどよい量《りょう》になるように調節《ちょうせつ》する」、適技《てきぎ》とは、「技《わざ》にこだわりすぎず、中庸《ちゅうよう》を心《こころ》がける」、適心《てきしん》とは、「おもてなしの心《こころ》を以《もっ》て器《うつわ》を選《えら》び、心地《ここち》よい食事《しょくじ》の雰囲気《ふんいき》をつくりだす」ということである。

五適

適溫也就是熱的東西使之趁熱吃、冰的東西使之趁冰吃；適材則是配合客人的年齡或性別，挑選合適的材料；適量必須拿捏分量，不多不少恰到好處；適技則記取中庸之道，不過分拘泥於技巧；適心以款待之心擇食器，營造舒適用餐的氛圍。

五覚《ごかく》とは

五覚《ごかく》とは、視覚《しかく》、聴覚《ちょうかく》、嗅覚《きゅうかく》、触覚《しょっかく》、味覚《みかく》のことで、料理《りょうり》はその彩《いろど》り、香《かお》り、味以外《あじいがい》に、例《たと》えば揚《あ》げ物《もの》を口《くち》にする際《さい》にする「サクサク」という音《おと》や、熱《あつ》さ冷《つめ》たさの温度《おんど》などというものが考慮《こうりょ》されなければならない。料理人《りょうりにん》は、この五覚《ごかく》を視野《しや》に置《お》き、工夫《くふう》を凝《こ》らして、和食《わしょく》のもつ味《あじ》わいを細部《さいぶ》に至《いた》るまで、一《ひと》つ一《ひと》つゆっくりと楽《たの》しませてくれるのである。

五覺

又稱五感，即是視覺、聽覺、嗅覺、觸覺、味覺。除了秉持色、香、味俱全外，也必須考量用餐時料理發出的聲響，如吃炸物時喀滋喀滋酥脆聲音和食物冷熱的溫度。料理人於五覺所下的功夫，循循善誘食者細細品嘗和食的箇中滋味。

21

配《はい》膳《ぜん》

擺盤

11

文 / 林潔珏　日文翻譯 / 水島利惠
圖 / shutterstock

全《まった》く異《こと》なる食習慣《しょくしゅうかん》

中華圏《ちゅうかけん》の人《ひと》が食事《しょくじ》をする際《さい》は、大《おお》きなテーブルに料理《りょうり》を並《なら》べ、みんなで分《わ》けて食《た》べるのが習慣《しゅうかん》だが、日本《にほん》では昔《むかし》から人数分《にんずうぶん》の皿《さら》や茶碗《ちゃわん》を準備《じゅんび》し、料理《りょうり》をそれぞれ分《わ》けて盛《も》り付《つ》けるのが習慣《しゅうかん》で、醤油《しょうゆ》やわさびなどに至《いた》るまで、一人《ひとり》一皿《ひとさら》である。明治時代以前《めいじじだいいぜん》、日本人《にほんじん》の食事《しょくじ》スタイルは、一人《ひとり》一《ひと》つ「銘々膳《めいめいぜん》」と呼《よ》ばれる四角形《しかくけい》の小《ち》さいお膳《ぜん》を使《つか》って食《た》べるのが一般的《いっぱんてき》だったが、「ちゃぶ台《だい》」（四角形《しかくけい》または円形《えんけい》のテーブル）が出《で》てくるようになると、次第《しだい》に銘々膳《めいめいぜん》を使《つか》う家《いえ》は少《すく》なくなっていき、今《いま》では旅館《りょかん》で見《み》かけるぐらいになってしまった。しかし、一人《ひとり》一皿《ひとさら》という習慣《しゅうかん》は、今《いま》でも残《のこ》っている。

迴然不同的飲食習慣

華人吃飯都是大桌菜共享菜餚，日本自古以來習慣用小碟、小碗按人數分開盛裝，甚至連醬油、山葵等調味料也是一人一份。明治時代以前，日本人用餐的主要形式為「一人一個方形小膳台」，自從「卓袱台」（方形或圓形的小圓桌）出現後逐漸式微，現今只有在日式旅館才看得到膳台，不過每種菜餚一人一份的習慣仍沿襲至今。

料理《りょうり》の盛《も》り付《つ》け

日本人《にほんじん》は四季《しき》の移《うつ》り変《か》わりを忠実《ちゅうじつ》に料理《りょうり》に表現《ひょうげん》する。四季《しき》を題材《だいざい》に、旬《しゅん》の食材《しょくざい》を使《つか》って、春《はる》であれば桜《さくら》、秋《あき》であれば紅葉《もみじ》や銀杏《いちょう》の葉《は》を型取《かたど》ったり、生花《せいか》や葉《は》、氷《こおり》などを添《そ》えることで、季節感《きせつかん》を引《ひ》き立《た》たせる。料理《りょうり》を食《た》べ終《お》わると、それはまるで芸術鑑賞《げいじゅつかんしょう》を楽《たの》しんだかのような気分《きぶん》になることだろう。和食料理《わしょくりょうり》は、山《やま》、川《かわ》、船《ふね》などに見立《みた》てて盛《も》り付《つ》けられ、食材《しょくざい》は必《かなら》ず３《さん》、５《ご》、７《なな》などの奇数《きすう》になるように盛《も》り付《つ》ける。器《うつわ》、彩《いろど》り、盛《も》り付《つ》けなど、そのどれを見《み》ても、和食《わしょく》の細《こま》かな技《わざ》と日本《にほん》の美意識《びいしき》が感《かん》じられることだろう。

食物擺設

日本人對四季更迭的感受，忠實地反應在料理上。擅長以四季為題材，將當季食材雕成代表春天的櫻花與代表秋天的楓葉和銀杏葉，並利用鮮花、葉片、冰塊裝飾，烘托季節的氛圍，用完餐彷彿也欣賞了一件藝術品。和食料理的拼擺多以山、川、船等圖案，固定以單數 (3、5、7) 排列。從擺盤、配色、裝飾等，可一窺和食精緻細膩的巧工，體察日式美學。

器《うつわ》の配膳《はいぜん》

器《うつわ》と料理《りょうり》のコーディネイトは、日本人《にほんじん》の細部《さいぶ》にまでこだわる気質《きしつ》が表《あらわ》れている。和食《わしょく》は、陰陽五行《いんようごぎょう》の思想《しそう》と「五《ご》味《み》、五色《ごしき》、五法《ごほう》」の料理哲学《りょうりてつがく》が基礎《きそ》となっており、選《えら》ぶ食材《しょくざい》、切《き》り方《かた》、配色《はいしょく》、盛《も》り付《つ》けの全《すべ》てにおいて、決《き》まったルールがあり、その一《ひと》つでもおろそかにすることはできない。例《たと》えば、丸《まる》い形《かたち》の料理《りょうり》は四角《しかく》い器《うつわ》、四角《しかく》い形《かたち》の料理《りょうり》は丸《まる》い器《うつわ》、というように、料理《りょうり》の大《おお》きさ、形《かたち》、彩《いろど》りから、適《てき》した器《うつわ》や飾《かざ》りを選《えら》ぶ過程《かてい》には、陰陽《いんよう》の調和《ちょうわ》が深《ふか》く考慮《こうりょ》されている。また、全体的《ぜんたいてき》な配色《はいしょく》においても、濃《こ》い色《いろ》の料理《りょうり》は薄《うす》い色《いろ》の器《うつわ》、薄《うす》い色《いろ》の料理《りょうり》は濃《こ》い色《いろ》の器《うつわ》に盛《も》るのが原則《げんそく》とされており、和食《わしょく》の調和《ちょうわ》にこだわる姿勢《しせい》がここにも見《み》られるのである。

器皿擺設

器皿和料理的搭配運用，反應出日本人細膩考究的性格。和食是以陰陽五行思想和五味、五色、五法的料理哲學為基礎，從選用食材、刀工、配色、擺盤都有一定的準則，一點也馬虎不得。例如圓形的食物通常放在方形的盤子；方形的食物大多擺在圓形的盤子，這般依食物的大小、形狀、顏色選擇合適的食器與裝飾物的過程，便是考究陰陽協調感。此外，整體配色上，原則以深色料理搭配淺色食器、淺色料理搭配深色食器，也是講究和食協調性的一種表現。

22

日本《にほん》の器《うつわ》

12

日本的食器

文 / 林潔珏 日文翻譯 / 水島利恵
圖 /shutterstock

和食《わしょく》には、お客《きゃく》さまに対《たい》する心《こころ》からのおもてなしの気持《きも》ちがその根底《こんてい》にある。細《こま》かなところにまでこだわるという日本人《にほんじん》の気質《きしつ》から、その美意識《びいしき》は生活《せいかつ》の中《なか》に存分《ぞんぶん》に現《あらわ》れている。日本《にほん》には多《おお》くの種類《しゅるい》の器《うつわ》があるが、これらは洗練《せんれん》された文化《ぶんか》と密接《みっせつ》な関係《かんけい》にあり、多《おお》くの逸品《いっぴん》や、多種多様《たしゅたよう》な器《うつわ》を全《すべ》て理解《りかい》するのは容易《たやす》いことではない。ここでは、まず器《うつわ》の種類《しゅるい》、用途《ようと》、素材《そざい》から見《み》ていくことにしよう。

和食的根本著重在對客人的精心款待，而日本人細緻膩講究的性格，充分地在生活中展現對美的意識。日本食器種類繁多，和其精緻文化有著密切的關係，面對琳瑯滿目、多姿多采的食器，並不容易全盤了解，這裡先從食器的種類、用途、材來一探究竟。

種類《しゅるい》と用途《ようと》

日本《にほん》の食器《しょっき》を大《おお》きく分《わ》けると、「碗《わん》」（木製《もくせい》であれば「椀《わん》」、陶磁器製《とうじきせい》であれば「碗《わん》」と表記《ひょうき》される）、「皿《さら》」「鉢《はち》」「箱《はこ》」「鍋《なべ》」「膳《ぜん》」「盆《ぼん》」などの種類《しゅるい》に分《わ》けられる。碗《わん》を例《れい》に挙《あ》げると、用途《ようと》によってそれぞれ独自《どくじ》の形《かたち》と名称《めいしょう》があり、飯碗《めしわん》、汁椀《しるわん》、茶《ちゃ》漬《づ》け茶碗《ぢゃわん》、蓋《ふた》付《つ》き飯碗《めしわん》、煮物碗《にものわん》、蒸《む》し碗《わん》（茶碗《ちゃわん》蒸《む》しなどの碗《わん》）、抹茶碗《まっちゃわん》などがある。

種類與用途

日本食器大致可分成「碗」（若為木製品，日文標示為「椀」，陶瓷器則為「碗」）、盤子、缽、箱（盒）、鍋、膳台、托盤等種類。例如碗類，視用途有獨特的造型和名稱，如飯碗、湯碗、茶泡飯碗、蓋飯碗、煮物碗、蒸碗（如茶碗蒸、土瓶蒸的碗）、抹茶碗等等。

重箱《じゅうばこ》

一種二層至五層不等，附盒蓋的飯盒，盛裝料理用於節日等慶祝之用。

長角皿《ちょうかくざら》

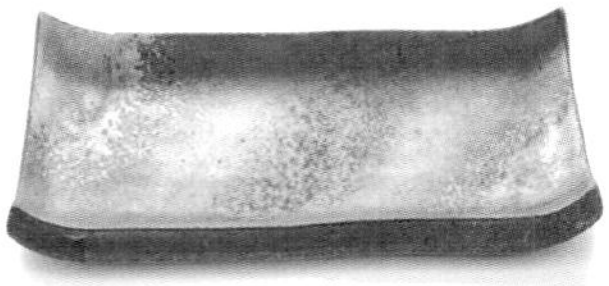

一種長型器皿，因方便盛裝魚類，多用於燒烤料理。

盆《ぼん》

托盤用於傳遞食物。

ざる

一種用竹子編的平底盛裝器皿，因透氣性好，常用盛裝蕎麥麵、乾果等食物。

膳《ぜん》

盛裝一人份料理的小桌子。

椀《わん》／碗《わん》（蓋《ふた》付《つ》き）

飯椀《めしわん》

汁椀《しるわん》

煮物碗《にものわん》

菓子鉢《かしばち》

大致分為飯碗、湯碗、煮物碗三類盛裝食物，同樣盛裝食物的缽，比盤子深、又比碗開口大而淺些，常用於盛裝甜點。

呑水《とんすい》

是由中文「湯匙」演變而來，因此仍舊保留匙的影子，是種有把手的器皿，多用於盛裝醬汁。

舟型盛器《ふながたもりき》

船造型的盛裝器皿，多用於精緻料理。

向付鉢《むこうづけばち》

多用於盛裝醋物或涼拌類小菜。

寿司下駄《すしげた》

一種木製盛裝生魚片的小檯子，亦稱作「寿司台《すしだい》、寿司盛台《すしもりだい》」，而壽司師傅慣以「ゲタ」稱之，沒有腳的又稱「盛《も》り板《いた》」。

更《さら》に皿《さら》を見《み》てみると、その種類《しゅるい》の多《おお》さに目《め》がくらむかもしれない。大《おお》きさで分《わ》けるなら、8寸《はっすん》〜1尺《いっしゃく》（1尺《いっしゃく》＝10寸《じゅっすん》、1寸《いっすん》＝3.03cm）のものは「大皿《おおざら》」に分類《ぶんるい》され、「大皿料理《おおざらりょうり》」（数人分《すうにんぶん》の料理《りょうり》が盛《も》られた料理《りょうり》）で使用《しよう》する皿《さら》にあたる。また、よく数種類《すうしゅるい》の前菜《ぜんさい》を盛《も》るのに使《つか》われるのが、「八寸皿《はっすんざら》」だ。中皿《ちゅうざら》の大《おお》きさは、約5寸《やくごすん》〜7寸《ななすん》の間《あいだ》で、よく一人分《ひとりぶん》の料理《りょうり》を盛《も》るのに使《つか》われる。また、様々《さまざま》な形《かたち》のものがあり、基本《きほん》の丸型《まるがた》のものだけでなく、瓦型《かわらがた》、扇型《おうぎがた》、八角形《はっかっけい》、半月型《はんげつがた》、台形《だいけい》など、その種類《しゅるい》の多《おお》さや創意工夫《そういくふう》に、思《おも》わずため息《いき》が出《で》てしまうだろう。3寸《さんすん》〜4寸《よんすん》の大《おお》きさの皿《さら》は、「小皿《こざら》」に属《ぞく》し、よく見《み》られるのが、料理《りょうり》を取《と》り分《わ》けるのに使《つか》われる「取《と》り皿《ざら》」だ。その他《ほか》にも、更《さら》に小《ちい》さいものとして、醤油《しょうゆ》やたれ、薬味《やくみ》を入《い》れるのに使《つか》う小皿《こざら》は、とてもかわいく精巧《せいこう》に作《つく》られている。

鉢《はち》は碗《わん》よりは浅《あさ》く、皿《さら》よりは深《ふか》い器《うつわ》で、皿《さら》と同《おな》じように大鉢《おおばち》、中鉢《ちゅうばち》、小鉢《こばち》があり、天《てん》ぷらのつゆを入《い》れるのに使《つか》う「呑水《とんすい》」、刺身《さしみ》や酢《す》のもの、和《あ》えものを盛《も》る「向付鉢《むこうづけばち》」、菓子《かし》をのせる「菓子鉢《かしばち》」など、用途《ようと》によりそれぞれ特《とく》別《べつ》な名称《めいしょう》が付《つ》けられている。

至於盤子種類繁多的程度更是讓人眼花撩亂。若依大小區分，8 寸 ~1 尺（1 尺 10 寸，1 寸 3.03 公分）為「大盤」，例如用在「大盤料理」（提供數人食用的大盤料理）的大盤子，與常用來裝數種前菜的「八寸盤」。中盤的尺寸約在 5 寸 ~7 寸之間，多用來裝一人份料理，而且形狀極富變化，不論是最基本的圓形、還是瓦片形、扇形、八角形、半月形、台形等，種類之繁、創意之奇令人驚嘆。3 寸 ~4 寸大小的盤子則歸類為「小盤」，常見的如分取食物的「小碟子」。其他還有更小的，用來盛裝醬油、沾醬、佐料的小碟子，小巧玲瓏，非常可愛。

鉢是比碗淺、比盤子深的食器，和盤子一樣有大鉢、中鉢、小鉢，視用途也有特別的名稱，像盛放天婦羅醬汁的「吞水」（有耳朵的碗），盛生魚片、醋物或涼拌的「向付鉢」、裝甜點的「菓子鉢」等等。

この他《ほか》、お正月《しょうがつ》やお花見《はなみ》に使《つか》う「重箱《じゅうばこ》」（数層《すうそう》に重《かさ》ねた四角形《しかくけい》の箱《はこ》）、普段《ふだん》に使《つか》う弁当箱《べんとうばこ》、料理《りょうり》を並《なら》べるお膳《ぜん》、お盆《ぼん》、竹《たけ》かご、桶《おけ》、紙鍋《かみなべ》など、それぞれ使《つか》うにふさわしいシーンがあり、それらを混合《こんごう》して使用《しよう》してはいけない。もし、日本《にほん》の器《うつわ》を一同《いちどう》に並《なら》べたなら、その種類《しゅるい》の豊富《ほうふ》さに目《め》を奪《うば》われてしまうだろう。

此外，像過年、賞花時使用的「重箱」(多層方形盒)、平常用的便當盒，擺放料理的膳台、托盤、竹籠、木盆、紙鍋等，各自都有其最合適的用途，混用不得。若把日本食器羅列擺放，其盛況將令人炫目吧。

23

食《た》べ方《かた》とマナー

13

吃法和禮儀

文 / 林潔珏 日文翻譯 / 水島利恵
圖 /shutterstock

食《た》べ方《かた》の順序《じゅんじょ》

今《いま》や和食《わしょく》は台湾《たいわん》で広《ひろ》く受《う》け入《い》れられ、多《おお》くの人々《ひとびと》から愛《あい》されているが、たくさんの料理《りょうり》がテーブルの上《うえ》に並《なら》んでいると、何《なに》から手《て》をつけていいか、戸惑《とまど》ってしまう人《ひと》も少《すく》なくないはずだ。実《じつ》は、手前《てまえ》にある料理《りょうり》から食《た》べていけば間違《まちが》いはない。まず、左《ひだり》から、次《つ》いで右《みぎ》、そして真《ま》ん中《なか》、最後《さいご》は自分《じぶん》から一番遠《いちばんとお》い場所《ばしょ》にある料理《りょうり》をいただく。

食順序

和食向來深受台灣人喜愛，不過當我們面對滿桌的料理時，應該有不少人會迷惘該如何下手？其實只要從最靠近自己的菜餚下筷就不會錯。先從左邊，再從右邊，然後中間，最後再享用離自己最遠的幾道菜。

台湾人《たいわんじん》によくある間違《まちが》い

台湾人《たいわんじん》が刺身《さしみ》を食《た》べる際《さい》によく見《み》られるのが、大量《たいりょう》のわさびを醤油《しょうゆ》の中《なか》に溶《と》かして食《た》べる食《た》べ方《かた》だ。鼻《はな》につんとくる刺激《しげき》があるが、刺身《さしみ》の上《うえ》にわさびを乗《の》せてから醤油《しょうゆ》をつけて食《た》べるというのが正《ただ》しい食《た》べ方《かた》だ。食材《しょくざい》の本来《ほんらい》もつ色《いろ》が変《か》わらないということのほか、こうして食《た》べることによってわさびと刺身《さしみ》そのものの旨味《うまみ》が味《あじ》わえるのだ。また、茶碗蒸《ちゃわんむ》しの食《た》べ方《かた》を聞《き》いて意外《いがい》に感《かん》じる人《ひと》も多《おお》いことだろう。茶碗蒸《ちゃわんむ》しは「吸物《すいもの》」に属《ぞく》するため、箸《はし》で茶碗蒸《ちゃわんむ》しをよくかき混《ま》ぜ、汁《しる》として飲《の》むのが正式《せいしき》で、横《よこ》に付《つ》いてくるスプーンを使《つか》ってかき混《ま》ぜて食《た》べても大丈夫《だいじょうぶ》だ。

台灣人常見的問題

台灣人吃生魚片時，常把大量的山葵拌在醬油裡，雖有嗆鼻的快感，但正確的吃法是將山葵放在生魚片上，再沾醬油食用，除了能保有食物的原貌色澤，最重要的便是吃出山葵和生魚片的滋味。許多人對茶碗蒸的吃法或許也會感到意外，茶碗蒸原屬「湯品」，正式吃法是用筷子將碗內的材料充分攪拌後當湯來喝，因此也可以用附在一旁的小湯匙攪拌後吃。

基本中《きほんちゅう》の基本《きほん》

日本人《にほんじん》は箸使《はしづか》いをとても重要視《じゅうようし》し、箸使《はしづか》いを見《み》ただけで、その人《ひと》の教養《きょうよう》の有無《うむ》が分《わ》かるくらいである。このため、例《たと》えば「迷《まよ》い箸《ばし》」（何《なに》を食《た》べようかと迷《まよ》い、料理《りょうり》の上《うえ》で箸《はし》を行《い》き来《き》させる）、「ねぶり箸《ばし》」（箸《はし》をなめる）、「刺《さ》し箸《ばし》」（箸《はし》で食《た》べ物《もの》をつき刺《さ》す）、「渡《わた》し箸《ばし》」（食事《しょくじ》の途中《とちゅう》で箸《はし》を食器《しょっき》の上《うえ》に渡《わた》し置《お》く）、「寄《よ》せ箸《ばし》」（箸《はし》を使《つか》って食器《しょっき》を引《ひ》き寄《よ》せる）など、タブーとされる箸使《はしづか》いも少《すく》なくない。また、特《とく》に「手皿《てざら》」（手《て》のひらを皿《さら》のようにして、食《た》べ物《もの》や汁《しる》を受《う》ける）には気《き》をつけなければならない。料理《りょうり》やその汁《しる》が落《お》ちてしまいそうなとき、ついつい手《て》を使《つか》って受《う》けてしまいがちだが、これはマナー違反《いはん》である。このような場合《ばあい》、小皿《こざら》やナプキン（懐紙《かいし》を持参《じさん》するのが好《この》ましい）を使《つか》うのが正《ただ》しい。

基本中的基本

日本人很重視筷子的用法，甚至認為從筷子的用法，便可看出一個人是否有教養，因此有關筷子的禁忌也不少，像是「迷い箸」（不知道夾哪個好，筷子在盤上游移不定）、「ねぶり箸」（舔筷子）、「刺し箸」（用筷子插食物）、「渡し箸」（用餐中將筷子橫放在餐具上）、「寄せ箸」（用筷子移動餐具）等等。還有必須特別留意的「手皿」（把手當作接食物或湯汁的小盤子），為避免湯汁或食物掉落，往往會不由自主地用手來接，這也是不合乎禮儀，這種情況可利用小盤子或餐巾紙（講究的應自備懷紙）。

原則《げんそく》として、大皿《おおざら》や重量《じゅうりょう》のある器《うつわ》を除《のぞ》く一般的《いっぱんてき》な飯碗《めしわん》、汁椀《しるわん》、小鉢《こばち》、中皿《ちゅうざら》、小皿《こざら》などは、どれも手《て》で持《も》っていただく。さもなければ、頭《あたま》を下《さ》げ、顔《かお》を食器《しょっき》に近《ちか》づけて食《た》べる「犬食《いぬぐ》い」になってしまうからだ。最後《さいご》に、おなかが一杯《いっぱい》になったら、両手《りょうて》を合《あ》わせて「ごちそうさまでした」と言《い》うのをお忘《わす》れなく。日本《にほん》で食事《しょくじ》をいただく際《さい》における基本中《きほんちゅう》の基本《きほん》のマナーである。

原則上，除非是很大、很重的餐具，一般的飯碗、湯碗、小鉢、小盤、小碟子都應該捧著食器享用，而不是低頭貼近食器，否則就成「犬食い」（狗扒飯） 了。最後在吃飽喝足之餘，別忘了雙手合掌説聲「ごちそうさまでした」（謝謝款待），這可是日本用餐禮儀中基本的基本。

Chapter 3

和食—常備菜の献立帖

【小菜】
納豆
沖繩風炒山苦瓜
肉燥味噌白蘿蔔

【米料理】
白咖哩
蛋包飯
壽司捲
烤魚定食
鰻魚飯
日式飯糰
茶泡飯
菜飯
散壽司
日式便當
親子丼

【汁料理】
味噌湯
土瓶蒸

【刺身】
生魚片

【麵類】
烏龍麵
冷麵線
蕎麥麵
沾汁麵
拉麵

【鍋料理】
涮涮鍋
關東煮

【揚物・燒物・炒物】
壽喜燒
天婦羅
日式煎餃
可樂餅
和風炸雞
日式煎蛋
鏘鏘燒
章魚燒
串燒
日式豬排
燒肉
御好燒

【煮物】
馬鈴薯燉肉
和風漢堡排
和風高麗菜捲

【蒸物】
茶碗蒸

【和菓子】
茶菓子
萩餅
蘋果金團
日式刨冰
泡芙
糯米丸子

24

納《なっ》豆《とう》

14

納豆

文／林潔珏
圖／shutterstock

[1]ネバネバする　黏，黏稠。
[2]鼻《はな》にツンとくる　嗆鼻。
[3]敷《し》く　鋪。
[4]コンディション　（英：condition）狀態。
[5]こぼす　掉落，灑落。
[6]栄養価《えいようか》　營養價值。
[7]サラサラ　清澈的。
[8]優《すぐ》れる　卓越。

外国人《がいこくじん》が嫌《きら》いな日本食《にほんしょく》ランキングの第《だいいち》1位《い》に選《えら》ばれた納豆《なっとう》は、蒸《む》した大豆《だいず》を納豆菌《なっとうきん》によって発酵《はっこう》させた日本《にほん》の伝統食品《でんとうしょくひん》である。様々《さまざま》な種類《しゅるい》があるが、一般的《いっぱんてき》には「糸《いと》引《ひ》き納豆《なっとう》」のことを指《さ》す。独特《どくとく》のネバネバした[1]食感《しょっかん》や鼻《はな》にツンとくる[2]臭《くさ》みがあり、日本人《にほんじん》でも好《す》きな人《ひと》は好《す》きだが、苦手《にがて》な人《ひと》も少《すく》なくはない。

納豆《なっとう》は弥生時代《やよいじだい》に稲《いな》わらと大豆《だいず》の偶然《ぐうぜん》による出会《であ》いから誕生《たんじょう》したものだと言《い》われている。当時《とうじ》の住《す》まいである「竪穴式住居《たてあなしきじゅうきょ》」は、中《なか》に炉《ろ》があって暖《あたた》かく、地面《じめん》に稲《いな》わらが敷《し》かれて[3]いたため、納豆菌《なっとうきん》が増《ふ》えて活動《かつどう》するには最高《さいこう》のコンディション[4]だった。偶然《ぐうぜん》、誰《だれ》かがその稲《いな》わらの上《うえ》に煮豆《にまめ》をこぼし[5]、気付《きづ》かないうちに発酵《はっこう》して「納豆《なっとう》」になってしまったという。

納豆《なっとう》の栄養価《えいようか》[6]は非常《ひじょう》に高《たか》く、美白《びはく》や夏《なつ》バテ予防《よぼう》、整腸作用《せいちょうさよう》、老化防止《ろうかぼうし》、血液《けつえき》をサラサラ[7]にするなど様々《さまざま》な効果《こうか》があるため、昔《むかし》から栄養食《えいようしょく》や健康食《けんこうしょく》として広《ひろ》く食《た》べられていた。また、非常《ひじょう》に優《すぐ》れた[8]抗菌作用《こうきんさよう》もあるので、抗生物質《こうせいぶっしつ》のない時代《じだい》ではいくつかの伝染病《でんせんびょう》に対《たい》し、納豆《なっとう》が一種《いっしゅ》の薬《くすり》としても使《つか》われていた。

名列外國人討厭的日本食品排行榜之冠的納豆，是利用納豆菌將蒸熟的大豆發酵而成的日本傳統食品。種類雖然多樣，但一般指的是「牽絲納豆」。因有著獨特的黏稠口感和嗆鼻的臭味，即使是日本人，喜歡的人喜歡，但敬而遠之的人也不少。

據說納豆是在彌生時代因稻草和大豆的偶然相遇而誕生的。因為在當時的住家「豎穴式住居」裡頭，有爐子很暖和，再加上地面鋪了稻草，便成了納豆菌繁殖活躍的最佳狀態。恰巧有人把煮熟的豆子掉在那稻草上，不知不覺便發酵成了「納豆」。

納豆的營養價值非常高，有美白、預防夏季暑熱造成的失調、整腸作用、防止老化、清血等多重功效，長久以來被當成營養食品或健康食品廣泛地食用。此外，也因為具有卓越的抗菌作用，在沒有抗生素的時代，納豆被當作一種藥物使用，對抗某些傳染病。

健康應援關鍵字

美白《びはく》　美白
夏《なつ》バテ予防《よぼう》　預防夏季暑熱引起的失調
整腸作用《せいちょうさよう》　整腸作用
老化防止《ろうかぼうし》　防止老化
血液《けつえき》をサラサラにする　清血
抗菌作用《こうきんさよう》　抗菌作用
抗生物質《こうせいぶっしつ》　抗生素

～ないうちに

「うち」亦寫作「内《うち》」。在發生變化前完了某事，譯成「趁著～」，同時也表現於狀態的變化，例如：「知《しら》らないうちに」（不知不覺中）。

～上《うえ》（に）

用於書面用語或口語用語。表示在某件事上又再加上另一件事，譯成「而且」「（再）加上」。

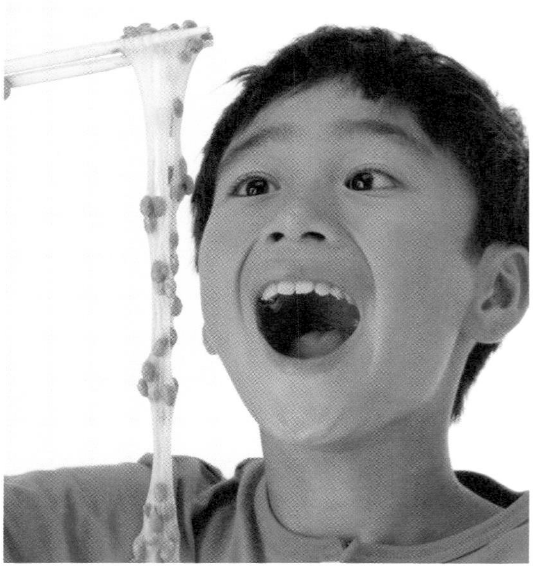

25

15

ゴーヤチャンプルー

沖縄風炒山苦瓜

文/EZ Japan 編輯部　日文翻譯/水島利惠
圖/shutterstock

[1]密接《みっせつ》［な］　密切的。
[2]損《そこ》なう　損害、流失。
[3]うたう　強調、標榜。

日本《にほん》の国土《こくど》の中《なか》で、台湾《たいわん》から最《もっと》も近《ちか》いのが沖縄《おきなわ》だ。古《ふる》くからの琉球文化《りゅうきゅうぶんか》と海《うみ》に囲《かこ》まれた環境《かんきょう》が、独特《どくとく》の沖縄料理《おきなわりょうり》を生《う》み出《だ》してきた。もともと琉球王国《りゅうきゅうおうこく》であった沖縄《おきなわ》は、第二次世界大戦《だいにじせかいたいせん》においてアメリカに領土《りょうど》を占領《せんりょう》され、その後《のち》１９７２《せんきゅうひゃくななじゅうに》年《ねん》に日本《にほん》に返還《へんかん》されたが、アメリカ軍《ぐん》が沖縄《おきなわ》を占領《せんりょう》していた期間《きかん》、沖縄《おきなわ》の食文化《しょくぶんか》も極《きわ》めて大《おお》きな影響《えいきょう》を受《う》けた。沖縄《おきなわ》の人々《ひとびと》は、もともと豚肉《ぶたにく》を食《た》べるのが好《す》きだったが、第二次世界大戦後《だいにじせかいたいせんご》、豚肉《ぶたにく》の入手《にゅうしゅ》が困難《こんなん》となった。そこで、アメリカ軍《ぐん》が持《も》ち込《こ》んだランチョンミート㊟を代用品《だいようひん》としたのだ。今日《こんにち》でもなお、ランチョンミートを使用《しよう》した沖縄料理《おきなわりょうり》がたくさん見《み》られる。

「長寿《ちょうじゅ》の島《しま》」とも呼《よ》ばれる沖縄《おきなわ》だが、長寿《ちょうじゅ》の秘訣《ひけつ》は食習慣《しょくしゅうかん》と密接《みっせつ》な[1]関係《かんけい》にある。「スローライフ」を求《もと》めている現代人《げんだいじん》だが、沖縄《おきなわ》では至《いた》る所《ところ》でその雰囲気《ふんいき》を感《かん》じ取《と》ることができる。四方《しほう》が海《うみ》に囲《かこ》まれ、日照時間《にっしょうじかん》も長《なが》いため、ビタミンＣを豊富《ほうふ》に含《ふく》んでいるゴーヤがよく育《そだ》つことから、地元《じもと》の人《ひと》はこのゴーヤを利用《りよう》した家庭料理《かていりょうり》、ゴーヤチャンプルーをよく作《つく》る。この料理《りょうり》には、暑《あつ》さから来《く》る倦怠感《けんたいかん》を改善《かいぜん》する効果《こうか》があり、レストランでも名物《めいぶつ》メニューの一《ひと》つとなっている。また、高温《こうおん》でも、ゴーヤのもつビタミンＣやミネラル物質《ぶっしつ》が損《そこ》なわれない[2]のが特徴《とくちょう》で、ゴーヤエキスを抽出《ちゅうしゅつ》しているとうたって[3]いる多《おお》くの健康食品《けんこうしょくひん》が販売《はんばい》されている。

さらにゴーヤと同《おな》じく、沖縄住民《おきなわじゅうみん》が誇《ほこ》る名産品《めいさんひん》が島豆腐《しまどうふ》だ。木綿豆腐《もめんどうふ》より硬《かた》く、野菜《やさい》と一緒《いっしょ》に炒《いた》めても崩《くず》れにくいのが特徴《とくちょう》で、タンパク質《しつ》の含有量《がんゆうりょう》は一般《いっぱん》の豆腐《とうふ》の2倍《ばい》にもなる。これが沖縄《おきなわ》の人《ひと》が長生《ながい》きできる理由《りゆう》なのかもしれない。

㊟ランチョンミートとは、アメリカ人《じん》が発明《はつめい》した缶詰食品《かんづめしょくひん》で、主《おも》に豚肉《ぶたにく》、砂糖《さとう》、塩《しお》、水《みず》、じゃがいも澱粉《でんぷん》から作《つく》られたもの。

健康應援關鍵字

ゴーヤ　山苦瓜
島豆腐《しまどうふ》　島豆腐
木綿豆腐《もめんどうふ》　木棉豆腐
ビタミンＣ　維他命Ｃ
ミネラル物質《ぶっしつ》　礦物質
タンパク質《しつ》　蛋白質

日本國土裡，離台灣最近的沖繩地區，因古琉球文化與環海的環境，產生了獨特沖繩料理。原是琉球王國的沖繩，於二次大戰時被美軍佔為領土，直到 1972 年才歸還日本。美軍佔領期間，沖繩飲食文化受到極大的影響，原本喜歡吃豬肉的沖繩居民，因為二戰過後豬肉取得不易，而改用美軍帶來的午餐肉㊟，時至今日仍常可見使用午餐肉的沖繩料理。

有「長壽島」之稱的沖繩，長壽的祕訣和其飲食習慣息息相關。現代人追求的「慢活」生活，在沖繩處處可感受到這股氛圍。四面環海、長年日照充足，孕育出富含維生素Ｃ的山苦瓜，當地居民利用山苦瓜做成的家常菜──沖繩風炒山苦瓜，能有效改善因熱暑引起的疲倦症狀，也成為餐館的特色菜色之一。此外，由於即使經過高溫，其富含的維生素Ｃ與礦物質也不會流失的特性，使得市面上許多健康食品都標榜萃取自山苦瓜。

還有和山苦瓜一樣使沖繩居民引以為傲的名產──島豆腐，特色是質地比木棉豆腐硬，入菜快炒後不易碎爛，而且蛋白質含量還比一般豆腐高出一倍，這或許就是沖繩人長壽的主要原因吧。

㊟午餐肉是美國人發明的罐頭食品，主要成分有豬肉、糖、鹽、水、馬鈴薯澱粉。

～と同《おな》じく

用於敘述兩樣或兩件事是相同的。

～とは

「とは」前接名詞，用於為該名詞下定義，可譯成「所謂……就是」。書面用語，意思同「というのは」。

26

16

ゴーヤチャンプルー

沖縄風炒山苦瓜

材料

4 人分	4 人份
ゴーヤ（苦瓜《にがうり》）…1 本《いっぽん》	山苦瓜（苦瓜）…1 條
豚《ぶた》バラ肉《にく》の薄切《うすぎ》り…200 g《にひゃくグラム》	豬五花肉片…200g
卵《たまご》…2 個《にこ》	雞蛋…2 個
木綿豆腐《もめんどうふ》…1 丁《いっちょう》	木棉豆腐（板豆腐）…1 塊
サラダ油《あぶら》…大《おお》さじ 1《いち》	沙拉油…1 大匙
ごま油《あぶら》…大《おお》さじ 1《いち》	麻油…1 大匙
鰹節《かつおぶし》…適量《てきりょう》	柴魚片…適量
薄口《うすくち》しょう油《ゆ》…大《おお》さじ 1《いち》と 1/2《にぶんのいち》	淡色醬油…1 又 1/2 大匙
みりん…大《おお》さじ 1《いち》と 1/2《にぶんのいち》	味醂…1 又 1/2 大匙

作り方

ゴーヤ　山苦瓜（沖繩方言）。　わた　苦瓜內部的籽和白膜。　もむ　搓揉。　ちぎる　撕。　流《なが》し入《い》れる　倒入。　戻《もど》す　放回去。

❶ ゴーヤは縦半分《たてはんぶん》に切《き》り、スプーンでわたをきれいに取《と》り除《のぞ》いたら厚《あつ》さ 2《に》ミリの半月切《はんげつぎ》りにする。

❷ 1《いち》をボウルに入《い》れ、塩《しお》（分量外《ぶんりょうがい》）でもみ、5 分程度《ごふんていど》おいたら水《みず》で洗《あら》い、水気《みずけ》を切《き》る。

❸ 卵《たまご》は溶《と》きほぐす。

❹ 豚肉《ぶたにく》は一口大《ひとくちだい》に切《き》る。

❺ 豆腐《とうふ》はよく水切《みずき》りし、手《て》で一口大《ひとくちだい》にちぎる。

❻ フライパンにサラダ油《あぶら》とごま油《あぶら》を入《い》れて熱《ねっ》し、3《さん》を流《なが》し入《い》れ炒《いた》め、半熟《はんじゅく》になったら取《と》り出《だ》す。

❼ 6《ろく》のフライパンで 2《に》、4《よん》、5《ご》を炒《いた》め、6《ろく》を戻《もど》し、薄口《うすくち》しょう油《ゆ》とみりんで味付《あじつ》けする。

❽ 器《うつわ》に盛《も》り付《つ》け、鰹節《かつおぶし》を散《ち》らしたらできあがり。

① 山苦瓜縱切成半，用湯匙挖除籽和白膜，再切成 2mm 厚度的半月形。

② 將 step1 放入大碗中，用鹽（本材料分量以外的鹽）搓揉，放置約 5 分鐘後用水洗淨並瀝乾水分。

③ 將蛋打散。

④ 將豬肉切成一口的大小。

⑤ 確實除去豆腐的水分，用手撕成一口的大小。

⑥ 將沙拉油和麻油放進平底鍋燒熱，倒入 step3 炒至半熟後取出。

⑦ 用 step6 的平底鍋炒 step2、step4、step5，再放回 step6，以淡色醬油與味醂調味。

⑧ 裝盤並灑上柴魚片後便大功告成。

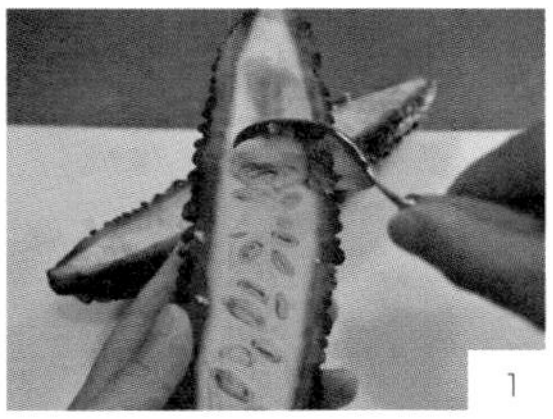
1

2

3

4

5

6

7

8

風呂《ふろ》吹《ふ》き大根《だいこん》の肉みそあんかけ

17

肉燥味噌白蘿蔔

文／林潔珏　日文翻譯／水島利惠
圖／shutterstock

なぜこの大根料理《だいこんりょうり》が「風呂吹《ふろふ》き大根《だいこん》」と呼《よ》ばれるのだろう。それには様々《さまざま》な説《せつ》があるが、そのうちの一説《いっせつ》に、昔《むかし》、風呂《ふろ》（銭湯《せんとう》）では、お客《きゃく》の背中《せなか》を流《なが》すというような仕事《しごと》があった。彼《かれ》らは、客《きゃく》の温《あたた》まった体《からだ》から上《あ》がっている湯気《ゆげ》をふうふうと[1]吹《ふ》きながら、垢《あか》をこすって[2]いたが、その姿《すがた》があつあつの大根《だいこん》を食《た》べる時《とき》、大根《だいこん》を冷《さ》ますために、ふうふうと息《いき》を吹《ふ》きかけながら食《た》べる姿《すがた》とよく似《に》ていたことから「風呂吹《ふろふ》き大根《だいこん》」と名付《なづ》けられたという説《せつ》がある。また、他《ほか》の一説《いっせつ》には、昔《むかし》の漆職人《うるししょくにん》が冬《ふゆ》の寒《さむ》い季節《きせつ》、漆《うるし》を塗《ぬ》った漆器《しっき》の乾《かわ》きが悪《わる》く困《こま》っていたところ、ある僧侶《そうりょ》から風呂《ふろ》（漆器《しっき》の乾燥室《かんそうしつ》のこと）で大根《だいこん》のゆで汁《じる》を吹《ふ》き込《こ》み、そこで乾《かわ》かすとよいと教《おし》えられ、その通《とお》りにすると、うまく乾燥《かんそう》するようになっただけでなく、大根《だいこん》の茹《ゆ》で汁《じる》を取《と》るために茹《ゆ》でた大根《だいこん》もとてもおいしく食《た》べられたという説《せつ》もある。更《さら》には、大根《だいこん》は安価《あんか》で栄養《えいよう》があることより、食《た》べると「不老富貴《ふろうふき》」になるという説《せつ》もある。

為什麼叫做「風呂吹き大根」，有幾種說法，一為從前在「風呂」（澡堂）有種職業工作類似現在的搓垢，他們得一邊對客人冒著熱氣的身體吹氣，一邊搓垢，這模樣相似於吃著熱騰騰的味噌白蘿蔔時，為了避免燙嘴，也會一邊吹氣一邊吃，便以此命名。另一說為以前漆器師傅常因冬季天氣寒冷，而煩惱上漆後的漆器不容易乾，經某僧侶的指點，嘗試在「風呂」（此指漆器乾燥室）裡面噴灑煮白蘿蔔的熱湯，結果不僅改善了漆器的乾燥效果，據說為取熱湯而煮出來的白蘿蔔也非常美味。最後還有個說法就是蘿蔔既便宜又營養，吃了會「不老富貴」（取諧音）而得名。

[1] ふうふう（と）　呼呼地（吹）。

[2] こする　擦、搓。

28 風呂《ふろ》吹《ふ》き大根《だいこん》の肉《にく》みそあんかけ

18

肉燥味噌白蘿蔔

材料

4人分	4 人份
大根《だいこん》…500《ごひゃく》g《グラム》	白蘿蔔…500g
だし昆布《こんぶ》…15cm《じゅうごセンチ》分《ぶん》	高湯用乾海帶…15cm 的分量
米《こめ》のとぎ汁《じる》…4《よん》カップ	洗米水…4 杯
かいわれ大根《だいこん》…少々《しょうしょう》	蘿蔔嬰…少許
豚《ぶた》のひき肉《にく》…100《ひゃく》g《グラム》	豬絞肉…100g
ごま油《あぶら》…適量《てきりょう》	麻油…適量

調味料

Ⓐ

赤《あか》みそ…大《おお》さじ2《に》	紅味噌…2 大匙
砂糖《さとう》…大《おお》さじ1《いち》	砂糖…1 大匙
酒《さけ》…大《おお》さじ2《に》	酒…2 大匙
みりん…大《おお》さじ2《に》	味醂…2 大匙
しょうが汁《じる》…小《こ》さじ1《いち》	薑汁…1 小匙

作り方

❶ 大根《だいこん》は厚《あつ》さ4cm《よんセンチ》の輪切《わぎ》りにし、皮《かわ》をむいて面取《めんと》りし、裏側《うらがわ》に十文字《じゅうもんじ》の隠《かく》し包丁《ぼうちょう》を入《い》れる。

❷ 鍋《なべ》に1《いち》の大根《だいこん》と米《こめ》のとぎ汁《じる》を入《い》れ、中火《ちゅうび》にかける。沸騰《ふっとう》したら弱火《よわび》に変《か》え、柔《やわ》らかくなるまで煮《に》て、そのまま冷《さ》ます。

❸ 大根《だいこん》を洗《あら》って昆布《こんぶ》の敷《し》いた鍋《なべ》に入《い》れ、かぶるくらいの水《みず》を注《そそ》ぎ、煮立《にた》ったらさらに10分《じゅっぷん》ぐらい弱火《よわび》で煮《に》る。

❹ 肉《にく》みそを作《つく》る。小《ちい》さめのフライパンにごま油《あぶら》を熱《ねっ》し、ひき肉《にく》をポロポロになるまで炒《いた》める。

❺ 4《よん》にⒶを加《くわ》え、中火《ちゅうび》でよく混《ま》ぜながら、とろりとなるまで煮詰《につ》める。

❻ 器《うつわ》に3《さん》の大根《だいこん》を盛《も》り付《つ》け、5《ご》の肉《にく》みそをのせ、かいわれ大根《だいこん》を飾《かざ》る。

① 白蘿蔔切成厚度 4cm 的圓筒狀，削皮並將切角削圓，背面用刀劃下十字形的切紋。
② 在鍋裡放入 step1 的白蘿蔔和洗米水，點中火。沸騰後改小火，煮到變軟時放涼。
③ 將白蘿蔔洗淨放進鋪好海帶的鍋裡，注入大概能覆蓋（白蘿蔔）的水量，水滾之後再以小火煮 10 分鐘左右。
④ 製作肉味噌。在小一點的平底鍋把麻油燒熱，並將絞肉炒至鬆散。
⑤ 將調味料 Ⓐ 加入 step4，以中火一邊攪拌，一邊煮至黏稠狀。
⑥ 將 step3 的白蘿蔔裝盤，淋上 step5 的肉燥味噌醬，加蘿蔔嬰點綴。

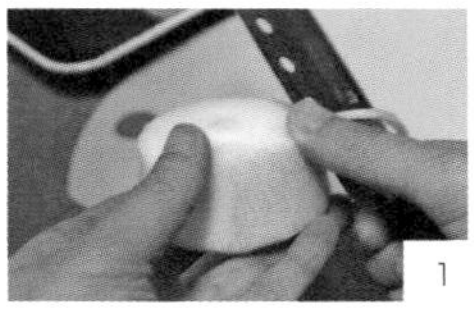
1

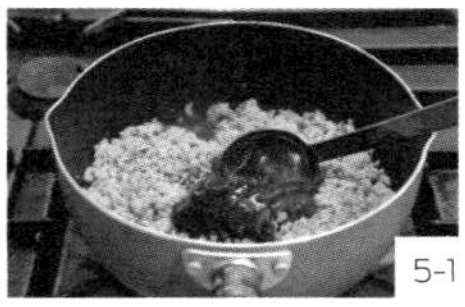
5-1

2

5-2

3

6

4

料理のコツ　料理的訣竅

大根《だいこん》の下《した》ゆでに米《こめ》のとぎ汁《じる》を使《つか》うと、大根《だいこん》の甘《あま》みを増《ま》すことができる。
大根《だいこん》はお湯《ゆ》から煮《に》ると柔《やわ》らかくならない場合《ばあい》があるので、必《かなら》ず水《みず》から煮《に》るようにする。
みそは水分《すいぶん》をとばしすぎるとカチカチになってしまうので、ゆるめに仕《し》上《あ》げる。

若使用洗米水來預煮白蘿蔔，可增加白蘿蔔的甜味。
白蘿蔔從熱水開始煮的話，有時會煮不軟，所以一定要從冷水開始煮。
味噌若水分過度蒸發會變得乾硬，所以不要收得太乾。

29

ホワイトカレー

白咖哩

19

文／林潔珏
圖／shutterstock

日本《にほん》では、カレーは国民食《こくみんしょく》と呼《よ》ばれるほど人気《にんき》のある料理《りょうり》だ。カレーと言《い》えば、大半《たいはん》の人《ひと》が茶色《ちゃいろ》や黄色《きいろ》のイメージを持《も》っていることだろう。ホワイトカレーはその名《な》の通《とお》り、白《しろ》いカレーだ。一見《いっけん》する[1]とクリームシチューのようだが、スパイス[2]の風味《ふうみ》は一般《いっぱん》のカレーと大《おお》きな違《ちが》いはない。なぜ白《しろ》い色《いろ》をしているのか。それはカレーの黄色《きいろ》の元《もと》となる香辛料《こうしんりょう》「ターメリック」などを使《つか》わず、ほかの香辛料《こうしんりょう》で香《かお》りや辛《から》さを出《だ》すからだ。

ホワイトカレーの発祥《はっしょう》[3]については様々《さまざま》な説《せつ》があるが、2006《にせんろく》年《ねん》に北海道《ほっかいどう》で行《おこな》われた牛乳消費拡大《ぎゅうにゅうしょうひかくだい》キャンペーン[4]に便乗《びんじょう》する[5]形《かたち》で、札幌《さっぽろ》プリンスホテルが牛乳《ぎゅうにゅう》のたっぷり入《はい》ったホワイトカレーを提供《ていきょう》し始《はじ》めたという説《せつ》が最《もっと》も有力《ゆうりょく》だ。その後《ご》、札幌《さっぽろ》ドーム内《ない》のプリンスホテル直営店《ちょくえいてん》で北海道日本《ほっかいどうにっぽん》ハムファイターズの白星《しろぼし》（スポーツで勝負《しょうぶ》に勝《か》ったことを示《しめ》す記号《きごう》）を願《ねが》ったメニューとして販売《はんばい》されたことで、その名《な》は瞬《またた》く[6]間《ま》に全国《ぜんこく》に広《ひろ》がった。

[1]一見《いっけん》する　乍見。　[2]スパイス（英：spice）　辛香料。　[3]発祥《はっしょう》　發源。　[4]キャンペーン（英：campaign）　活動。
[5]便乗《びんじょう》する　趁機。　[6]瞬《またた》く　眨眼。

在日本，咖哩是堪稱為國民食物的人氣料理。說到咖哩，大部分人的印象都是咖啡色或黃色的吧！白咖哩就如其名，是白色的咖哩。雖然乍看之下像奶油燉菜，但辛香料的風味和一般的咖哩並沒有很大的差別。為什麼呈現白色呢？那是因為不使用「薑黃」等讓咖哩呈現黃色的辛香料，而利用其他的辛香料來呈現香味和辣味之故。

雖然關於白咖哩的發源有各種說法，但以札幌王子大飯店在 2006 年北海道實施鼓勵牛奶消費的活動時，趁活動之勢開始提供加有豐富牛乳的白咖哩這個說法最可信。隨後在札幌巨蛋的王子大飯店直營店中，這道料理被當作祈求北海道日本火腿鬥士隊勝利白星（在運動賽事中被用來標記勝利的記號）的菜單販售，其名瞬間遍及日本全國。

30 カレーライス

咖哩飯

20

材料

4人分	4 人份
カレーのルー…1/2《にぶんのひと》箱《はこ》	咖哩塊…1/2 盒
牛肉《ぎゅうにく》… 2 50g《にひゃくごじゅうグラム》	牛肉…250g
玉《たま》ねぎ…1《いっ》個《こ》	洋蔥…1 個
じゃがいも…3《さん》個《こ》	馬鈴薯…3 個
にんじん…1《いっ》本《ぽん》	胡蘿蔔…1 條
サラダ油《あぶら》…大《おお》さじ2《に》	沙拉油…2 大匙
水《みず》…800cc《はっぴゃくシーシー》	水…800cc

作り方

❶ 野菜《やさい》と肉《にく》を食《た》べやすい大《おお》きさに切《き》る。

❷ 鍋《なべ》にサラダ油《あぶら》を熱《ねっ》し、1《いち》の具材《ぐざい》を入《い》れて玉《たま》ねぎがしんなりするまで炒《いた》める。

❸ 水《みず》を入《い》れて強火《つよび》で煮《に》る。

❹ 沸騰《ふっとう》したらアクを取《と》り、中火《ちゅうび》にして約《やく》15《じゅうご》分《ふん》煮込《にこ》む。

❺ 野菜《やさい》が柔《やわ》らかくなったら一旦《いったん》火《ひ》を止《と》め、カレーのルーを割《わ》り入《い》れて溶《と》かす。

❻ 再度《さいど》、とろみがつくまで弱火《よわび》で10《じゅっ》分《ぷん》くらい煮込《にこ》んだらできあがり。

① 蔬菜和肉切成容易食用的大小。
② 將鍋裡的油燒熱，放入 stept1 的材料，炒至洋蔥變軟為止。
③ 加水用大火烹煮。
④ 沸騰之後去掉浮沫，用中火燉煮約 15 分鐘。
⑤ 蔬菜變軟後暫時熄火，放進折開的咖哩塊使其融化。
⑥ 再次用小火燉煮 10 分鐘左右，直到呈黏稠狀便大功告成。

1

2

3

4

5

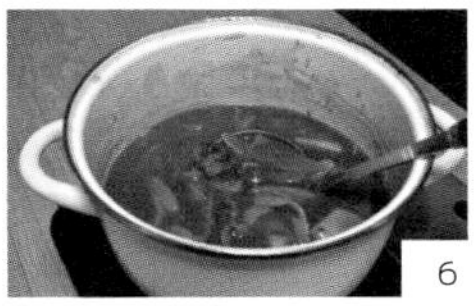
6

7

しんなりする　變軟。

沸騰《ふっとう》する　沸騰。

煮込《にこ》む　燉煮。

一旦《いったん》　暫且，姑且。

とろみ　黏稠。

31 オムライス

文／林潔珏
圖／shutterstock

21

蛋包飯

オムライスは日本《にほん》の子供《こども》から大人《おとな》まで、誰《だれ》もが大好《だいす》きな日本《にほん》生《う》まれの和洋折衷《わようせっちゅう》[1]料理《りょうり》だ。その名《な》はフランス語《ご》の「omelette《オムレット》」と英語《えいご》の「rice《ライス》」を組《く》み合《あ》わせた[2]和製《わせい》外来語《がいらいご》である。チキンライスを卵《たまご》でくるむ[3]タイプのものを基本《きほん》とし、中《なか》の具《ぐ》やソースに変化《へんか》を付《つ》けるものもある。家庭《かてい》でも簡単《かんたん》に作《つく》れる家庭料理《かていりょうり》であるが、プロの技《わざ》を極《きわ》めた[4]ふわふわでとろとろのオムライスを楽《たの》しめる専門店《せんもんてん》もたくさんある。

オムライスの元祖《がんそ》と言《い》われている店《みせ》はいくつかあるが、中《なか》でも有力《ゆうりょく》とされているのは東京銀座《とうきょうぎんざ》の「煉瓦亭《れんがてい》」と大阪心斎橋《おおさかしんさいばし》の「北極星《ほっきょくせい》」である。煉瓦亭《れんがてい》は明治《めいじ》３４《さんじゅうよ》年《ねん》（１９０１年《せんきゅうひゃくいちねん》）に卵《たまご》に白《しろ》ごはんや具《ぐ》を混《ま》ぜて焼《や》いたオムライスを創作《そうさく》し[5]、北極星《ほっきょくせい》は大正《たいしょう》１１《じゅういち》年《ねん》（１９２２《せんきゅうひゃくにじゅうに》年《ねん》）にケチャップライスを卵《たまご》で包《つつ》んだオムライスを創《そう》作《さく》した。創作年代《そうさくねんだい》や現在主流《げんざいしゅりゅう》のオムライスの形態《けいたい》から見《み》れば、どちらが本当《ほんとう》の元祖《がんそ》かという結論《けつろん》を出《だ》すのは難《むずか》しい。

[1] 和洋折衷《わようせっちゅう》 日西合璧。 [2] 組《く》み合《あ》わせる 組合。 [3] くるむ 包，裹。 [4] 極《きわ》める 極其，達到頂點。 [5] 創作《そうさく》する 創作。

蛋包飯是日本從小孩到大人，誰都喜歡的日本原產日西合璧料理。其名為法語的「omelette」和英語的「rice」組合而成的和製外來語。用蛋包住雞肉炒飯的類型為基本款，也有將裡面的材料和醬汁添加變化的類型。雖然是在家也能簡單做的家庭料理，但也有不少可享受技術極為專業、做出鬆軟滑嫩蛋包飯的專賣店。

雖然稱做蛋包飯始祖的店有數家，但其中較有力的是東京銀座的「煉瓦亭」和大阪心齋橋的「北極星」。煉瓦亭在明治 34 年（1901 年）創作了把白飯和材料摻進蛋裡一起煎的蛋包飯，而北極星在大正 11 年（1922 年）創作了用蛋把番茄醬炒飯包起來的蛋包飯。就創作年代或現在主流的蛋包飯形態來看，哪個才是真正的始祖，實在難以定論。

32 オムライス

蛋包飯

22

材料

1 人分	1 人份
鶏《とり》むね肉《にく》	雞胸肉
（ハム、ベーコンなどでも可《か》）…50 g《ごじゅうグラム》	（火腿、培根等亦可）…50g
卵《たまご》…2《に》個《こ》	蛋…2 個
玉《たま》ねぎ…1/4《よんぶんのいっ》個《こ》	洋蔥…1/4 個
温《あたた》かいご飯《はん》…1《いっ》杯分《ぱいぶん》	熱飯…1 碗的分量
バター…小《こ》さじ 1《いち》	奶油…1 小匙
サラダ油《あぶら》…適量《てきりょう》	沙拉油…適量
塩《しお》こしょう…適量《てきりょう》	胡椒鹽…適量
ケチャップ…適量《てきりょう》	番茄醬…適量

作り方

❶ 鶏肉《とりにく》は 1《いっ》センチ角《かく》に切《き》り、塩《しお》こしょうを少々《しょうしょう》ふる。

❷ 玉《たま》ねぎはみじん切《ぎ》りにする。

❸ フライパンを熱《ねっ》してサラダ油《あぶら》を入《い》れ、1《いち》の鶏肉《とりにく》を炒《いた》める。焼《や》き色《いろ》がついたら、バターと 2《に》の玉《たま》ねぎを加《くわ》えてよく炒《いた》める。

❹ ご飯《はん》、塩《しお》こしょう少々《しょうしょう》、ケチャップ大《おお》さじ 1《いち》を加《くわ》え、よく炒《いた》めたら、皿《さら》に細長《ほそなが》く盛《も》る。

❺ ボウルに卵《たまご》を割《わ》り入《い》れ溶《と》きほぐし、塩《しお》こしょう少々《しょうしょう》を加《くわ》えて軽《かる》く混《ま》ぜる。

❻ フライパンを熱《ねっ》しサラダ油《あぶら》をひいて、5《ご》の溶《と》き卵《たまご》を一気《いっき》に流《なが》し入《い》れる。菜箸《さいばし》で大《おお》きく混《ま》ぜ、半熟《はんじゅく》になったら、オムレツの形《かたち》に整《ととの》える。

❼ 6《ろく》をチキンライスの上《うえ》に乗《の》せ、オムレツの真《ま》ん中《なか》をカットすれば、出来上《できあ》がり。

① 雞肉切成 1cm 的丁，再灑上少許的胡椒鹽。
② 洋蔥切成碎末。
③ 將平底鍋燒熱放入沙拉油，炒 step1 的雞肉。待肉變成金黃色後，加入奶油和 step2 的洋蔥充分拌炒。
④ 加入飯、少許的胡椒鹽和 1 大匙的番茄醬，充分拌炒後，裝盤成細長形。
⑤ 在大碗內將蛋打散，加入少許的胡椒鹽後輕輕攪拌。
⑥ 將平底鍋燒熱鋪上沙拉油後，一口氣倒入 step5 的蛋汁。用長筷大幅度攪拌，待半熟後，調整成歐姆蛋的形狀。
⑦ 將 step6 放在雞肉炒飯的上面，由歐姆蛋的正中央切開，便大功告成。

ふる　灑。　焼《や》き色《いろ》　食物經煎烤後，表面所呈現的金黃色。　細長《ほそなが》い　細長的。　一気《いっき》に　一口氣地。　乗《の》せる　放在上面。

～から見《み》れば

同「から見《み》ると、から見《み》たら」，表現從某一角度來判斷說明。與「からいうと」不同的是「から見《み》れば」可直接承接表人物的名詞。

33 巻《ま》きずし

23

壽司捲

文／林潔珏　日文翻譯／水島利惠
圖／shutterstock

恵方巻

金太郎飴

食通常識

太巻《ふとま》き　花壽司
細巻《ほそま》き　細巻
裏巻《うらま》き　海苔裹配料，外面再裹上醋飯
恵方巻《えほうまき》　惠方巻
飾《かざ》り巻《ま》き寿司《ずし》　一種利用食材的顏色做畫，使横切面出現圖樣的壽司

[1]遡《さかのぼ》る　追溯。

[2]シーン　（英：scene）
場面。

[3]因《ちな》む　有關聯。

[4]手間《てま》　工夫。

[5]請《う》け合《あ》い　保證、一定。

日本《にほん》の巻《ま》きずしは、その太《ふと》さや巻《ま》き方《かた》によって太巻《ふとま》き、細巻《ほそま》き、裏巻《うらま》きの3種類《さんしゅるい》に分《わ》けられる。もともと巻《ま》きずしは農民《のうみん》が祭事《さいじ》やおめでたい節日《せちにち》に作《つく》る料理《りょうり》だったが、その歴史《れきし》は、二百年以上前《にひゃくねんいじょうまえ》の江戸時代寛政年間《えどじだいかんせいねんかん》にまで遡《さかのぼ》り[1]、その切《き》り口《くち》が金太郎飴《きんたろうあめ》㊟[1]のようでおもしろく、見《み》た目《め》も美《うつく》しいことから、よくお客《きゃく》さんをもてなす際《さい》に出《だ》されていた。今《いま》でもお花見《はなみ》、ピクニック、運動会《うんどうかい》などのシーン[2]や、祝《いわ》いの席《せき》には、巻《ま》きずしが登場《とうじょう》する。

また、日本人《にほんじん》は2月3日《にがつみっか》の節分《せつぶん》に「恵方巻《えほうまき》」を食《た》べる習慣《しゅうかん》がある。たくさんの具材《ぐざい》を入《い》れて巻《ま》くが、基本《きほん》は7種類《ななしゅるい》で、七福神《しちふくじん》に因《ちな》んで[3]いると言《い》われている。中《なか》の具材《ぐざい》は、特《とく》に決《き》まっているわけではなく、例《たと》えば、干瓢《かんぴょう》、玉子焼《たまごや》き、しいたけ、きゅうり、桜《さくら》でんぶ、鰻《うなぎ》、たくあんなどが入《い》れられる。この日《ひ》、恵方《えほう》㊟[2]に向《む》かって願《ねが》い事《ごと》をしながら恵方巻《えほうまき》を食《た》べると、その年《とし》は万事吉《ばんじきち》になるといわれているが、その際《さい》に注意《ちゅうい》することとして、恵方巻《えほうまき》を食《た》べる時《とき》は、一言《ひとこと》もしゃべってはいけないということがあり、一気《いっき》に食《た》べ終《お》わらなければ、幸運《こううん》が逃《に》げて行《い》ってしまうといわれている。

また、「飾《かざ》り巻《ま》きずし」と呼《よ》ばれるものもあり、これは中《なか》に入《い》れる具材《ぐざい》の色《いろ》や並《なら》べ方《かた》を工夫《くふう》することにより、切《き》った時《とき》の断面《だんめん》が花《はな》やアニメキャラクターなどのデザインになるというものだ。最近《さいきん》では検定試験《けんていしけん》まであるほどで、作《つく》るのは少《すこ》し手間《てま》[4]がかかるが、喜《よろこ》ばれること請《う》け合《あ》い[5]である。

㊟[1] 江戸時代《えどじだい》に流行《はや》った飴《あめ》の一種《いっしゅ》で、どこから切《き》ってもその断面《だんめん》に金太郎《きんたろう》のイラストが出《で》てくるもの。後《のち》に様々《さまざま》なイラストのものが作《つく》られるようになった。

㊟[2] 恵方《えほう》とは、「恵方神《えほうがみ》」、またの名《な》を「歳神《としがみ》」「歳徳神《としとくじん》」「徳神《とくじん》」と呼《よ》ばれる神《かみ》が訪《おとず》れるとされる方位《ほうい》で、毎年変《まいとしか》わる。節分《せつぶん》には恵方《えほう》の方角《ほうがく》を向《む》いて恵方巻《えほうまき》を食《た》べると、よい一年《いちねん》を過《す》ごすことができるといわれている。

日本的壽司捲按粗細、卷法大致可分成「太巻き」（粗卷，也就是花壽司）、「細巻き」（細卷）、「裏巻き」（海苔裹配料，外面再裹上醋飯）這三種。壽司捲原是農民為了祭典或喜慶節日而製作的料理，其歷史可追溯到兩百多年前江戶時代的寬政年間。由於切口很像金太郎糖㊟[1]般美觀又有趣，因此也常用來招待客人。延續至今，不論是在賞花、郊遊野餐、運動會等場面，還是各種節慶，壽司捲都會登場。

另外，日本人在２月３日節分這天有吃「惠方卷」的習慣，裡面包的材料非常豐富，基本上為七種代表七福神的材料，如瓢瓜、日式煎蛋、香菇、小黃瓜、櫻花魚鬆、鰻魚、醃黃蘿蔔等，使用的材料沒有一定。據說只要在這天對著惠方㊟[2]一邊許願一邊吃惠方卷，那一年就會大吉大利，要注意的是在吃惠方卷時不能說話要一口氣吃完，否則好運是會跑掉喔。

還有一種被稱為「飾り巻き寿司」的壽司捲，這是利用配料的顏色和擺放位置，切開來的橫斷面會呈現出花朵、動漫人物等有趣圖案。近年來甚至有檢定考試，雖然製作上需要花點工夫，但保證大受歡迎。

㊟[1] 江戶時代流行的一種糖果，每個橫斷面的圖案呈現均一的金太郎，後來延伸出許多圖樣。

㊟[2] 惠方是「惠方神」，亦稱「歳神」、「歳德神」、「德神」駕臨的方位，每年都不一樣，據說在節分這天朝著惠方方位吃惠方卷，就能大吉大利過這一年。

により

用於說明根據其中種種而論，立基點在於「により」前面承接的名詞。可譯成「根據……、按……」。

わけではなく

用於委婉否定某結論或辯駁某現象，可譯成「並非……」。

34 巻《ま》きずし

24

壽司捲

材料

3 條分

炊《た》き立《た》てのご飯《はん》…2 合分《にごうぶん》

Ⓐ 合《あ》わせ酢《ず》

(市販《しはん》の「粉末《ふんまつ》すし酢《ず》(すしのこ)」でも可《か》)

酢《す》…大《おお》さじ 3《さん》

砂糖《さとう》…大《おお》さじ 2《に》

塩《しお》…小《こ》さじ 1《いち》

全形《ぜんけい》海苔《のり》…3 枚《さんまい》

胡瓜《きゅうり》…適量《てきりょう》

たくあん…適量《てきりょう》

玉子焼《たまごや》き…適量《てきりょう》

かにかま…1《ひと》 パック

3 條份

剛煮好的飯…2 杯份

Ⓐ 混和醋

(市售的「粉末壽司醋(壽司醋粉)」亦可)

醋…3 大匙

糖…2 大匙

鹽…1 小匙

整張海苔…3 張

小黃瓜…適量

黃蘿蔔…適量

日式煎蛋…適量

蟹肉棒…1 包

作り方

扇《あお》ぐ　搧。　巻《ま》きす　壽司捲簾。　残《のこ》す　留下。　挟《はさ》む　夾。　しんなりする　變軟。

❶ Ⓐを耐熱容器《たいねつようき》に入《い》れ、電子《でんし》レンジで約 1 分加熱《やくいっぷんかねつ》し、かき混《ま》ぜ砂糖《さとう》を溶《と》かす。

❷ 温《あたた》かいご飯《はん》に 1《いち》 を加《くわ》え、しゃもじで切《き》るように混《ま》ぜ合《あ》わせながら、うちわで扇《あお》いで冷《さ》ます。

❸ 胡瓜《きゅうり》、たくあん、玉子焼《たまごや》きを 1《いっ》 センチ角《かく》の棒状《ぼうじょう》に切《き》る。

❹ 巻《ま》きすに海苔《のり》を置《お》き、海苔《のり》の向《む》こう側《がわ》に 2《に》 センチほど残《のこ》して、適量《てきりょう》のすし飯《めし》を広《ひろ》げる。

❺ すし飯《めし》の真《ま》ん中《なか》に 3《さん》 と、かにかまを並《なら》べる。

❻ 具《ぐ》を押《お》さえ、親指《おやゆび》で巻《ま》きすを挟《はさ》んですし飯《めし》の向《む》こう側《がわ》に一気《いっき》にかぶせるようにする。

❼ 巻《ま》きすの上《うえ》から力《ちから》を込《こ》めて締《し》め、両端《りょうはじ》を押《お》し込《こ》む。

❽ 海苔《のり》がしんなりしたら、6《ろく》 ～《から》 8《はっ》 等分《とうぶん》にカットする。

① 將Ⓐ放入耐熱容器，用微波爐加熱約 1 分鐘，並將砂糖攪拌至溶化。

② 將 step 1 加入熱飯中，用飯匙以「切」的方式一邊拌勻，一邊用扇子搧涼。

③ 將小黃瓜、黃蘿蔔、煎蛋切成 1cm 粗的棒狀。

④ 將海苔放在捲簾上，在海苔對邊留下約 2cm 的空間，鋪上適量的醋飯。

⑤ 在醋飯的正中央將 step 3 和蟹肉棒排好。

⑥ 將配料壓住，並用大拇指夾著捲簾，一口氣朝醋飯的對邊蓋過去。

⑦ 從捲簾的上方用力壓，兩邊往內塞緊。

⑧ 海苔變軟之後，切成 6~8 等分。

1

2

3

4

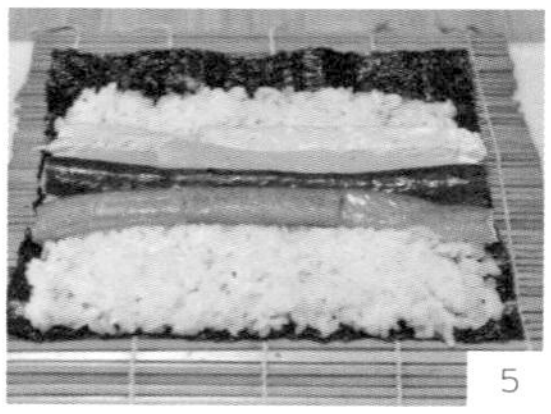
5

6

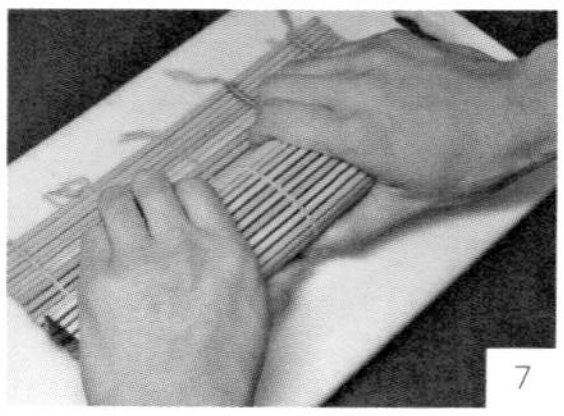
7

8

焼《や》き魚《ざかな》定食《ていしょく》

文／林潔玨　圖／Shutterstock

日本《にほん》は海《うみ》に囲《かこ》まれ、親潮《おやしお》とリマン海流《かいりゅう》という寒流《かんりゅう》、黒潮《くろしお》と対馬《つしま》海流《かいりゅう》という暖《だん》流《りゅう》が周《まわ》りに流《なが》れていることもあり、世界有数《せかいゆうすう》の漁業資源《ぎょぎょうしげん》に恵《めぐ》まれている国《くに》として知《し》られている。そのため、様々《さまざま》な魚《さかな》を食《た》べることに慣《な》れていて、魚《さかな》を調理《ちょうり》する知恵《ちえ》や技術《ぎじゅつ》も優《すぐ》れている。日本《にほん》の魚料理《さかなりょうり》と言《い》えば、真《ま》っ先《さき》に[1]思《おも》い浮《う》かぶのが刺身《さしみ》や寿司《すし》だろうが、実《じつ》は焼《や》き魚《ざかな》も日本《にほん》の代表的《だいひょうてき》な料理《りょうり》である。日常《にちじょう》の惣菜《そうざい》[2]から高級料亭《こうきゅうりょうてい》の一品料理《いっぴんりょうり》まで、その範囲《はんい》はかなり広《ひろ》い。

焼《や》き魚《ざかな》は味付《あじつ》けにより、「さんまの塩焼《しおやき》」、「鯛《たい》の粕漬《かすづ》け焼《や》き」、「プラス鰤《ぶり》の照《て》り焼《や》き」、「鰆《さわら》の黄身《きみ》焼《や》き」などと「食材名《しょくざいめい》＋《プラス》味付《あじつ》け」で具体的《ぐたいてき》に表現《ひょうげん》することが多《おお》い。おなじみの「塩焼《しおやき》」は魚《さかな》の持《も》ち味《あじ》[3]を最《もっと》も活《い》かす調理法《ちょうりほう》である。シンプルでありながら魚《さかな》の本来《ほんらい》の味《あじ》を堪能《たんのう》するには、塩焼《しおやき》が一番《いちばん》といえるだろう。

[1] 真《ま》っ先《さき》に　最先的。　[2] 惣菜《そうざい》　家常菜。　[3] 持《も》ち味《あじ》　原有的滋味。

日本四周環海，也有被稱為親潮和利曼海流的寒流，以及被稱為黑潮和對馬海流的暖流在周邊流動，以漁業資源為世界屈指可數的國家而聞名。因此，不僅習慣食用各種魚類，料理魚類的智慧與技術也非常優秀。提到日本的魚類料理，首先浮現腦海的應該是生魚片或壽司吧，但實際上，烤魚也是日本的代表料理。從日常的家常菜到高級飯館的單點料理，其範圍相當廣泛。

烤魚根據調味，具體以「食材名稱＋調味」來表達居多，例如「鹽烤秋刀魚」、「酒糟漬烤鯛魚」、「照燒鰤魚」、「蛋黃烤鰆魚」等。大家熟悉的「鹽燒」是最能提出魚肉原有滋味的料理方式。雖然簡單，但要品嚐魚肉原有的滋味，鹽燒可説是最佳方法吧！

25

烤魚定食

36

鰻《うなぎ》飯《めし》

文／EZ Japan 編輯部　日文翻譯／水島利惠
圖／shutterstock

うな丼

26

鰻魚飯

うな重

食通常識

蒲焼《かばやき》　烤魚串
竹串《たけぐし》　竹串
鰻飯《うなぎめし》　鰻魚飯
うな丼《どん》　鰻丼
うな重《じゅう》　鰻重

鰻《うなぎ》はタンパク質《しつ》、DHA、ビタミンAなどの栄養素《えいようそ》を豊富《ほうふ》に含《ふく》み、夏《なつ》バテを解消《かいしょう》し、活力《かつりょく》を増進《ぞうしん》させてくれる日本人《にほんじん》の夏《なつ》のスタミナ[1]源《げん》だ。うなぎを食《た》べるという概念《がいねん》は古代《こだい》からあり、日本最古《にほんさいこ》の和歌集《わかしゅう》『万葉集《まんようしゅう》』にも収録《しゅうろく》されているほどだが、庶民《しょみん》の食《た》べ物《もの》となったのは、江戸時代中期《えどじだいちゅうき》になってからであり、土用《どよう》の丑《うし》の日《ひ》にうなぎを食《た》べるという習慣《しゅうかん》も、この頃《ころ》から始《はじ》まったといわれている。当時《とうじ》、日本《にほん》では、土用《どよう》の丑《うし》の日《ひ》が一年《いちねん》の中《なか》で最《もっと》も暑《あつ》く、「土用《どよう》の丑《うし》の日《ひ》に『う』の字《じ》から始《はじ》まる食《た》べ物《もの》を食《た》べると病気《びょうき》にならない」という民間《みんかん》の伝承《でんしょう》が信《しん》じられており、その日《ひ》にうどんや瓜類《うりるい》、梅《うめ》干《ぼ》しなど、「う」の字《じ》から始《はじ》まる食《た》べ物《もの》がよく食《た》べられていた。鰻《うなぎ》の売《う》れ行《ゆ》きが悪《わる》く困《こま》っている店《みせ》を見《み》た平賀源内《ひらがげんない》という学者《がくしゃ》は、「本日《ほんじつ》、土用《どよう》の丑《うし》の日《ひ》」というコピーを書《か》いた張《は》り紙《がみ》を店《みせ》の前《まえ》に貼《は》り、うなぎも「う」から始《はじ》まる食《た》べ物《もの》だということを人々《ひとびと》に知《し》らせた。こうして、平賀源内《ひらがげんない》は、うなぎ屋《や》の危機《きき》を救《すく》ったのだった。

よく目《め》にする鰻飯《うなぎめし》は、鰻《うなぎ》を焼《や》いた「蒲焼《かばやき》」がご飯《はん》の上《うえ》に乗《の》っている。この「蒲《かば》焼《やき》」だが、今《いま》のように開《ひら》いたうなぎに串《くし》を打《う》って焼《や》くのではなく、昔《むかし》はぶつ切《ぎ》りにして切《き》り分《わ》けた鰻《うなぎ》を、竹串《たけぐし》に刺《さ》して焼《や》いていた。醤油《しょうゆ》と味醂《みりん》を合《あ》わせて作《つく》ったたれを塗《ぬ》っていき、味《あじ》がしみ込《こ》んだらうなぎの蒲焼《かばやき》の完成《かんせい》だ。鰻《うなぎ》を串刺《くしざ》しにした竹串《たけぐし》の形《かたち》がガマの穂《ほ》に似《に》ていることから「蒲焼《かばやき》」と呼《よ》ばれ、その後蒲焼《ごかばやき》といえば、鰻《うなぎ》の蒲焼《かばやき》を指《さ》すようになった。

鰻《うなぎ》の蒲焼《かばやき》は、関東風《かんとうふう》と関西風《かんさいふう》の二種類《にしゅるい》があり、関東風《かんとうふう》は先《さき》に蒸《む》してから焼《や》くため、肉質《にくしつ》が繊細《せんさい》で柔《やわ》らかく、口《くち》に入《い》れると口《くち》の中《なか》で溶《と》けるようで、関西風《かんさいふう》は蒸《む》さずに直接《ちょくせつ》焼《や》くため、歯《は》ごたえ[2]がある。また、鰻《うなぎ》のさばき[3]方《かた》も違《ちが》い、江戸時代《えどじだい》の武士《ぶし》が「切《せっ》腹《ぷく》」を嫌《きら》ったことより、関東《かんとう》では鰻《うなぎ》の背中《せなか》からさばくが、関西《かんさい》は腹部《ふくぶ》からさばく。また、鰻飯《うなぎめし》は、盛《も》る器《うつわ》によって名称《めいしょう》に違《ちが》いがあり、どんぶり茶碗《ちゃわん》に盛《も》られたものは「うな丼《どん》」、四角《しかく》の漆塗《うるしぬ》りの器《うつわ》に盛《も》られたものは「うな重《じゅう》」と、区別《くべつ》して呼《よ》ばれている。

[1]スタミナ （英：stamina） 精力。

[2]歯《は》ごたえ　嚼勁。

[3]さばく　料理。

鰻魚富含豐富的蛋白質、DHA、維生素A等營養素，有助消除夏季疲憊、增進活力，是日本人夏日的精力來源。食用鰻魚的概念早在日本詩歌集《萬葉集》就有記載，成為平民食物則可追溯到江戶時代中期，在土用丑日食用鰻魚的習慣也由此時而來。當時在日本，土用丑日是一年之中最熱的一天，而民間相信「於土用丑日當天吃『う』字開頭的食物，可避免疾病上身」於是，這天多吃烏龍麵、瓜類、醃梅「う」字開頭的食物。而學者——平賀源內見到店家因鰻魚銷售狀況不佳感到困擾時，便在當天將寫有「今日為土用丑日」的標語紙張貼在店家門口，提醒大家鰻魚飯也是「う」字開頭的食物，就這樣平賀源內拯救了鰻魚店的危機。

常見鰻魚飯為將烤好的鰻魚「蒲燒」放到飯上。以前的「蒲燒」不像現在一樣將切開的鰻魚串起來燒烤，而是將鰻魚切成一段段圓筒狀，再以竹籤串起燒烤。塗抹上以醬油和味醂調製而成的醬汁，烤到入味後蒲燒鰻便完成了，「蒲燒」之名因串起的竹籤形狀類似蒲穗，故此後蒲燒也就用來專指蒲燒鰻。

蒲燒鰻分為關東和關西兩種作法，關東先蒸後烤，鰻魚肉質軟嫩、入口即化；關西則直接燒烤，肉質帶勁道。若從切剖方式來看，關東從鰻魚的背部剖開，因為江戶時代的武士忌諱「切腹」；關西則從腹部剖開。另外，鰻魚飯因盛裝的器皿不同，在名稱上有所差異，以碗公盛裝的為「鰻丼」；以四方形有蓋子的漆盒盛裝則為「鰻重」。

～ことより

用於表現某事的原因、理由，後面接表原因、理由的內容，可譯成「根據……，或許……」。

37 おにぎり

日式飯糰

27

文／EZ Japan 編輯部　日文翻譯／水島利惠
圖／shutterstock

丸形─九州

三角形─関東

円盤型─東北

食通常識

三角形《さんかっけい》　三角形
俵型《たわらがた》　圓柱狀
丸形《まるがた》　圓形
円盤型《えんばんがた》　圓盤形

[1] 捧《ささ》げるもの　供品。

[2] 持《も》ち運《はこ》び　搬運。

日本《にほん》は「米《こめ》」をとても重視《じゅうし》する民族《みんぞく》で、遠《とお》くは弥生時代《やよいじだい》からご飯《はん》を食《た》べていた痕《こん》跡《せき》が見《み》つかっている。中国戦国時代《ちゅうごくせんごくじだい》の書物《しょもつ》『呂氏春秋《ろししゅんじゅう》』によると、頻繁《ひんぱん》に戦乱《せんらん》が起《お》こっていた戦国時代《せんごくじだい》、「屯飯（とんじき）」が携帯《けいたい》しやすく、短時間《たんじかん》で食《た》べられる便《べん》利《り》な食糧《しょくりょう》と記《しる》されており、これがおにぎりの原型《げんけい》だといわれている。日本《にほん》には平安時《へいあんじ》代《だい》に伝《つた》わり、宮中《きゅうちゅう》の祭典《さいてん》や儀式《ぎしき》で使《つか》われていたが、平安《へいあん》の後期《こうき》になると、武士《ぶし》が戦《いくさ》に出《で》る際《さい》の携帯食《けいたいしょく》とされるようになる。

中国語《ちゅうごくご》では「おむすび」も「おにぎり」も、どちらも「飯糰」だが、一体《いったい》この両《りょう》者《しゃ》の違《ちが》いは何《なん》なのだろうか。歴史的背景《れきしてきはいけい》から考《かんが》えると、「おむすび」は蒸《む》した米《こめ》で作《つく》られた円形《えんけい》のもので、捧《ささ》げもの[1]であるとされ、「おにぎり」は、炊《た》いた米《こめ》で作《つく》られた三角形《さんかっけい》の便利《べんり》な携帯食《けいたいしょく》であると区別《くべつ》することができる。また、日本《にほん》に伝《つた》わり、宮中《きゅうちゅう》での祭典《さいてん》や儀式《ぎしき》で使《つか》われていた当初《とうしょ》、この食《た》べ物《もの》を「むすび」と呼《よ》んでいたが、「むすび」という言葉《ことば》が、「にぎり」と比《くら》べて上品《じょうひん》で、縁起《えんぎ》のいい響《ひび》きだったという説《せつ》もある。現在《げんざい》では、これらの二《ふた》つは混同《こんどう》して使《つか》われているが、一般的《いっぱんてき》に関東《かんとう》では「おにぎり」、関西《かんさい》では「おむすび」と呼《よ》ばれることが多《おお》いようだ。

おにぎりの形《かたち》で見《み》ると、関東《かんとう》は三角形《さんかっけい》が多《おお》く、関西《かんさい》は俵型《たわらがた》、九州《きゅうしゅう》は丸形《まるがた》、東北《とうほく》は円盤型《えんばんがた》が多《おお》いといわれている。円形《えんけい》や俵型《たわらがた》のおにぎりは、竹《たけ》の皮《かわ》で包《つつ》んだ時《とき》、おにぎりとおにぎりの間《あいだ》に隙間《すきま》ができ、くずれ易《やす》く持《も》ち運《はこ》び[2]に不便《ふべん》だった。それに比《くら》べ三角《さんかっ》形《けい》のものは、隙間《すきま》もできず収《おさ》まりやすいので、軍《ぐん》ではよくこの三角《さんかく》おにぎりが見《み》られたということが、史料《しりょう》より分《わ》かっている。現在《げんざい》では、三角《さんかく》おにぎりが一般的《いっぱんてき》なおにぎりとして食《た》べられていることが多《おお》いが、祝《いわ》い事《ごと》のある時《とき》には、円形《えんけい》のおにぎりを作《つく》るという地域《ちいき》もあれば、関東《かんとう》のように、弔事《ちょうじ》に三角《さんかく》おにぎりを出《だ》すという地域《ちいき》もある。

日本是相當重視「米」的民族，遠在彌生時代就出現米飯蹤跡。根據中國戰國時代的書籍《呂氏春秋》，當時處於戰亂頻繁的戰國時期，「屯飯」是種攜帶便利，短時間可方便食用的糧食，據說就是「おにぎり」的原型。相傳於平安時代傳入日本，早期用於宮中祭典儀式，平安後期武士出戰時開始作為攜帶的糧食。

「おむすび」和「おにぎり」的中文都叫飯糰，到底有什麼差別呢？考究歷史背景，「おむすび」為米蒸熟後捏成圓狀，當作祭品；「おにぎり」則是將煮熟的飯捏成三角形，方便攜帶果腹。傳入日本時最初被使用在宮中祭典儀式時，將此食物稱為「むすび」，原因為「むすび」比「にぎり」的說法更有禮，與其吉祥諧音。如今兩者多為混用，一般而言關東稱「おにぎり」；關西稱「おむすび」。

若以形狀來看，關東多為「三角形」、關西「圓筒狀」、九州「圓形」、東北則是「圓盤形」。從史料可知，圓形、圓筒狀擺放時會出現較大的空隙，易破碎不利於運送。相較三角形沒有縫隙又易於收納，曾是軍中最常見的食物。現今，三角形飯糰多一般日常食用，圓筒狀飯糰有些地區用於喜慶，不過像關東也有以三角形作為喪禮用。

～ようになる

接於動詞字典形後，用於表現狀態從不能到能夠的變化，可譯成「變得……」。

AもあればBもある

用於將相似或相反事物加以對照、並列，表現還有很多類似況狀或指出也有相反的狀況，可譯成「既……又、也……也」。

文／EZ Japan 編輯部　日文翻譯／水島利惠
圖／shutterstock

38 お茶《ちゃ》漬《づ》け

28

茶泡飯

美食家的定番

鮭《さけ》茶《ちゃ》漬《づ》け　鮭魚茶泡飯
海苔《のり》の茶《ちゃ》漬《づ》け　海苔茶泡飯
紫蘇《しそ》茶《ちゃ》漬《づ》け　紫蘇茶泡飯
梅《うめ》干《ぼ》し茶《ちゃ》漬《づ》け　醃梅泡飯

[1]素《もと》　材料。
[2]スタンダード［な］
（英：standard）典範。
[3]こだわり　講究。

お茶漬《ちゃづ》けの起源《きげん》は、江戸時代《えどじだい》の後期《こうき》といわれており、ある商家《しょうか》の奉公人《ほうこうにん》が仕事《しごと》の合間《あいま》に素早《すばや》く食事《しょくじ》をするためにとった方式《ほうしき》であったといわれている。毎日力《まいにちちから》仕事《しごと》をする奉公人《ほうこうにん》たちは、大量《たいりょう》のご飯《はん》を食《た》べなければ体力《たいりょく》がもたないが、食事《しょくじ》の時間《じかん》は制限《せいげん》されていたため、塩味《しおあじ》の濃《こ》いたくあん（漬物《つけもの》）がお茶漬《ちゃづ》けにはなくてはならないものだった。梅干《うめぼ》しや漬物《つけもの》が乗《の》ったお茶漬《ちゃづ》けは、今《いま》でもよく目《め》にする。１９５２《せんきゅうひゃくごじゅうに》年《ねん》には、永谷園《ながたにえん》が「お茶漬《ちゃづ》けの素《もと》[1]」を開発《かいはつ》し、茶碗《ちゃわん》に盛《も》った白《しろ》いご飯《はん》の上《うえ》にインスタントのお茶漬《ちゃづ》けの素《もと》をふりかけ、お湯《ゆ》をかけるだけですぐにお茶漬《ちゃづ》けが食《た》べられるようになった。このような新《あたら》しい時代《じだい》のものも、今《いま》では日本《にほん》の家庭《かてい》で常備《じょうび》されている食品《しょくひん》の一《ひと》つになった。

最《もっと》もスタンダードな[2]お茶漬《ちゃづ》けは、白《しろ》いご飯《はん》に煎茶或《せんちゃあるい》は番茶《ばんちゃ》（茶葉《ちゃば》の新芽《しんめ》の部分《ぶぶん》より下《した》の、比較的大《ひかくてきおお》きな葉《は》からつくられたお茶《ちゃ》で、二番目《にばんめ》に採《と》った茶葉《ちゃば》であることより、番茶《ばんちゃ》という名称《めいしょう》になった）をかけたものだ。また、お茶《ちゃ》をかける以外《いがい》に、かつおや昆布《こんぶ》のだし汁《じる》をかけるお茶漬《ちゃづ》けもあり、上《うえ》に乗《の》せる具《ぐ》も様々《さまざま》で、よく乗《の》せられるのが、鮭《さけ》、海苔《のり》、紫蘇《しそ》、梅干《うめぼ》しなどである。

美食家《びしょくか》で知《し》られる北大路魯山人《きたおおじろさんじん》（１８８３《せんはっぴゃくはちじゅうさん》〜１９５９《せんきゅうひゃくごじゅうきゅう》年《ねん》）は、『春夏秋冬料《しゅんかしゅうとうりょう》理王国《りおうこく》』（１９６０《せんきゅうひゃくろくじゅう》年出版《ねんしゅっぱん》）の中《なか》で、一章全部《いっしょうぜんぶ》を「お茶漬《ちゃづ》けの味《あじ》」として、様々《さまざま》な味《あじ》のお茶漬《ちゃづ》けを紹介《しょうかい》している。その中《なか》で、「贅沢《ぜいたく》な食事《しょくじ》に飽《あ》きたら、シンプルなおいしいものが食《た》べたくなる、それがお茶漬《ちゃづ》けである」と述《の》べており、おいしいお茶漬《ちゃづ》けの作《つく》り方《かた》について触《ふ》れている。白飯《はくはん》からだし汁《じる》まで、そのこだわり[3]が詳細《しょうさい》にわたって述《の》べられており、読《よ》めばたくさんの収穫《しゅうかく》が得《え》られることだろう。

茶泡飯的起源據說是江戶時代後期，某商家的雇員為了在工作空檔能迅速用餐所採取的方式。對於每天需要使用勞力工作的人來說，要吃下大量的飯才能保持體力，因為用餐時間有所限制，鹹味重的醃漬醬菜（漬物）便成了茶泡飯不可或缺的配菜。演變至今，茶泡飯上依舊可見醃梅或醬菜。1952 年永谷園研發了「茶泡飯速食包」，只要在盛好的白飯上加入茶泡飯速食包並注入熱水即可享用。這項劃時代的商品也成為日本家庭常備食品之一。

最基本的茶泡飯會在白飯裡加入煎茶（一種加工綠茶）或番茶（茶芽以下，葉子較大的部分，因為是第二次收成的茶葉，故稱之番茶）除了有單純加入茶水外，也有加入柴魚或昆布高湯的茶泡飯；白飯上的配料也很多樣，常見的有鮭魚、海苔、紫蘇、醃梅等多樣種類。

美食家——北大路魯山人（1883~1959 年）的著作《春夏秋冬料理王國》（1960 年出版）中特別用了一整個章節講茶泡飯的味道，介紹各種口味的茶泡飯。文中敘述「吃膩了奢侈食材，想吃點簡單又美味的食物，那就是茶泡飯！」也提到如何做出好吃的茶泡飯，從白飯到湯汁逐一詳細陳述，讀來獲益匪淺。

なくてはならない

同「欠《か》かすことのできない」用於表現某事的不可或缺性，可譯成「非……不可」。

～にわたって

用於表現其範圍規模之大，為書面用語。可譯成「在……範圍內、涉及」。

39 炊《た》き込《こ》みご飯《はん》

29

菜飯

文／林潔珏　日文翻譯／水島利惠
圖／shutterstock、flickr@Hidetsugu Tonomura、flickr@かがみ~

鯛めし

深川飯

「炊《た》き込《こ》みご飯《はん》」とは、その名《な》の通《とお》り、米《こめ》を炊《た》く際《さい》に野菜《やさい》などの具《ぐ》を一緒《いっしょ》に入《い》れて炊《た》き込《こ》んだ料理《りょうり》である。炊《た》き込《こ》みご飯《はん》の起源《きげん》は奈良時代《ならじだい》で、白米《はくまい》が十分《じゅうぶん》でなかった時代《じだい》、ご飯《はん》の嵩《かさ》を増《ま》すため、雑穀《ざっこく》や芋《いも》などを加《くわ》えたのが始《はじ》まりで、室町時代《むろまちじだい》になると、栗《くり》や豆《まめ》、または野菜《やさい》が入《い》れられるようになり、江戸時代《えどじだい》にもなると、蟹《かに》、牡蠣《かき》、竹《たけ》の子《こ》などの海《うみ》の幸山《さちやま》の幸《さち》というように、更《さら》に豊富《ほうふ》な内容《ないよう》のものとなっていった。このようにして、季節感溢《きせつかんあふ》れる味《あじ》わい豊《ゆた》かな米料理《こめりょうり》として、炊《た》き込《こ》みご飯《はん》を楽《たの》しむようになっていき、今《いま》では家庭《かてい》の食卓《しょくたく》、レストラン、市販《しはん》の弁当《べんとう》など、どこでででも見《み》られるごく[1]普通《ふつう》の料理《りょうり》となった。

本格的《ほんかくてき》[2]に作《つく》る場合《ばあい》、土鍋《どなべ》を使《つか》ったり、釜《かま》を使《つか》ったり（釜飯《かまめし》）するが、一般《いっぱん》の家《か》庭《てい》にある炊飯《すいはん》ジャー[3]でも同《おな》じような味《あじ》と香《かお》りの炊《た》き込《こ》みご飯《はん》を作《つく》ることができる。「鶏五目《とりごもく》ご飯《はん》」は1年《いちねん》を通《とお》してほとんど手《て》に入《はい》るものばかりで作《つく》ることができる一《いっ》方《ぽう》、「竹《たけ》の子《こ》ご飯《はん》」「山菜飯《さんさいめし》」「松茸《まつたけ》ご飯《はん》」「栗《くり》ご飯《はん》」は旬《しゅん》の食材《しょくざい》を使《つか》って作《つく》る季節《きせつ》限定《げんてい》の炊《た》き込《こ》みご飯《はん》である。また東京《とうきょう》の「深川飯《ふかがわめし》」や愛媛県《えひめけん》の「鯛《たい》めし」などのように、地方《ちほう》の特産物《とくさんぶつ》を使《つか》って作《つく》るものもある。どの炊《た》き込《こ》みご飯《はん》も深《ふか》い味《あじ》わいで、白《しろ》いご飯《はん》とは一味《ひとあじ》も二味《ふたあじ》も違《ちが》うおいしさがある。

[1] ごく　非常。
[2] 本格的《ほんかくてき》　正式的、真正的。
[3] 炊飯《すいはん》ジャー　電鍋。

「菜飯」顧名思義就是將菜放進米中一起炊煮的料理。菜飯源於奈良時代，最初是因為白米不足，為增加飯量而摻加其他雜穀、薯類等配料，在室町時代又加入栗子、豆子或蔬菜，到了江戶時代使用的配料更是豐富，像是螃蟹、牡蠣、竹筍等山珍海味，於是便成了享受箇中滋味和季節感的米飯料理。目前不論是家庭的餐桌、餐廳、還是市售的便當都看得到，可說是極為普遍。

講究的菜飯一般使用陶鍋或燒飯鍋，但一般家庭的電鍋一樣可以做出色香味俱全的菜飯。菜飯除了一年四季都能做的「雞肉什錦菜飯」，還有活用當季食材的「竹筍飯」、「山菜飯」、「松茸飯」、「栗子飯」，或是利用地方特產的東京的「海瓜子飯」、愛媛縣的「鯛魚飯」，每一種菜飯都相當美味，與白飯相比有著獨特的滋味。

美食家的定番

釜飯《かまめし》　鍋燒飯
鶏五目《とりごもく》ご飯《はん》　雞肉什錦菜飯
竹《たけ》の子《こ》ご飯《はん》　竹筍飯
山菜飯《さんさいめし》　山菜飯
松茸《まつたけ》ご飯《はん》　松茸飯
栗《くり》ご飯《はん》　栗子飯
深川飯《ふかがわめし》　海瓜子飯
鯛《たい》めし　鯛魚飯

～として

用於表現資格、立場、名目等，可譯成「作為……」，接於名詞後。

～を通《とお》して

用於表現某個時段內不間斷持續，接於時間名詞後，可譯成「在……時間（內）」。

松茸ご飯

栗ご飯

40 炊《た》き込《こ》みご飯《はん》

菜飯

30

材料

干《ほ》ししいたけ 乾香菇。　戻《もど》し汁《じる》 泡乾貨的水。

4人分	4 人份
米《こめ》…3合《さんごう》（約《やく》450g《よんひゃくごじゅうグラム》）	米…3 杯（約 450g）
鶏《とり》もも肉《にく》…100g《ひゃくグラム》	雞腿肉…100g
こんにゃく…50g《ごじゅうグラム》	蒟蒻…50g
ごぼう…50g《ごじゅうグラム》	牛蒡…50g
人参《にんじん》…3cm《さんセンチ》	胡蘿蔔…3cm
油揚《あぶらあ》げ…1枚《いちまい》	油炸豆皮…1 片
干《ほ》ししいたけ…2枚《にまい》	乾香菇…2 朵
だし汁《じる》（干《ほ》ししいたけの戻《もど》し汁《じる》を含《ふく》む）	柴魚昆布高湯（含泡乾香菇的水）

調味料

…約《やく》530cc《ごひゃくさんじゅっシーシー》	…約 530cc
Ⓐ 薄口《うすくち》しょう油《ゆ》…小《こ》さじ1《いち》（約《やく》5g《ごグラム》）	Ⓐ 淡色醬油…1 小匙（約 5g）
酒《さけ》…小《こ》さじ1《いち》（約《やく》5g《ごグラム》）	酒…1 小匙（約 5g）
Ⓑ 酒《さけ》…大《おお》さじ2《に》（約《やく》30g《さんじゅうグラム》）	Ⓑ 酒…2 大匙（約 30g）
薄口《うすくち》しょう油《ゆ》…大《おお》さじ2《に》（約《やく》30g《さんじゅうグラム》）	淡色醬油…2 大匙（約 30g）
みりん…大《おお》さじ1《いち》（約《やく》15g《じゅうごグラム》）	味醂…1 大匙（約 15g）
塩《しお》…少々《しょうしょう》	鹽…少許

作り方

研《と》ぐ 淘。　下味《したあじ》 預先調味。　ささがき 削成像竹葉般的細長形。　炊《た》く 煮。　ふんわり 輕輕地。

❶ 干《ほ》ししいたけは水《みず》に浸《つ》けて戻《もど》し、細切《ほそぎ》りにする。戻《もど》し汁《じる》はだし汁《じる》と合《あ》わせる。

❷ 米《こめ》を研《と》いで30分《さんじゅっぷん》水《みず》に浸《ひた》す。

❸ 鶏肉《とりにく》は小《ちい》さめの角切《かくぎ》りにし、Ⓐで下味《したあじ》をつける。

❹ こんにゃくは細切《ほそぎ》りにし、塩《しお》（分量外《ぶんりょうがい》）でもんで洗《あら》い流《なが》す。

❺ ごぼうはささがきにして、酢水《すみず》にさらし、水気《みずけ》を切《き》る。

❻ 人参《にんじん》は太《ふと》めの千切《せんぎ》りにし、油揚《あぶらあ》げは熱湯《ねっとう》をかけて千切《せんぎ》りにする。

❼ 炊飯器《すいはんき》に水《みず》を切《き》った2《に》とⒷの調味料《ちょうみりょう》を入《い》れ、だし汁《じる》を3合《さんごう》の目盛《めも》りまで加《くわ》えてざっと混《ま》ぜ、3～7《さんからなな》を加《くわ》えて普通《ふつう》に炊《た》く。

❽ 炊《た》き上《あ》がったら底《そこ》からご飯《はん》の粒《つぶ》をつぶさないようにふんわりと混《ま》ぜる。

① 乾香菇泡水軟化後，再切成細條。泡香菇的水與柴魚昆布高湯加在一起。

② 淘米後泡水 30 分鐘。

③ 雞肉切成小方塊，用Ⓐ預先調味。

④ 蒟蒻切成細條，用鹽（本材料分量以外的鹽）搓揉過後再沖洗。

⑤ 牛蒡削成像竹葉般的細長形，浸泡醋水之後瀝乾水分。

⑥ 胡蘿蔔切成粗條狀，油炸豆皮用熱水燙過後切絲。

⑦ 電鍋裡放入瀝乾水分的 step 2 和Ⓑ的調味料，將柴魚昆布高湯加到 3 杯米的刻度後大略地攪拌。加入 step 3~step 7，按一般煮法煮熟。

⑧ 煮好後，從底部輕輕地翻動拌勻，不要弄碎米粒。

1

2

3

4

5

6

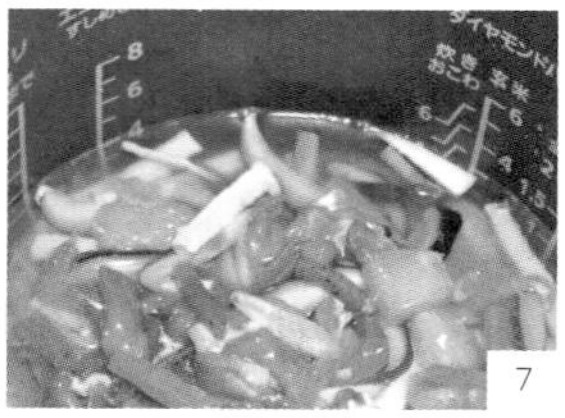
7

8

41

ちらし寿司《ずし》

文/EZ Japan 編輯部　日文翻譯/水島利恵
圖/shutterstock

31

散壽司

ちらし寿司《ずし》の歴史《れきし》は、握《にぎ》り寿司《ずし》の歴史《れきし》より長《なが》く、小《ち》さく切《き》った具材《ぐざい》を酢飯《すめし》の上《うえ》に散《ち》らして[1]作《つく》るちらし寿司《ずし》は、各地《かくち》でよく目《め》にすることができる。高価《こうか》で手《て》の込《こ》んだ[2]握《にぎ》り寿司《ずし》と比《くら》べると庶民的《しょみんてき》なちらし寿司《ずし》は、日本《にほん》の一般家庭《いっぱんかてい》でよく見《み》られる料理《りょうり》だ。

ちらし寿司《ずし》は大《おお》きく2種類《にしゅるい》に分《わ》けられ、一《ひと》つは関東《かんとう》でよく見《み》られる海鮮丼《かいせんどん》、そしてもう一《ひと》つは関西《かんさい》でよく見《み》られるちらし寿司《ずし》だ。同《おな》じ海鮮《かいせん》を使《つか》うものでも、関東《かんとう》では、刺身《さしみ》や甘海老《あまえび》などの食材《しょくざい》を酢飯《すめし》の上《うえ》に乗《の》せて作《つく》り、関西《かんさい》では、海鮮《かいせん》などの具材《ぐざい》を小《ち》さく塊《かたまり》に切《き》ってから、酢飯《すめし》と一緒《いっしょ》に混《ま》ぜ合《あ》わせて[3]作《つく》る。しかし、現在《げんざい》では関東《かんとう》、関西《かんさい》の区分《くぶん》は曖昧《あいまい》で、どちらの方法《ほうほう》で作《つく》られた寿司《すし》もよく目《め》にすることができる。ちらし寿司《ずし》はすでに味《あじ》が仕上《しあ》がっている料理《りょうり》なので、食《た》べる際《さい》にわさびをつける必要《ひつよう》はなく、海鮮丼《かいせんどん》は小皿《こざら》に入《はい》った醤油《しょうゆ》が一緒《いっしょ》に出《だ》されるので、食材《しょくざい》を醤油《しょうゆ》につけて食《た》べるのが正統《せいとう》な食《た》べ方《かた》だ。

[1] 散《ち》らす　撒（散）。　[2] 手《て》の込《こ》んだ　精細手工。　[3] 混《ま》ぜ合《あ》わせる　攪合。

散壽司比握壽司的歷史更悠久，各地常見的散壽司大部分都將食材切成小塊，如同作畫般在醋飯上鋪上食材。由於比起精緻昂貴的握壽司，親民的散壽司是一般日本家庭常見的料理。

散壽司主要分為二大類，一是在關東常見的海鮮丼；一是在關西常見的散壽司。即便使用同樣的海鮮，關東的作法是將生魚片和甜蝦等食材完整地放在醋飯上；關西的作法是將海鮮等食材切成小塊，和醋飯摻合在一起。不過，現今關東、關西的作法劃分趨漸模糊，兩種作法都常見。散壽司屬於已調好味的料理，食用時不用沾山葵；海鮮丼則會附上裝有醬油的碟子，食材沾醬油才是正統的吃法。

42 日本《にほん》の弁《べん》当《とう》

32

日式便當

文／林潔珏　圖／shutterstock, flickr@Richard ,enjoy my life

[1]一気《いっき》に　一口氣

[2]行楽《こうらく》　遊玩，出遊。

[3]おなじみ　熟悉，熟悉的人、物品。「なじみ」的美化語。

[4]キャラクター（英：character）角色

[5]模《も》する　仿照，模仿。

[6]多々《たた》　很多。

日本《にほん》は平安時代《へいあんじだい》からすでに弁当《べんとう》の習慣《しゅうかん》があった。その後《ご》、江戸中期頃《えどちゅうきごろ》より、娯楽《ごらく》として芝居見物《しばいけんぶつ》がされるようになったことから、一気《いっき》に[1]発展《はってん》していった。居《い》の一幕《ひとまく》が終《お》わり、次《つぎ》の一幕《ひとまく》が始《はじ》まるまでの舞台《ぶたい》に幕《まく》が下《お》りている時間《じかん》を利用《りよう》して、芝居《しばい》の見《けん》物客《ぶつきゃく》は食事《しょくじ》を楽《たの》しんだが、この時間《じかん》を「幕《まく》の内《うち》」または「幕間《まくあい》」と呼《よ》び、この時間《じかん》に食《た》べる弁当《べんとう》のことを「幕《まく》の内弁当《うちべんとう》」と呼《よ》ぶようになったそうだ。また、おにぎりに海苔《のり》を巻《ま》くという習慣《しゅうかん》も江戸時代《えどじだい》に生《う》まれた。

日本《にほん》の弁当《べんとう》と言《い》えば、地方《ちほう》の特産素材《とくさんそざい》や郷土料理《きょうどりょうり》を活《い》かす「駅弁《えきべん》」や春《はる》に桜《さくら》の下《した》で花《はな》を観賞《かんしょう》しながら食《た》べる「花見弁当《はなみべんとう》」などが思《おも》い浮《う》かぶだろう。このような行楽《こうらく》[2]弁《べん》当《とう》以外《いがい》にも「キャラ弁《べん》」やおなじみ[3]の「愛妻弁当《あいさいべんとう》」など、家庭《かてい》で作《つく》る弁当《べんとう》もなかなかのものである。「キャラ弁《べん》」とは弁当《べんとう》の中身《なかみ》をアニメや漫画《まんが》などのキャラクター[4]の形《かたち》に模《も》した[5]子供《こども》のための弁当《べんとう》で、「愛妻弁当《あいさいべんとう》」は言《い》うまでもなく、愛《あい》する夫《おっと》のために作《つく》る弁当《べんとう》である。

そのほか、持《も》ち帰《かえ》り弁当専門店《べんとうせんもんてん》や、コンビニで販売《はんばい》されている弁当《べんとう》は電子《でんし》レンジを使用《しよう》して温《あたた》かいのが食《た》べられるが、一般的《いっぱんてき》に冷《つめ》たいまま食《た》べるのも多々《たた》[6]ある。

日本從平安時代就有帶便當的習慣。此後，江戶時代中期「戲劇觀賞」以娛樂之姿蓬勃發展，觀眾利用一齣戲的轉場期間（當布幕降下直到另一幕開始，布幕升起之前這段時間），享用美味餐點。這個時候稱作「幕之內」或「幕間」，因此在這段時間內，觀眾享用的便當就稱為「幕之內便當」。另外，飯糰包海苔的習慣也是從江戶時代開始。

提到日本的便當，應該會想到活用地方特產食材與鄉土料理的「鐵路便當」，或是在櫻花樹下一邊賞花一邊享用的「賞花便當」吧？除了這些出遊便當之外，還有「卡通造型便當」、令人熟悉的「愛妻便當」等在家中製作的便當也相當不得了。所謂的「卡通造型便當」是指便當內容物仿照卡通或漫畫等人物造型，專為小孩製作的便當，而「愛妻便當」更不用說，是為心愛的丈夫所做的便當啦。

此外，專供外帶的便當專賣店或便利商店所販賣的便當，只要使用微波爐就可吃到熱熱的食物，但一般來說，也有很多人吃冷便當。

美食家的定番

駅弁《えきべん》　火車便當
花見弁当《はなみべんとう》　賞花便當
キャラ弁《べん》　造型便當
愛妻弁当《あいさいべんとう》　愛妻便當
持《も》ち帰《かえ》り弁当《べんとう》　外帶便當

言《い》うまでもなく

用於說明一件大家都同意、周知的事，針對此事無須言語。可譯成「不用說……」。

まま

表達同一狀態下沒有發生任何變化，可譯成「保持原樣……」。

幕の内弁当

文／林潔珏
圖／shutterstock

43

親《おや》子《こ》丼《どん》

33

親子丼

健康應援關鍵字

カロリーが低《ひく》い　低熱量
脂肪分《しぼうぶん》が少《すく》ない　低脂肪
蛋白質《たんぱくしつ》が多《おお》い　高蛋白質
アミノ酸《さん》　胺基酸
疲労回復《ひろうかいふく》　消除疲勞
食欲促進《しょくよくそくしん》　促進食慾

[1] 割《わ》り下《した》　佐料醬汁。

[2] トロトロ　黏稠的。

[3] しみこむ　滲透。

[4] コンビネーション（英：combination）組合。

[5] 出前《でまえ》 外送。

[6] 純粋《じゅんすい》〔な〕　單純的。

[7] カロリー（法：calorie）卡路里　。

[8] 組《く》み合《あ》わせる　搭配。

[9] 脇役《わきやく》　配角。

[10] コツ　訣竅。

[11] 仕《し》上《あ》がる　完成。

親子丼《おやこどん》とは、鶏肉《とりにく》や玉《たま》ねぎなどを、だし汁《じる》、砂糖《さとう》、みりん、酒《さけ》、醤油《しょうゆ》などを合《あ》わせた「割《わ》り下《した》[1]」で煮《に》て、卵《たまご》でとじ、ご飯《はん》の上《うえ》に載《の》せた「丼物料理《どんぶりものりょうり》」の一種《いっしゅ》。鶏《にわとり》の肉《にく》（親《おや》）と鶏《にわとり》の卵《たまご》（子《こ》）で作《つく》ることから、「親子丼《おやこどん》」と呼《よ》ばれるようになった。柔《やわ》らかい鶏肉《とりにく》とトロトロ[2]の卵《たまご》、そして甘辛《あまから》のタレがしみこんだ[3]ご飯《はん》が織《お》りなす絶妙《ぜつみょう》のコンビネーション[4]で、多《おお》くの人《ひと》に愛《あい》されている。

親子丼《おやこどん》の発祥《はっしょう》は１８９１《せんはっぴゃくきゅうじゅういち》年《ねん》に東京都《とうきょうと》日本橋《にほんばし》にある鶏料理専門店《とりりょうりせんもんてん》「玉《たま》ひで」が考案《こうあん》した出前《でまえ》[5]料理《りょうり》で、純粋《じゅんすい》[6]に鶏肉《とりにく》と卵《たまご》だけで作《つく》られ、玉《たま》ねぎや三《み》つ葉《ば》など他《た》の野菜《やさい》は入《はい》っていなかった。なお、北海道《ほっかいどう》が発祥《はっしょう》の鮭《さけ》とイクラで作《つく》る親子丼《おやこどん》もある。鶏肉《とりにく》の親子丼《おやこどん》と区別《くべつ》するために「海鮮親子丼《かいせんおやこどん》」とも呼《よ》ばれる。

親子丼《おやこどん》は他《ほか》の肉系丼《にくけいどん》と比《くら》べてカロリー[7]がかなり低《ひく》い。鶏肉《とりにく》は脂肪分《しぼうぶん》が少《すく》ないため蛋白質《たんぱくしつ》が多《おお》く、アミノ酸《さん》バランスの良《よ》い卵《たまご》と組《く》み合《あ》わせる[8]ことによって、良質《りょうしつ》の蛋白質《たんぱくしつ》を一度《いちど》に沢山摂《たくさんと》ることができる。そして、脇役《わきやく》[9]の玉《たま》ねぎには疲労回復《ひろうかいふく》や整腸作用《せいちょうさよう》、食欲促進《しょくよくそくしん》などのうれしい効能《こうのう》もあるので、親子丼《おやこどん》は立派《りっぱ》な健康食《けんこうしょく》と言《い》っても過言《かごん》ではない。

すっかり定番《ていばん》の家庭料理《かていりょうり》となった親子丼《おやこどん》の作《つく》り方《かた》は実《じつ》に簡単《かんたん》。コツ[10]を押《お》さえれば誰《だれ》でも上手《じょうず》に作《つく》れる。親子丼《おやこどん》の基本《きほん》はまず、卵《たまご》をふんわりさせることなので、溶《と》き卵《たまご》を作《つく》る際《さい》に黄身《きみ》と白身《しろみ》を混《ま》ぜすぎないことがポイント。さらにそれを２回《にかい》に分《わ》けて回《まわ》し入《い》れ、煮詰《につ》めすぎなければ美味《おい》しく仕上《しあ》がる[11]はず。

所謂的親子丼是以高湯、砂糖、味醂、酒、醬油等混合而成的佐料醬汁來煮雞肉、洋蔥，再用雞蛋結合一起放在飯上的一種「蓋飯料理」。因為是由雞肉（親）和雞蛋（子）做的，便被稱為「親子丼」。柔嫩的雞肉與半熟滑潤的雞蛋，以及吸滿鹹甜醬汁的米飯所交織成的絕妙組合，深受眾人喜愛。

親子丼發源於 1891 年，由東京都日本橋的雞肉料理專賣店「玉秀」所研發的外送料理。當時純粹只用雞肉和雞蛋，沒有放洋蔥、三葉芹等其他蔬菜。此外，也有發源於北海道，以鮭魚和鮭魚卵做成的親子丼，為了和雞肉的親子丼作區別，稱為「海鮮親子丼」。

比起其他肉類蓋飯，親子丼熱量較低。因為雞肉的脂肪少，蛋白質多，搭配胺基酸均衡的雞蛋，可一次充分攝取大量的良性蛋白質。而配角的洋蔥，也因為具有消除疲勞、整腸作用、促進食慾等不可多得的效果，若要說親子丼是優良的健康食品也不為過。

徹底成為家庭料理基本款的親子丼，作法很簡單，只要抓住訣竅，任誰都可以做得很好。親子丼的首要條件是雞蛋必須做得柔軟滑嫩，因此在打蛋時，要注意蛋黃和蛋白不可以打得太均勻。接下來把蛋液分兩次畫圈倒入，不要煮太久，即可美味上桌。

～と言《い》っても過言《かごん》ではない

用於強調主張，同「～と言《い》っても言《い》い過《す》ぎではない」，屬於書面用語，可譯成「說是……也不為過」。

44 親《おや》子《こ》丼《どん》

34 親子丼

材料

鶏胸肉《とりむねにく》 雞胸肉。　玉《たま》ねぎ 洋蔥。　三《み》つ葉《ば》 三葉芹。
どんぶり 蓋飯碗。　刻《きざ》み海苔《のり》 海苔絲。

2人分	2人份
卵《たまご》…3《さん》個《こ》	蛋…3個
鶏胸肉《とりむねにく》（鶏《とり》もも肉《にく》でも可《か》）…100g《ひゃくグラム》	雞胸肉（雞腿肉亦可）…100g
玉《たま》ねぎ…1/2《にぶんのいっ》個《こ》	洋蔥…1/2個
三《み》つ葉《ば》…適量《てきりょう》	三葉芹…適量
だし汁《じる》…200cc《にひゃくシーシー》	柴魚昆布高湯…200cc
温《あたた》かいご飯《はん》…丼2杯分《どんぶりにはいぶん》	熱白飯…2大碗
刻《きざ》み海苔《のり》…適量《てきりょう》	海苔絲…適量

調味料

酒《さけ》…大《おお》さじ1/2《にぶんのいち》	酒…1/2大匙
みりん…大《おお》さじ1《いち》	味醂…1大匙
しょう油《ゆ》…大《おお》さじ2《に》	醬油…2大匙

作り方

余分《よぶん》〔な〕 多餘的。　繊維《せんい》 纖維。　沿《そ》う 沿，順。　煮立《にた》てる 煮開。　回《まわ》し入《い》れる 畫圈倒入。

❶ 鶏肉《とりにく》は余分《よぶん》な油《あぶら》と皮《かわ》を取《と》り除《のぞ》き、2《に》センチ角《かく》に切《き》る。
❷ 三《み》つ葉《ば》は3《さん》センチの長《なが》さに切《き》る。
❸ 玉《たま》ねぎは繊維《せんい》に沿《そ》って薄切《うすぎ》りにする。
❹ ボウルに卵《たまご》を割《わ》り入《い》れ、よく溶《と》きほぐす。
❺ 小鍋《こなべ》にだし汁《じる》を煮立《にた》て、調味料《ちょうみりょう》を加《くわ》えてひと煮立《にた》ちさせておく。
❻ 5《ご》に鶏肉《とりにく》と玉《たま》ねぎを入《い》れ、3分《さんふん》ほど煮《に》て鶏肉《とりにく》に火《ひ》を通《とお》す。
❼ 火《ひ》を弱《よわ》め、6《ろく》に溶《と》き卵《たまご》を少《すこ》しずつ回《まわ》し入《い》れる。
❽ 卵《たまご》が半熟状《はんじゅくじょう》になったら火《ひ》を止《と》め、丼《どんぶり》に盛《も》ったご飯《はん》にのせる。最後《さいご》に三《み》つ葉《ば》を添《そ》え、刻《きざ》み海苔《のり》を散《ち》らしたらできあがり。

① 雞肉去除多餘的油脂與皮，再切成2cm塊狀。
② 三葉芹切成3cm的長度。
③ 洋蔥沿著纖維切成薄片。
④ 將蛋打進大碗中，並充分打散。
⑤ 將小鍋裡的柴魚昆布高湯煮開，放進調味料之後，再滾一下。
⑥ 將雞肉與洋蔥放進step5中，約煮3分鐘讓雞肉熟透。
⑦ 關小火，將step6的蛋汁一點一點地畫圈倒入。
⑧ 待雞蛋呈半熟狀後關火，再放進大碗的白飯上。最後加上三葉芹，灑上海苔絲便大功告成。

1

2

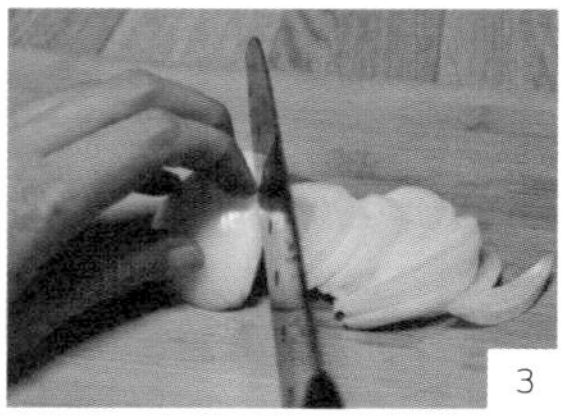
3

4

5

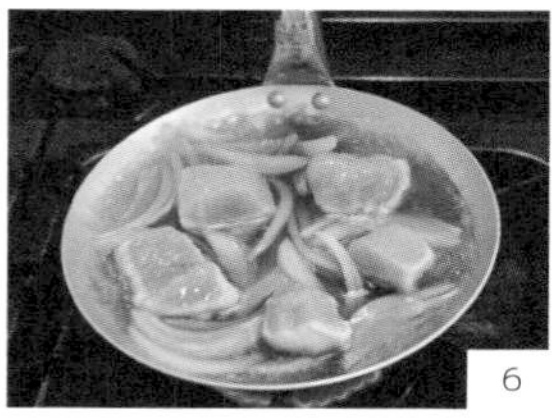
6

7

8

45

味《み》噌《そ》汁《しる》

35

味噌湯

文／林潔珏　日文翻譯／水島利惠

圖／shutterstock

　味噌汁《みそしる》は室町時代《むろまちじだい》から飲《の》まれており、もともと農民《のうみん》が作《つく》り出《だ》した郷土料理《きょうどりょうり》だったが、その後《のち》、徐々《じょじょ》に他《ほか》の階層《かいそう》にも広《ひろ》がっていったと言《い》われている。日本《にほん》の精進料理《しょうじんりょうり》の基本《きほん》は一汁一菜《いちじゅういっさい》、和食《わしょく》の基本《きほん》は一汁三菜《いちじゅうさんさい》だが、味噌汁《みそしる》はそのどちらにも欠《か》かすことのできない役目《やくめ》[1]をしている。味噌汁《みそしる》は食欲増進《しょくよくぞうしん》の効果《こうか》がある以外《いがい》に、味噌《みそ》に含《ふく》まれる大豆《だいず》のタンパク質《しつ》は、昔《むかし》の重要《じゅうよう》なタンパク質源《しつげん》で、汗《あせ》を流《なが》した後《あと》の塩分補給《えんぶんほきゅう》を助《たす》けてくれる働《はたら》きがある。戦国時代《せんごくじだい》には、里芋《さといも》の茎《くき》を味噌《みそ》で煮込《にこ》んだ「芋茎縄《いもがらなわ》」が野戦食《やせんしょく》とされていた。これは熱湯《ねっとう》を注《そそ》げば、すぐに食《た》べられることより、とても効率《こうりつ》のよい食事《しょくじ》であった。江戸時代《えどじだい》になると、味噌汁《みそしる》はどの家庭《かてい》にも普及《ふきゅう》し、今日《こんにち》に至《いた》っても依然《いぜん》として、日本《にほん》の食卓《しょくたく》に欠《か》かすことのできない一品《いっぴん》となっている。

　味噌汁《みそしる》は、だし、具材《ぐざい》そして味噌《みそ》の三《みっ》つの材料《ざいりょう》から作《つく》られ、その地方《ちほう》や家庭《かてい》の習慣《しゅうかん》によって、だし汁《じる》の取《と》り方《かた》、具材《ぐざい》、味噌《みそ》の種類《しゅるい》なども異《こと》なる。このことから味噌汁《みそしる》は、家庭料理《かていりょうり》の中《なか》でも「おふくろ[1]の味《あじ》」と呼《よ》ばれている。

[1] 役目《やくめ》　作用、任務。　[2] おふくろ　媽媽（口語）。

　據説味噌湯源起於室町時代，原本是農民製作的鄉土料理，之後便逐漸擴展至其他階級。日本精進料理基本的一湯一菜，與和食基本的一湯三菜，味噌湯都是其不可或缺的角色。味噌湯除了能增進食慾，味噌內含的大豆蛋白質更是古時候重要的蛋白質來源，有助於流汗之後的鹽分補給。在戰國時代，用小芋頭的莖和味噌熬煮成的「芋莖繩」，就常被用來當作野戰食物，因為只需要泡上熱開水即可食用，是非常有效率的一頓飯。到了江戶時代，味噌湯便普及至所有的家庭，時至今日依然是日本人餐桌上不可或缺的料理。

　味噌湯主要由高湯、配料和味噌三種要素所構成，依各地區和家庭習慣，熬煮高湯的材料、配料與味噌種類也不同，因此在家庭料理當中，味噌湯也被稱為「媽媽的味道」。

今日《こんにち》に至《いた》っても

用於表現即使到了天差地遠、某個極端階段仍舊未變，可譯成「即使到了……」。

46 豚汁《とんじる》

豬肉味噌湯

36

材料

4 人分	4 人份
豚《ぶた》バラ薄切《うすぎ》り肉《にく》…200 g《にひゃくグラム》	豬五花肉片…200g
こんにゃく…1/2《にぶんのいち》枚《まい》	蒟蒻…1/2 塊
大根《だいこん》…10cm《じゅっセンチ》	白蘿蔔…10cm
人参《にんじん》…1/2《にぶんのいっ》本《ぽん》	胡蘿蔔…1/2 根
生《なま》しいたけ…4《よん》枚《まい》	生香菇…4 朵
だし汁《じる》…5《ご》カップ（1000《せん》cc《シーシー》）	柴魚昆布高湯…5 杯（1000cc）
みそ…大《おお》さじ 3《さん》（4 5 g《よんじゅうごグラム》）	味噌…3 大匙（45g）
万能《ばんのう》ねぎ（長《なが》ねぎでも可《か》）…適量《てきりょう》	蝦夷蔥（大蒜亦可）…適量
ごま油《あぶら》…適量《てきりょう》	麻油…適量
七味唐辛子《しちみとうがらし》…お好《この》みの量《りょう》	七味辣椒粉…喜好的量

作り方

❶ 豚肉《ぶたにく》は食《た》べやすい大《おお》きさに切《き》り、大根《だいこん》、人参《にんじん》は厚《あつ》めのいちょう切《ぎ》りにする。
❷ こんにゃくは短冊切《たんざくぎ》りにし、塩《しお》（分量外《ぶんりょうがい》）でもんで洗《あら》い流《なが》す。
❸ しいたけは石《いし》づきを取《と》って縦四《たてよっ》つに切《き》り、万能《ばんのう》ねぎは小口切《こぐちぎ》りにする。
❹ 鍋《なべ》にごま油《あぶら》をひいて熱《ねっ》し、豚肉《ぶたにく》を炒《いた》める。
❺ 肉《にく》の色《いろ》が変《か》わったら、大根《だいこん》、人参《にんじん》、こんにゃくの順《じゅん》に加《くわ》えて炒《いた》め、だし汁《じる》を加《くわ》える。
❻ 煮立《にた》ったらアクを取《と》り、しいたけを加《くわ》え、弱火《よわび》で 10 分《じゅっぷん》ほど煮《に》る。
❼ みそを煮汁少々《にじるしょうしょう》で溶《と》いて加《くわ》え、軽《かる》く煮《に》る。
❽ 椀《わん》によそい、万能《ばんのう》ねぎを散《ち》らしたらできあがり。お好《この》みで七味唐辛子《しちみとうがらし》をかけてもよい。

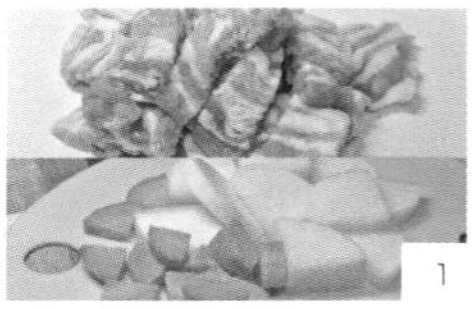
1

5

2

6

3

7

4

8

① 豬肉切成容易入口的大小，白蘿蔔、胡蘿蔔切成稍厚的銀杏葉形狀。
② 蒟蒻切成長方形，用鹽（本材料分量以外的鹽）搓揉後再沖洗。
③ 香菇切除根部帶砂石的部分，再縱切成 4 塊。蝦夷蔥切成圓口形的蔥花。
④ 鍋子倒入麻油後燒熱，再炒豬肉。
⑤ 肉變色後，按白蘿蔔、胡蘿蔔、蒟蒻的順序放入鍋中續炒，再加入高湯。
⑥ 滾後撇去浮沫，加入香菇，以小火煮約 10 分鐘。
⑦ 加入用少許湯汁調開的味噌，再稍微煮一下。
⑧ 裝碗後灑上蝦夷蔥便大功告成。視喜好灑上七味辣椒粉亦可。

いちょう切《ぎ》り　圓筒形材料切片後再切成 4 等分的切法。因狀似銀杏葉而得名。

短冊切《たんざくぎ》り　切成長方形。因狀似詩籤而得名。

ひく　鋪。

アク　浮沫。

よそう　盛，舀。

文／林潔珏　日文翻譯／水島利惠
圖／shutterstock

47 土《ど》瓶《びん》蒸《む》し

37

土瓶蒸

[1]立役者《たてやくしゃ》　重要角色。
[2]疑《うたが》う余地《よち》がない　無庸置疑。
[3]織《お》りなす　交織。
[4]歯《は》ごたえ　嚼勁。

土瓶蒸《どびんむ》しは、土瓶《どびん》を使《つか》ってつくられる日本料理《にほんりょうり》で、高級《こうきゅう》な会席《かいせき》、懐石《かいせき》、御膳料理《おぜんりょうり》でよく出《だ》される高級料理《こうきゅうりょうり》の立役者《たてやくしゃ》[1]といってもよいくらいの存在《そんざい》だ。土瓶蒸《どびんむ》しの中《なか》に入《い》れるものとして、きのこ類《るい》、白身魚《しろみざかな》、エビ、鶏肉《とりにく》、銀杏《ぎんなん》、三《み》つ葉《ば》などがあるが、最《もっと》も代表的《だいひょうてき》なものといえば、日本人《にほんじん》が深《ふか》く愛《あい》してやまない高級食材《こうきゅうしょくざい》、森《もり》のダイヤモンドという誉《ほまれ》もある「松茸《まつたけ》」であることは、疑《うたが》う余地《よち》がない[2]だろう。毎年秋《まいとしあき》には松茸《まつたけ》のシーズンが到来《とうらい》し、日本料理店《にほんりょうりてん》では松茸料理《まつたけりょうり》がお目《め》見《み》えする。

さて、土瓶蒸《どびんむ》しはどのようにして食《た》べれば、その旨味《うまみ》を堪能《たんのう》することができるのだろうか。土瓶蒸《どびんむ》しは、中《なか》に入《はい》っているたくさんの具材《ぐざい》や、旨味《うまみ》が濃縮《のうしゅく》しただし汁《じる》をいただく以外《いがい》に、その香《かお》りを楽《たの》しむ料理《りょうり》でもある。いただく際《さい》には、まず蓋《ふた》を開《あ》け、それぞれの具材《ぐざい》とかつおと昆布《こんぶ》で取《と》っただし汁《じる》が織《お》りなす[3]芳醇《ほうじゅん》な香《かお》りを楽《たの》しんだ後《あと》、お猪口《ちょこ》にだし汁《じる》を注《そそ》ぎ、まずは本来《ほんらい》の味《あじ》を賞味《しょうみ》する。そしてその後《あと》に、ポン酢《ず》や柚子《ゆず》、すだちの果汁《かじゅう》などを入《い》れ、味《あじ》の変化《へんか》を楽《たの》しみ、だし汁《じる》が半分《はんぶん》ほどになれば、中《なか》の具材《ぐざい》を取《と》り出《だ》して食《た》べることができる。

豪華感《ごうかかん》あふれる土瓶蒸《どびんむ》しも、吸物《すいもの》を作《つく》る要領《ようりょう》に従《したが》えば、家庭《かてい》で簡単《かんたん》に作《つく》ることができる。日本《にほん》では昔《むかし》から「香《かお》り松茸《まつたけ》、味《あじ》しめじ」といわれているように、高級《こうきゅう》な松茸《まつたけ》がなければ、安価《あんか》で手《て》に入《はい》るしめじや歯《は》ごたえ[4]のあるエリンギを使用《しよう》して作《つく》っても、松茸《まつたけ》と同《おな》じようなおいしい味《あじ》のものが出来上《できあ》がる。

土瓶蒸是一種利用土瓶蒸煮而成的日本料理，常出現在高級的會席、懷石、御膳料理，說是高級料理的要角也不為過。土瓶蒸常使用的食材有菇類、白肉魚、蝦、雞肉、銀杏、三葉芹等，但最具代表性，且深受日本人喜愛的，無疑是享有森林鑽石之譽的「松茸」，每到秋天盛產松茸的季節，在日本料理店可見令人垂涎的松茸料理。

那麼，該怎麼享用土瓶蒸，才能品嘗出箇中滋味呢？土瓶蒸除了品嘗瓶中豐富的配料與鮮美的湯頭之外，也是一種享受香氣的料理。享用時，先打開瓶蓋，品味各種配料與柴魚昆布高湯交織而成的芳香，之後再將湯倒進「小杯子」，在品嘗原味之後，再加醋橘或香橙汁，以享受不同風味的變化，待湯汁剩約一半時，就可以夾土瓶中的料來吃。

充滿豪華感的土瓶蒸只要按照吸物的作法要領，在家也可輕鬆做！日本有句俗語說「松茸最香；鴻喜菇最有味道」，沒有高級的松茸，利用便宜的鴻喜菇或嚼勁十足的杏鮑菇，同樣能做出如同松茸一般口味俱佳的好味道。

～てやまない

用於表現某種情感持續著，常接於情感動詞後，屬於書面用語，可譯成「……不已」。

～に従《したが》う

多接於規則、指示後面表現依此行事，可譯成「按照……、根據……」。

料理のコツ　料理的訣竅

土瓶蒸《どびんむ》しは蒸《む》し器《き》で蒸《む》すともっと深《ふか》い味《あじ》わいになる。　土瓶蒸用蒸籠蒸的話會有更深沉的滋味。

鶏肉《とりにく》をさっと下《した》ゆですることで生臭《なまぐさ》さを消《け》すことができる。　雞肉稍微燙一下就能去除腥膻味。

材料《ざいりょう》の旨《うま》みを引《ひ》き出《だ》すためには、だし汁《じる》が冷《さ》めてから使《つか》う。　要提顯材料的甜味，高湯要冷卻之後再使用。

蒸《む》す　蒸。　味《あじ》わい　滋味。　生臭《なまぐさ》さ　腥膻味。　引《ひ》き出《だ》す　引出，提顯。

48 土《ど》瓶《びん》蒸《む》し

38

土瓶蒸

材料

4人分
エリンギ…2《に》本《ほん》
しめじ…1/2《にぶんのいち》パック
かまぼこ…4《よん》切《き》れ
鶏《とり》のささ身《み》…2《に》本《ほん》
だし汁《じる》…800cc《はっぴゃくシーシー》

4人份
杏鮑菇…2根
鴻喜菇…1/2盒
魚板…4片
雞柳…2條
柴魚昆布高湯…800cc

調味料

Ⓐ 薄口《うすくち》しょう油《ゆ》…大《おお》さじ1《いち》（約《やく》15g《じゅうごグラム》）
酒《さけ》…大《おお》さじ1《いち》（約《やく》15g《じゅうごグラム》）
塩《しお》…少々《しょうしょう》
三《み》つ葉《ば》…適量《てきりょう》
すだち（なければレモンでも可《か》）…1《いっ》個《こ》

Ⓐ 淺色醬油…1大匙（約15g）
酒…1大匙（約15g）
鹽…少許
三葉芹…適量
醋橘（沒有的話檸檬亦可）…1顆

作り方

❶ エリンギは半分《はんぶん》の長《なが》さに切《き》り、さらに縦《たて》5《ご》ミリ幅《はば》に切《き》る。
❷ しめじは根元《ねもと》を切《き》り落《お》とし、小房《こぶさ》にほぐす。
❸ 三《み》つ葉《ば》は長《なが》さを3《さん》センチくらいに切《き》る。
❹ 鶏《とり》のささ身《み》はひと口大《くちだい》のそぎ切《ぎ》りにし、さっと下《した》ゆでする。
❺ だし汁《じる》にⒶを加《くわ》えて混《ま》ぜる。
❻ 土瓶《どびん》（なければ鍋《なべ》でも可《か》）に1《いち》～《から》4《よん》の材料《ざいりょう》を入《い》れ、5《ご》を注《そそ》いで中火《ちゅうび》にかける。
❼ ひと煮立《にた》ちしたところで火《ひ》を止《と》め、三《み》つ葉《ば》を入《い》れてふたをする。
❽ すだちは四《よ》つ割《わ》りにし、7《なな》に添《そ》える。

① 杏鮑菇切成一半的長度，再縱切成寬度5mm。
② 鴻喜菇切除根部再拆成小朵。
③ 三葉芹切成3cm左右的長度。
④ 雞柳斜切成一口的大小並快速燙過。
⑤ 把Ⓐ加入高湯中混和。
⑥ 把step1~4的材料放入土瓶（沒有的話鍋子亦可）中，並將step5倒入，開中火煮。
⑦ 待滾熄火，加入三葉芹後加蓋。
⑧ 醋橘切成四等分，與step7搭配。

切《き》り落《お》とす 切除。　小房《こぶさ》 小朵・小串。　ひと口大《くちだい》 一口的大小。

1

2

3

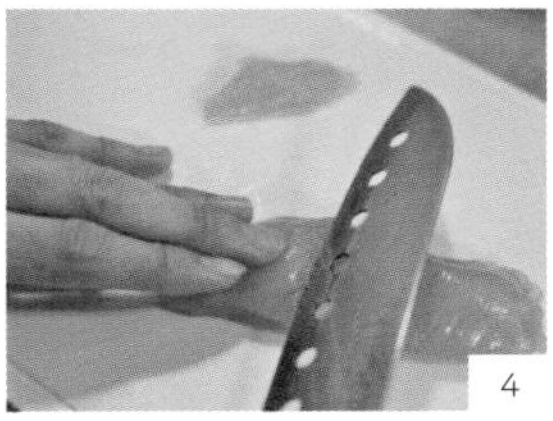
4

5

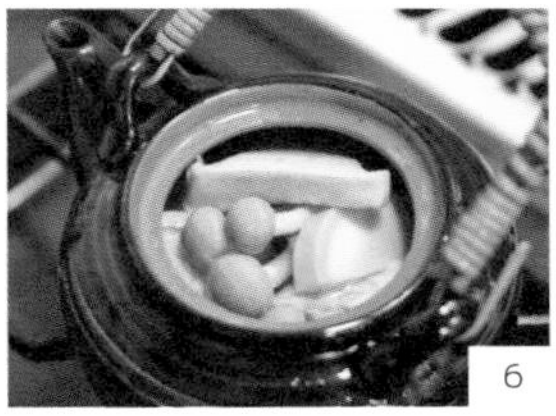
6

7

8

文／林潔珏　圖／shutterStock

49
刺《さし》身《み》

39

生魚片

美食家的定番

姿《すがた》造《づく》り　魚身盛盤生魚片
薄《うす》造《づく》り　薄切生魚片（河豚等）
馬《ば》刺《さ》し　生馬肉片
鶏《とり》刺《さ》し　生雞肉片
レバ刺《さ》し　生牛肝片
刺《さし》身《み》こんにゃく　生蒟蒻片
生《なま》湯《ゆ》葉《ば》　生豆腐皮

のなら

用於根據情況發表自己的意見或看法，向對方提出建議。與「たら」「ば」「と」不同，「なら」前面承接的句子不可以是必然會發生的事。可譯成「要是……的話」。

[1]囲《かこ》む　包圍，圍繞。
[2]恵《めぐ》まれる　蒙受（幸運、幸福）。
[3]見《み》た目《め》　外表，表面看來。
[4]ヒレ　魚鰭。
[5]通《つう》じる　通，相通。
[6]縁起《えんぎ》　吉凶之前兆。
[7]溶《と》かす　溶化，溶解。
[8]口直《くちなお》し 清口（的飲品或小菜）。

日本《にほん》は海《うみ》に囲《かこ》まれ[1]、新鮮《しんせん》な魚介類《ぎょかいるい》をいつでも手《て》に入《い》れられるという恵《めぐ》まれた[2]環境《かんきょう》にあるため、刺身《さしみ》の文化《ぶんか》が発達《はったつ》したと考《かんが》えられる。刺身《さしみ》は包丁《ほうちょう》で切《き》って並《なら》べるだけではなく、素材《そざい》の鮮度《せんど》と見《み》た目《め》[3]も重視《じゅうし》するので、昔《むかし》から日本料理《にほんりょうり》の中心的《ちゅうしんてき》な存在《そんざい》であり、世界中《せかいじゅう》に知《し》られている代表的《だいひょうてき》な日本料理《にほんりょうり》でもある。だからこそ、高級《こうきゅう》な和食《わしょく》コースなら、刺身《さしみ》は絶対《ぜったい》に欠《か》かすことのできない一品《いっぴん》だ。

刺身《さしみ》の呼称《こしょう》は盛《も》り付《つ》ける際《さい》に魚名《ぎょめい》を表《あらわ》すために、その魚《さかな》のヒレ[4]を飾《かざ》りのように切《き》り身《み》に刺《さ》したことに由来《ゆらい》するという。また、刺身《さしみ》という名前《なまえ》は「身《み》を刺《さ》す」に通《つう》じ[5]、縁起《えんぎ》[6]が悪《わる》いとされ、「お造《つく》り」と呼《よ》ばれることもある。

刺身《さしみ》を美味《おい》しく楽《たの》しみたいのなら食《た》べ方《かた》にも要注意《ようちゅうい》。まず、わさびは醤油《しょうゆ》に溶《と》かして[7]使《つか》うものではなく、刺身《さしみ》の上《うえ》に乗《の》せるものだ。そして「つま」といわれている大根《だいこん》や大葉《おおば》、海藻《かいそう》などの添《そ》え物《もの》は単《たん》に美《うつく》しく見《み》せるためだけの飾《かざ》りではなく、口《くち》の中《なか》に残《のこ》っているほかの料理《りょうり》の味《あじ》を消《け》すための口直《くちなお》し[8]でもあるので、残《のこ》さずいただくのがおすすめ。

據推測，由於日本四周環海、位於隨時可取得新鮮魚貝類的優渥環境，生魚片文化因而發達。生魚片不只是用刀切一切排一排而已，因為也重視材料的鮮度和外觀，從以前就在日本料理中占有一席之地，也是聞名國際具代表性的日本料理。正因為如此，如果是高級的和食套餐，生魚片是不可或缺的一道菜。

生魚片的稱呼據說是在裝盤之際為表示魚的名稱，如裝飾般將魚鰭插在切片的魚肉上而來。此外，「刺身」這個名稱和「（刀）刺在身上」的意思相通，被認為不吉利，所以生魚片也被稱為「お造り」。

想要享受美味的生魚片的話，也必須注意吃法。首先，山葵不是溶在醬油中使用的，而是放在生魚片上的。此外，被稱為「妻」的白蘿蔔、青紫蘇、海藻等配菜，不單是為了看起來美觀的裝飾，也是用來消除口中其他料理殘餘味道的清口食品，建議吃掉不要留下來。

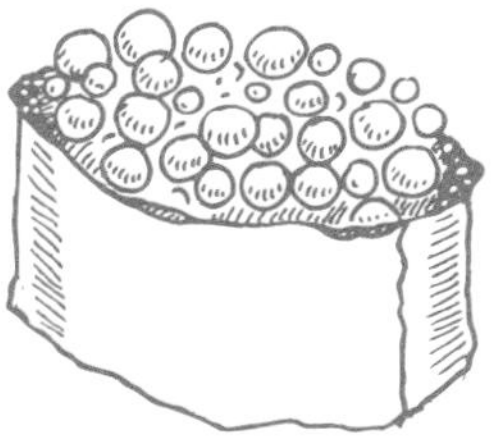

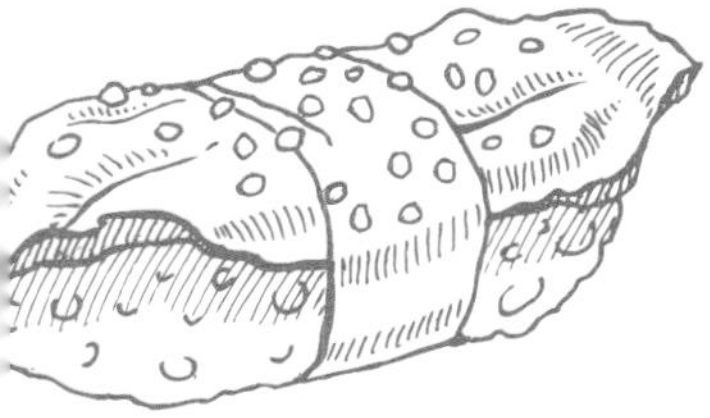

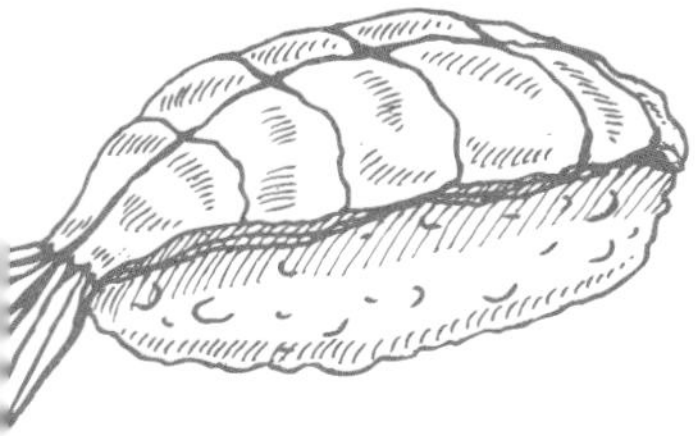

50 うどん

文／林潔珏　圖／shutterstock

40

烏龍麵

うどんの起源《きげん》には諸説《しょせつ》があるが、もっとも有力《ゆうりょく》なのは鎌倉時代《かまくらじだい》に中国《ちゅうごく》の切《き》り麺《めん》を取《と》り入《い》れた[1]「切《き》り麦《むぎ》」だと言《い》われている。室町時代《むろまちじだい》には現在《げんざい》とほぼ同《おな》じ製法《せいほう》で作《つく》られており、やがて[2]うどんと呼《よ》ばれるようになった。

安《やす》くてシンプルなイメージを持《も》つうどんは、実《じつ》は奥《おく》[3]が深《ふか》い。ゆでた[4]麺《めん》を冷水《れいすい》で締《し》め、つゆにつけて食《た》べる「ざるうどん」、生醤油《きじょうゆ》や少量《しょうりょう》のつゆをゆで上《あ》げたままのうどんにたらして[5]食《た》べる「ぶっかけうどん」、アツアツのだし汁《じる》をうどんにかけて食《た》べる「かけうどん」など、食《た》べ方《かた》は様々《さまざま》である。

地域《ちいき》により、うどんの食感《しょっかん》、具材《ぐざい》、味付《あじつ》けにも特色《とくしょく》がある。たとえば、粘《ねば》りと弾《だん》力性《りょくせい》を備《そな》えた[6]「讃岐《さぬき》うどん」、昆布《こんぶ》ベースのだし汁《じる》と薄口醤油《うすくちしょうゆ》で味《あじ》を整《ととの》えたさっぱり系《けい》[7]の「関西風《かんさいふう》うどん」、納豆《なっとう》やサバ缶《かん》を混《ま》ぜたたれで食《た》べる「山形《やまがた》ひっぱりうどん」など、その世界《せかい》はかなり広《ひろ》い。

[1] 取《と》り入《い》れる 採用，吸取。　[2] やがて 不久，很快。　[3] 奥《おく》 奧祕，深處。　[4] ゆでる 水煮，燙。
[5] たらす 滴。　[6] 備《そな》える 具備。　[7] さっぱり系《けい》 清爽型。

烏龍麵的起源有各種說法，最可靠的說法據說是在鎌倉時代採用中國的切麵所製成的「切り麦」。在室町時代就以與現在幾乎相同的製麵法製造，不久之後就被稱為烏龍麵了。

帶有便宜又簡單印象的烏龍麵其實很深奧。將煮熟的麵用冷水鎮過後沾醬汁食用的「竹籠烏龍麵」、把生醬油（未經加熱過程的醬油）或少量醬汁直接滴在煮好的烏龍麵上食用的「醬汁乾拌烏龍麵」、將熱騰騰的高湯淋在烏龍麵上食用的「烏龍湯麵」等等，吃法相當多樣。

因地區的不同，烏龍麵的口感、材料、調味也各具特色。例如具備韌性和彈性的「讚岐烏龍麵」、以昆布為底的高湯和淡味醬油調味的清爽「關西風烏龍麵」、搭配由納豆和青花魚罐頭攪拌而成的醬汁一起食用的「山形手拉烏龍麵」等等，烏龍麵世界相當廣闊。

㊟「ひっぱる」有拖拉、拉長的意思，據說「ひっぱりうどん」的命名，是從大鍋夾取烏龍麵或納豆牽絲的樣子而來。

ざるうどん　竹籠烏龍麵
ぶっかけうどん　醬汁乾拌烏龍麵
かけうどん　烏龍湯麵
讃岐《さぬき》うどん　讚岐烏龍麵
関西風《かんさいふう》うどん　關西風烏龍麵
山形《やまがた》ひっぱりうどん　山形手拉烏龍麵

51 鍋《なべ》焼《や》きうどん

41

鍋燒烏龍麵

材料

1人分	1人份
うどん…1《ひと》玉《たま》	烏龍麵…1球
かまぼこ…2《に》枚《まい》	魚板…2片
油《あぶら》揚《あ》げ…1/2《にぶんのいち》枚《まい》	油炸豆皮…1/2片
しいたけ…1《いち》枚《まい》	香菇…1朵
ほうれん草《そう》などの青菜《あおな》…適量《てきりょう》	菠菜等綠色蔬菜…適量
鶏肉《とりにく》…2《ふた》切《き》れ	雞肉…2塊
ねぎ…適量《てきりょう》	蔥…適量
卵《たまご》…1《いっ》個《こ》	蛋…1顆

調味料

Ⓐ だし汁《じる》…300cc《さんびゃくシーシー》	Ⓐ 高湯…300cc
みりん…大《おお》さじ1《いち》（約《やく》15g《じゅうごグラム》）	味醂…1大匙（約15g）
薄口《うすくち》しょうゆ…大《おお》さじ1《いち》（約《やく》15g《じゅうごグラム》）	淡色醬油…1大匙（約15g）
塩《しお》…少々《しょうしょう》	鹽…少許

作り方

❶ 鶏肉《とりにく》は一口大《ひとくちだい》に切《き》る。
❷ かまぼこは薄《うす》切《ぎ》り、ねぎは斜《なな》め切《ぎ》り、ほうれん草《そう》はゆでて食《た》べやすい長《なが》さに切《き》る。
❸ 油《あぶら》揚《あ》げは1《いっ》センチ幅《はば》の短冊《たんざく》切《ぎ》りにする。
❹ 鍋《なべ》にⒶを合《あ》わせて煮汁《にじる》を作《つく》る。
❺ 4《よん》を沸騰《ふっとう》させ、鶏肉《とりにく》、うどんを入《い》れ、再《ふた》び煮立《にた》ったら浮《う》いたアクを取《と》り、かまぼこ、油《あぶら》揚《あ》げ、しいたけ、ねぎを入《い》れる。
❻ 卵《たまご》を割《わ》り落《お》とし、卵《たまご》が半熟《はんじゅく》になるまで2分《にふん》ほど煮《に》る。
❼ ゆでたほうれん草《そう》をのせたらできあがり。

① 把雞肉切成一口大小。
② 魚板切成薄片，蔥切成斜片，菠菜燙熟後切成容易食用的長度。
③ 油炸豆皮切成1cm寬的細長形。
④ 將Ⓐ一起放入鍋內煮成醬汁。
⑤ 把step4煮開，放入雞肉、烏龍麵，再度滾了之後去除浮沫，加入魚板、油炸豆皮、香菇、蔥。
⑥ 打入雞蛋，約煮2分鐘至雞蛋半熟為止。
⑦ 放上燙熟的菠菜就完成了。

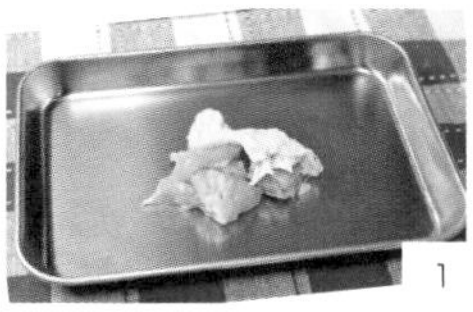
1

2

3

4

5

6

7

幅《はば》　寬，幅度。
短冊《たんざく》切《ぎ》り　切成細長形。
沸騰《ふっとう》する　沸騰。
半熟《はんじゅく》　半熟。
できあがり　完成。

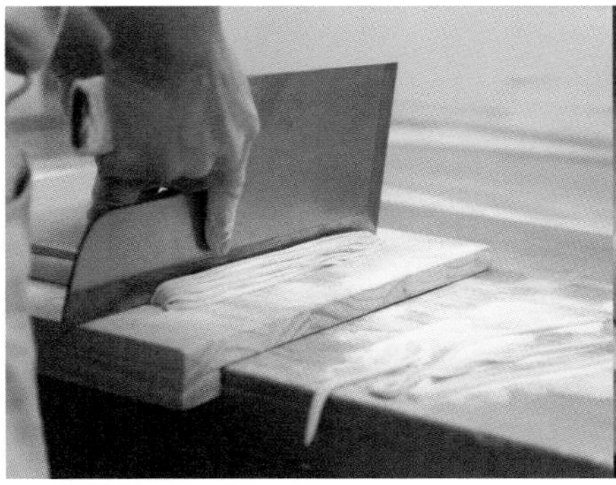

52

冷《ひ》やしそうめん

42

冷麵線

文／林潔珏　日文翻譯／水島利惠
圖／shutterstock

美食家的定番

ぶっかけそうめん　醬汁涼拌麵線
鯛《たい》そうめん　鯛魚麵線
流《なが》しそうめん　流水麵線

炎天下《えんてんか》の続《つづ》く夏《なつ》、冷《つめ》たくて爽《さわ》やかな喉越《のどご》し[1]のそうめんは、日本《にほん》の家庭《かてい》のお昼時《ひるどき》によく登場《とうじょう》する定番料理《ていばんりょうり》だ。作《つく》り方《かた》はとても簡単《かんたん》で、そうめんを茹《ゆ》でた後《あと》、冷《つめ》たい流水《りゅうすい》で揉《も》むようにして洗《あら》う。暑《あつ》くて食欲《しょくよく》のないとき、また料理《りょうり》をする気《き》が起《お》こらない時《とき》は、この「手《て》抜《ぬ》き料理《りょうり》[2]」が一番《いちばん》であろう。

また、そうめんに乗《の》せる具材《ぐざい》や薬味《やくみ》、つゆに少《すこ》し工夫《くふう》を凝《こ》らす[3]だけで、ごちそうに生《う》まれ変《か》わる。例《たと》えば、関西《かんさい》の「ぶっかけそうめん」は、冷麺《れいめん》のように、ハム、きゅうり、錦糸卵《きんしたまご》、椎茸《しいたけ》などの様々《さまざま》な具《ぐ》を麺《めん》の上《うえ》に乗《の》せる。また、愛媛県南部《えひめけんなんぶ》では、お祝《いわ》いの席《せき》でお客《きゃく》をもてなすために、麺《めん》の上《うえ》に一匹《いっぴき》の大《おお》きな鯛《たい》の乗《の》った「鯛《たい》そうめん」がふるまわれる[4]。これは、永遠《えいえん》にめでたいことが続《つづ》きますようにという意味《いみ》が込《こ》められているそうだ。

日本《にほん》の夏《なつ》の風物詩《ふうぶつし》といえば、「流《なが》しそうめん」だろう。流《なが》しそうめんとは、水《みず》が流《なが》れる半筒形《はんつつけい》の竹筒《たけづつ》の中《なか》にそうめんを流《なが》し、箸《はし》で素早《すばや》く[5]そうめんを取《と》って食《た》べる食《た》べ方《かた》である。日本《にほん》ではとても精巧《せいこう》に作《つく》られた「流《なが》しそうめん機《き》」なるものが売《う》り出《だ》されており、家《いえ》の中《なか》でも手軽《てがる》に流《なが》しそうめんを楽《たの》しむことができる。

[1] 喉越《のどご》し　嚥食下肚（的感覺）。　[2] 手抜《てぬ》き料理《りょうり》　懶人料理。　[3] 工夫《くふう》を凝《こ》らす　下工夫。　[4] ふるまう　招待。
[5] 素早《すばや》く　迅速。

在炎炎夏日，清涼爽口的冷麵線是日本家庭午餐的經典料理，作法非常簡單，把麵線煮熟後，用流動的冷水搓洗。天氣熱沒胃口或提不起勁下廚的時候，這道「懶人料理」再合適不過了。

另外，只要在配料、辛香料、醬汁上下點功夫，也能變成一道豐盛的料理，像是關西地區的「醬汁涼拌麵線」如同朝鮮冷麵，會放上很多火腿、小黃瓜、蛋絲、香菇等多樣的配料。又如愛媛縣南部地方在喜慶的日子裡，會用麵條上放了一大條鯛魚的「鯛魚麵線」來招待客人，據説象徵著永保吉祥。

提到日本夏季風物詩，必是「流水麵線」吧。流水麵線是種將麵條放在水流動中的半筒形竹管裡，用筷子迅速地夾取麵線的吃法。日本市面上推出小巧玲瓏的「流水麵線機」，在家也能享受吃流水麵條的樂趣。

53 冷《ひ》やしそうめん

43

冷麵線

材料

4 人分	4 人份
そうめん…4《よん》束《たば》	麵線…4 把
海老《えび》…4《よん》尾《び》	蝦子…4 隻
卵《たまご》…2《に》個《こ》	蛋…2 顆
塩《しお》…適量《てきりょう》	鹽…適量
薬味《やくみ》：万能《ばんのう》ねぎ…適量《てきりょう》	辛香料：蝦夷蔥…適量
しょうが…適量《てきりょう》	生薑…適量
刻《きざ》み海苔《のり》…適量《てきりょう》	海苔絲…適量

調味料

めんつゆ：しょう油《ゆう》…50cc《ごじゅっシーシー》	沾麵用的柴魚高湯醬油：醬油…50cc
みりん…50cc《ごじゅっシーシー》	味醂…50cc
水《みず》…200cc《にひゃくシーシー》	水…200cc
鰹節《かつおぶし》…適量《てきりょう》	柴魚片…適量
（市販《しはん》のだしの素《もと》でも可《か》）	（市售的高湯精亦可）

作り方

❶ 鍋《なべ》にしょう油《ゆ》とみりんを入《い》れてひと煮立《にた》ちさせ、水《みず》と鰹節《かつおぶし》を加《くわ》える。

❷ 再《ふたた》び沸騰《ふっとう》したら火《ひ》を止《と》め、冷《さ》まして濾《こ》す。

❸ しょうがは皮《かわ》を剥《む》いてすりおろす。

❹ 万能《ばんのう》ねぎは小口《こぐち》に切《き》る。

❺ 海老《えび》は背《せ》ワタを取《と》り除《のぞ》き、塩《しお》ゆでして殻《から》を剥《む》く。

❻ 卵《たまご》は薄焼《うすや》きにし、細《ほそ》く切《き》っておく。

❼ そうめんはたっぷりのお湯《ゆ》で茹《ゆ》でてざるにあげ、流水《りゅうすい》でもみ洗《あら》いして、5《ご》と6《ろく》とともに器《うつわ》に盛《も》り付《つ》ける。

❽ 薬味《やくみ》を添《そ》え、めんつゆをつけていただく。

① 鍋內放入醬油和味醂後滾一下，再加入水和柴魚片。
② 再度沸騰之後熄火，待冷濾過。
③ 生薑去皮磨成泥。
④ 蝦夷蔥切成蔥花。
⑤ 蝦子除去泥腸，用鹽水煮熟後將殼剝除。
⑥ 蛋煎成蛋皮，切絲備用。
⑦ 麵線用足量的熱水煮熟，放進篩籃瀝乾，在流動的水中搓洗後，和 step5、step6 一起裝盤。
⑧ 搭配辛香料，沾柴魚高湯醬油食用。

1

2

3

4

5

6

7

8

ひと煮立《にた》ちする 滾一下。

濾《こ》す 濾過。

背《せ》ワタ 泥腸。

もみ洗《あら》いする 搓洗。

添《そ》える 搭配。

文/EZ Japan 編輯部　日文翻譯/水島利惠
圖/shutterstock

54 蕎麦《そば》

44

蕎麥麵

～に伴《ともな》い

用於表現承接前面所發生的變化，連帶後面也改變了，多用於環境等規模大的變化，屬於書面用語，可譯成「伴隨……」。

～において

用於表現某件事物的發生或某種狀態的存在的背景。可譯成「在……方面」。

[1]過酷《かこく》［な］　嚴苛的。
[2]割合《わりあい》　比例。
[3]脚気《かっけ》　腳氣病。
[4]コントロール　管理、控制。
[5]かぐ　嗅、聞。

昔《むかし》の日本《にほん》は、気候条件《きこうじょうけん》が悪《わる》かったため土壌《どじょう》がやせ、農作物《のうさくぶつ》の不作《ふさく》が続《つづ》いていたことから、幕府《ばくふ》は過酷《かこく》な[1]自然条件《しぜんじょうけん》の下《もと》でも育《そだ》つソバを栽培《さいばい》することを百姓《ひゃくしょう》に命《めい》じ、その後《ご》、関東《かんとう》より東《ひがし》の地方《ちほう》、または気候《きこう》や土質《つちしつ》が優《すぐ》れない地方《ちほう》では、ソバを栽培《さいばい》して生《せい》計《けい》が立《た》てられるようになった。蕎麦《そば》を食《た》べる食文化《しょくぶんか》は、このようにして生《う》まれ、育《そだ》っていったのだ。

江戸時代《えどじだい》になると、僧侶《そうりょ》が蕎麦粉《そばこ》と小麦粉《こむぎこ》を混《ま》ぜ合《あ》わせた麺《めん》（蕎麦切《そばき》り）を作《つく》り始《はじ》めたが、僧侶《そうりょ》は日本各地《にほんかくち》を渡《わた》り歩《ある》いていたことから、蕎麦麺《そばめん》の作《つく》り方《かた》が全国《ぜんこく》に広《ひろ》まっていった。やがて技術《ぎじゅつ》の進歩《しんぽ》に伴《ともな》い、蕎麦粉《そばこ》と小麦粉《こむぎこ》の混《ま》ぜる割合《わりあい》[2]も調整《ちょうせい》され、上《うえ》は役人《やくにん》や公家《くげ》から、下《した》は一般庶民《いっぱんしょみん》にまで食《た》べられるようになり、大衆《たいしゅう》の食《た》べ物《もの》となっていったのだ。また、もう一《ひと》つの説《せつ》として、江戸時代《えどじだい》の百姓《ひゃくしょう》は白米《はくまい》だけを食《た》べていたことから、ビタミンB1が欠乏《けつぼう》し、脚気《かっけ》[3]にかかりやすかったそうだが、ソバにはビタミンB群《ぐん》が豊富《ほうふ》に含《ふく》まれていることから、蕎麦《そば》を食《た》べるようになってから、脚気《かっけ》にかかる人《ひと》が少《すく》なくなったという説《せつ》がある。

ところで、蕎麦専門店《そばせんもんてん》では、どうして「手打《てう》ち」にこだわるのだろうか。それは、おいしい蕎麦《そば》を作《つく》るカギとなるのが、新鮮《しんせん》な蕎麦粉《そばこ》を使《つか》うということ以外《いがい》に、作《つく》り立《た》てを食《た》べるということがとても重要《じゅうよう》となるからだ。蕎麦《そば》を作《つく》る過程《かてい》において、こね方《かた》、温度《おんど》や湿度《しつど》の調整《ちょうせい》、時間《じかん》のコントロール[4]や水質《すいしつ》など、これら全《すべ》てが蕎麦《そば》の食感《しょっかん》に影響《えいきょう》を与《あた》えるのだ。最《もっと》も理想的《りそうてき》な食感《しょっかん》の蕎麦《そば》は「二八《にはち》そば」であると言《い》われており、小麦粉《こむぎこ》と蕎麦粉《そばこ》を２：８《にたいはち》の割合《わりあい》で作《つく》る。

よく見《み》る蕎麦《そば》として、「盛《も》りそば」や「ざるそば」がある。もともとはそばを盛《も》り付《つ》ける器《うつわ》が違《ちが》うというだけの違《ちが》いだったが、今《いま》では盛《も》りそばが一番素朴《いちばんそぼく》で、ざるそばにはきざみのりが散《ち》らされるようになった。また、そばつゆの多《おお》くは、昆布《こんぶ》と鰹節《かつおぶし》から取《と》っただし汁《じる》に、みりんなどを加《くわ》えて作《つく》られるが、蕎麦《そば》を食《た》べる際《さい》には、まず蕎麦《そば》の香《かお》りをかぎ[5]、その後《ご》、何《なに》もつけずに蕎麦《そば》そのものの味《あじ》を確《たし》かめてから、つゆをつけていただくのが順序《じゅんじょ》だ。そして、最後《さいご》に出《だ》される蕎麦湯《そばゆ》は、そばつゆの入《はい》った器《うつわ》に注《そそ》いで飲《の》む。蕎麦湯《そばゆ》は蕎麦《そば》の茹《ゆ》で汁《じる》だが、麺《めん》を茹《ゆ》でる際《さい》に溶《と》け出《だ》した成分《せいぶん》は、栄養《えいよう》があるだけでなく、消化《しょうか》を助《たす》けてくれる働《はたら》きもあるため、最後《さいご》の蕎麦湯《そばゆ》まで是非楽《ぜひたの》しんでほしい。

據說日本早期因為氣候惡劣、土壤貧瘠，導致作物欠收，幕府便下令百姓栽種可生長於自然條件嚴苛的蕎麥。此後，關東以東和氣候、土質欠佳的地區，便以種植蕎麥維生，蕎麥形成的飲食文化也從此孕育而生。

到了江戶時代，開始有僧侶將蕎麥粉和麵粉混合製成麵食，由於僧侶們遊走於日本各地，蕎麥麵的製作方式也就傳開了。後來隨著技術的進步、蕎麥粉與麵粉比例的調整，蕎麥麵成為上至達官貴人下至升斗庶民，普及大眾的糧食。另一說法是，江戶時代的百姓因為只吃白米飯，缺乏維他命 B1，容易得腳氣病，因蕎麥富含豐富的維他命 B 群，自從吃了蕎麥麵後，患病的情況也就減少了。

為何蕎麥麵店家都強調「手打」呢？因為蕎麥麵好吃的關鍵，除了使用新鮮的蕎麥粉外，最重要的是現做現吃。蕎麥麵的製程中，搓揉的工夫、溫度和濕度調節、製作時間的掌握以及水質等，都會影響麵條的口感。據說口感最佳的蕎麥麵是「二八蕎麥」，以 2 比 8 的麵粉和蕎麥粉比例製成。

常見的蕎麥麵有「蕎麥涼麵」和「竹篩蕎麥涼麵」，原本的差異僅有盛裝容器的不同，演變到後來變成蕎麥涼麵最為樸素，竹篩蕎麥涼麵會撒上海苔細絲。另外，蕎麥麵的醬汁多是昆布、柴魚片熬成的高湯加入味醂後製成，記得品嘗蕎麥麵時，先聞蕎麥香氣，再吃一口原味麵條後沾醬。然後，最後將店家送上的蕎麥麵水倒入醬汁裡飲下，由於蕎麥麵湯裡含有水溶性養分，不僅營養又能幫助消化呢，請盡情享用到最後的蕎麥湯。

55 つけ麺《めん》

文/EZ Japan 編輯部　日文翻譯/水島利惠
圖/flickr@Yamashita Yohei

つけ麺《めん》の起源《きげん》は、創始者《そうししゃ》である山岸一雄《やまぎしかずお》さんがラーメン店《てん》「栄楽《えいらく》」で修業《しゅぎょう》していた頃《ころ》が始《はじ》まりといわれており、当時山岸《とうじやまぎし》さんは、先輩《せんぱい》たちがざるの中《なか》に残《のこ》った麺《めん》を集《あつ》めて器《うつわ》に取《と》っているのを見《み》つけ、その麺《めん》を蕎麦《そば》のようにスープにつけて食《た》べていた。その後《のち》、「大勝軒《たいしょうけん》」で働《はたら》いているときにお客《きゃく》さんに出《だ》したところ、おいしいと言《い》われ評判《ひょうばん》がよかったことから、その勢《いきお》い[1]に乗《の》り新《しん》メニューとして売《う》り出《だ》した。しかし、その頃初《ころはじ》めてメニューに載《の》った名前《なまえ》は「つけ麺《めん》」ではなく「特製《とくせい》もりそば」で、「つけ麺《めん》」を正式《せいしき》な名前《なまえ》にすると、「元祖《がんそ》つけ麺大王《めんだいおう》」という店名《てんめい》で急速《きゅうそく》に店《みせ》を展開《てんかい》していき、日本《にほん》全国《ぜんこく》に規模《きぼ》を拡大《かくだい》していった。

つけ麺《めん》は、ラーメンの麺《めん》とスープが別々《べつべつ》に出《だ》され、食《た》べ方《かた》はざる蕎麦《そば》と似《に》ている。この「サッと[2]スープにつける」動作《どうさ》は、麺《めん》の弾力《だんりょく》を保《たも》ち、スープに長《なが》く浸《ひた》すことで麺《めん》が伸《の》びてしまうのを防《ふせ》ぐことができる。その食材本来《しょくざいほんらい》の味《あじ》を味《あじ》わうことを日本《にほん》人《じん》はとても重視《じゅうし》しているが、それができるのもつけ麺《めん》の魅力《みりょく》だろう。

45

[1] 勢《いきお》い　趁勢、順勢。　[2] サッと　很快、一下子。

沾汁麵

沾汁麵的起源，據說從創始人山岸一雄先生在「榮樂」拉麵店做學徒時期開始，當時山岸先生發現師傅們會將篩子上殘留的麵條收集起來，像吃蕎麥麵那樣把麵條浸入湯裡吃。後來在「大勝軒」工作時，有客人覺得好吃，因此順勢推出成為新菜色。但菜單上初始的菜名不叫「沾汁麵」，而是「特製蕎麥涼麵」，在正式更名為「沾汁麵」後，以「元祖沾汁麵大王」快速展店，規模普及至日本全國各地。

沾汁麵是將麵和湯分開來吃，吃法和蕎麥麵類似，這個「過湯」的動作，可保持麵條的彈牙度，避免因浸泡過久麵條糊掉。而對日本人來說，一道料理能品嘗到食材原本的味道是最重要的，這也是沾汁麵的魅力所在吧。

～たところ

用於表現偶然、契機下發生後面的結果，前後沒有直接的因果關係。

56 ラーメン

文／林潔珏　圖／shutterstock

46

拉麵

日本《にほん》で最初《さいしょ》にラーメンを食《た》べたのは水戸黄門《みとこうもん》こと徳川光圀《とくがわみつくに》と言《い》われている。この時《とき》作《つく》られたラーメンは明《みん》から亡命《ぼうめい》して[1]きた儒学者《じゅがくしゃ》から学《まな》んで作《つく》られたものだとされている。庶民《しょみん》がラーメンを口《くち》にするようになったのは１８７０《せんはっぴゃくななじゅう》年代《ねんだい》ごろ、鎖国《さこく》の解《と》けた[2]横浜《よこはま》や神戸《こうべ》の港町《みなとまち》に中国人《ちゅうごくじん》が中華料理屋《ちゅうかりょうりや》を開店《かいてん》させたことからだった。当時《とうじ》作《つく》られていたラーメンは動物《どうぶつ》からダシをとった塩味《しおあじ》のため、豚臭《ぶたくさ》いと日本人《にほんじん》には不評《ふひょう》[3]だった。そこで、醤油《しょうゆ》を混《ま》ぜたりするなど様々《さまざま》な工夫《くふう》により、日本人《にほんじん》に受《う》け入《い》れられる[4]ようになった。現在《げんざい》では、日本《にほん》の国民食《こくみんしょく》とも言《い》えるラーメンは日本《にほん》国内《こくない》だけではなく、アジアや欧米《おうべい》でも寿司《すし》と並《なら》び広《ひろ》く親《した》しまれている。

[1]亡命《ぼうめい》する 亡命，流亡。　[2]解《と》ける 解除，解開。　[3]不評《ふひょう》（だ） 不受好評的，評論不好的。

[4]受《う》け入《い》れる 接受，接納。

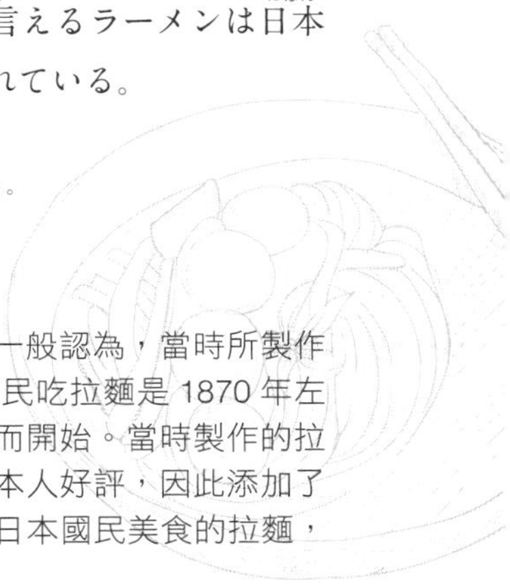

據説在日本最早吃拉麵的是水戶黃門，也就是德川光圀。一般認為，當時所製作的拉麵是向從中國明代流亡而來的儒學家學習製作的。至於平民吃拉麵是 1870 年左右，在解除鎖國的橫濱和神戶等港都由中國人開設中華料理店而開始。當時製作的拉麵是以動物熬製而成的鹽味高湯為湯底，因有豬腥味而不受日本人好評，因此添加了醬油等，透過各式各樣的改良後才被日本人接受。現在可説是日本國民美食的拉麵，不僅是在日本國內、在亞洲或歐美也和壽司一樣廣受喜愛。

こと

表現Ａ即是Ｂ，Ａ通常是通稱、綽號；Ｂ則是本名、正式名稱。因此Ａ和Ｂ指的同為一物。屬書面用語，可譯成「也就是、即是」。

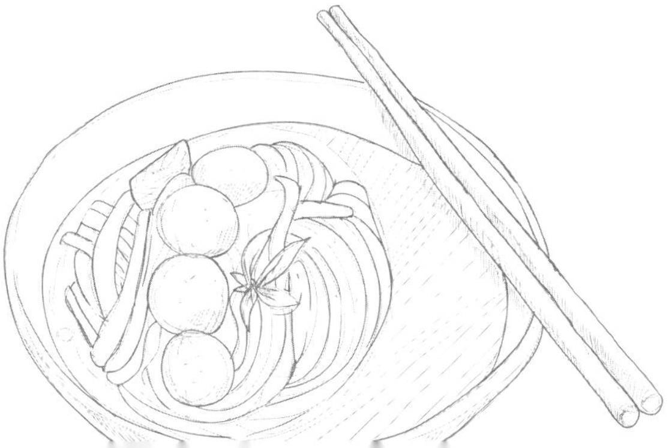

文／林潔珏　圖／shutterstock

57 しゃぶしゃぶ

47

涮涮鍋

[1]末《すえ》　最後，結果。
[2]つまむ　夾，掐。
[3]浸《ひた》す　浸泡，浸濕。
[4]コツ　訣竅，祕訣。
[5]旨《うま》み　美味。
[6]灰汁《あく》　澀液，浮沫。
[7]こまめ　勤勉地，勤快地。
[8]一層《いっそう》　更，更加地。
[9]エキス　（荷：extract）
精華，精髓。

しゃぶしゃぶが始《はじ》まったのは終戦後《しゅうせんご》で、大阪《おおさか》の老舗《しにせ》レストラン「スエヒロ」本店《ほんてん》で考案《こうあん》された。原型《げんけい》となる料理《りょうり》は中国《ちゅうごく》の「涮羊肉」と言《い》われている。

薄《うす》く切《き》ったラム肉《にく》を鍋《なべ》で煮《に》て、ゴマや醤油《しょうゆ》などのたれにつけて食《た》べるところからヒントを得《え》て、試行錯誤《しこうさくご》の末《すえ》[1]、現在《げんざい》の形《かたち》に至《いた》った。また、名前《なまえ》の由来《ゆらい》については、肉《にく》をつまんで[2]鍋《なべ》の湯《ゆ》に浸《ひた》し[3]「しゃぶしゃぶ」と音《おと》を立《た》てるように揺《ゆ》すりながら食《た》べることから命名《めいめい》された。

しゃぶしゃぶを美味《おい》しくいただくためにはコツ[4]がある。まず、肉《にく》を一枚《いちまい》ずつさっとスープにくぐらせ、火《ひ》を通《とお》し過《す》ぎないように注意《ちゅうい》すること。火《ひ》を通《とお》し過《す》ぎると肉《にく》が硬《かた》くなるし、せっかくの旨《うま》み[5]も逃《に》げてしまう。そして、灰汁《あく》[6]を放《ほう》っておくと臭《くさ》みが出《で》てしまうので、こまめ[7]に灰汁《あく》をとることも欠《か》かせない作業《さぎょう》である。

次《つぎ》に注意《ちゅうい》しなければいけないのは、野菜《やさい》は必《かなら》ず肉《にく》の後《あと》に入《い》れること。それは肉《にく》のだしが出《で》て、野菜《やさい》がより一層《いっそう》[8]美味《おい》しくなるからだ。最後《さいご》に肉《にく》と野菜《やさい》のエキス[9]がたっぷり入《はい》ったスープの中《なか》にうどんなどを入《い》れて、軽《かる》く塩《しお》とコショウで味《あじ》を付《つ》け、浅葱《あさつき》を加《くわ》えれば最高《さいこう》の締《し》めの出来上《できあ》がり。

涮涮鍋始於戰後，是由大阪老字號餐廳「末廣」本店發想出來的。據說涮涮鍋這項料理的原型是中國的「涮羊肉」。

從切成薄片的羊肉在鍋中煮、再沾上芝麻或醬油等醬料食用得來的靈感，在經歷反覆嘗試修正後，終於至現在的面貌。至於名稱的由來，是因為把肉夾著浸在鍋內的湯中，一邊來回涮動發出「sha-bu sha-bu」聲音，一邊食用，而被命名。

要享受美味的涮涮鍋有訣竅。首先，肉要一片一片迅速地放入湯中涮煮，注意別煮太熟。煮太熟肉不僅會變硬，該有的甘甜也會不見。還有，浮沫放著不管，會產生臭味，因此勤快地撈除浮沫，也是不可少的工作。

接下來要注意的是，蔬菜一定要在肉之後才能放入。那是因為肉的高湯熬出後，可使蔬菜更加美味。最後在充滿肉和蔬菜精華的湯中放進烏龍麵等，用鹽和胡椒稍微調味，再加上蝦夷蔥就完成了最完美的組合。

食通訣竅

肉《にく》を一枚《いちまい》ずつさっとスープにくぐらせること。　肉一片片迅速地放入湯裡涮煮。
火《ひ》を通《とお》しすぎないこと。　不煮過頭。
こまめに灰汁《あく》をとること。　勤奮地撈除浮沫。
野菜《やさい》は必《かなら》ず肉《にく》のあとに入《い》れること。　蔬菜於肉之後放。
最後《さいご》にうどんをいれること。　最後放烏龍麵。

文／林潔珏　日文翻譯／水島利恵
圖／shutterstock

58 おでん

48

關東煮

美食家的定番

玉子《たまご》　蛋
大根《だいこん》　白蘿蔔
こんにゃく　蒟蒻
結《むす》び昆布《こんぶ》　海帶結
ちくわ　竹輪
厚《あつ》揚《あ》げ　油豆腐

「おでん」の起源《きげん》は「味噌田楽《みそでんがく》」で、温《あたた》めたたり焼《や》いたりした豆腐《とうふ》、こんにゃくや茄子《なす》などの材料《ざいりょう》に味噌《みそ》をつけて食《た》べる料理《りょうり》だったが、今《いま》ではだし汁《じる》に醤油《しょうゆ》などを加《くわ》えたつゆで煮込《にこ》む[1]あり、江戸末期《えどまっき》に、野田《のだ》や銚子《ちょうし》などの醤油作《しょうゆづく》りが盛《さか》んな[2]関東近《かんとうきん》郊《こう》で流行《りゅうこう》し始《はじ》めたことから、「関東煮《かんとうに》」という別名《べつめい》もある。現在《げんざい》では、家庭《かてい》の食卓《しょくたく》だけでなく、おでん専門店《せんもんてん》からコンビニに至《いた》るまで、どこでもおでんを目《め》にすることができ、今《いま》やおでんは、極《きわ》めて一般的《いっぱんてき》な国民食《こくみんしょく》となった。

「関東煮《かんとうに》」という名前《なまえ》ではあるが、日本各地《にほんかくち》、それぞれおでんの内容《ないよう》には特色《とくしょく》がある。出汁《だし》、つゆの味付《あじつ》け、付《つ》けだれ、種《たね》など、その土地《とち》ごとに嗜好《しこう》や特産《とくさん》の物《もの》が違《ちが》うからだ。例《たと》えば、関東地方《かんとうちほう》ではかつおと昆布《こんぶ》で取《と》っただしに、濃口醤油《こいくちしょうゆ》を加《くわ》えるが、関西地方《かんさいちほう》はあっさりとした昆布《こんぶ》だしを使用《しよう》し、薄口醤油《うすくちしょうゆ》を加《くわ》える。また、四国《しこく》では煮干《にぼ》し[3]などの魚《さかな》から取《と》っただしがよく使《つか》われる。名古屋《なごや》のおでんは少《すこ》し変《か》わっていて、味付《あじつ》けに醤油《しょうゆ》ではなく味噌《みそ》を使《つか》うのが特徴《とくちょう》である。おでんの種《たね》は、玉子《たまご》、大《だい》根《こん》、こんにゃく、結《むす》び昆布《こんぶ》、ちくわ、厚揚《あつあ》げなどは全国共通《ぜんこくきょうつう》だが、各地方《かくちほう》により地元《じもと》の特産品《とくさんひん》も加《くわ》えられ、例《れい》を挙《あ》げると、北海道《ほっかいどう》では山菜《さんさい》、ツブ貝《がい》、帆立《ほたて》、関東《かんとう》ではちくわ麩《ふ》、魚《さかな》のつみれ、静岡《しずおか》では黒《くろ》はんぺん（いわしのすり身《み》を固《かた》めたもの）、牛筋《ぎゅうすじ》、京《きょう》都《と》では京野菜《きょうやさい》、湯葉《ゆば》、博多《はかた》では餃子《ぎょうざ》巻《ま》き、沖縄《おきなわ》では豚足《とんそく》、ソーセージなどのおでんが見《み》られる。また、よくおでんにはからし[4]を付《つ》けて食《た》べられるが、北海道《ほっかいどう》や長野《ながの》のように、味噌《みそ》だれやねぎだれを付《つ》けて食《た》べる地方《ちほう》もある。

[1]煮込《にこ》む　熬煮。
[2]盛《さか》ん（な）　盛行、流行。
[3]煮干《にぼ》し　小魚干。
[4]からし　黄芥末。

「關東煮」源自「味噌田樂」，是將煮熟或烤熟的豆腐、蒟蒻或茄子等材料沾上味噌食用的料理。而目前用高湯加醬油熬煮的形態，據說是在江戶末期，於野田、銚子等盛產醬油的關東近郊開始流傳起來，故別名為「關東煮」。目前除了家庭的餐桌，各處的關東煮專賣店甚至便利商店都有關東煮的身影，可說是一種極為普遍的日本國民料理。

雖名為「關東煮」，但日本各地的關東煮各有特色。就使用的高湯、調味料、沾醬和配料來說，會因地區的喜好或特產而有所不同。例如關東地區使用的是柴魚昆布高湯、深色醬油；關西地區使用的是更清淡的昆布高湯、淺色醬油。而四國則多使用小魚干熬成的高湯，名古屋的關東煮則稍有變化，調味用的是味噌而非醬油為其特色。至於關東煮使用的配料，除了全國一致的蛋、白蘿蔔、蒟蒻、海帶結、竹輪、油豆腐等，各地還會加入當地特產，如北海道的山菜、螺貝、扇貝；關東的竹輪麩、軟骨魚丸；靜岡的黑魚糕（由沙丁魚魚漿製成）、牛筋；京都的特產蔬菜、豆皮；博多的餃子卷；沖繩的豬腳、小香腸等等。還有，雖然最常見的就是沾黃芥末醬，但也有像北海道或長野這樣沾味噌醬或蔥食用的地方。

～に至《いた》るまで

用於表現說明細微到每個環節的事情，和「まで」意思相當，前面常接「から」。可譯成「（直）到……」。

～ではあるが

用於表現前後對比評價，前句為局部評價，後句則針對前句提出相反的看法。屬於書面用語，可譯成「雖然……但是……」。

59 おでん 關東煮

49

材料

4人分	4人份
大根《だいこん》…1/2《にぶんのいっ》本《ぽん》	白蘿蔔…1/2 根
ゆで卵《たまご》…4《よん》個《こ》	水煮蛋…4 個
結《むす》び昆布《こんぶ》…8《はっ》個《こ》	海帶結…8 個
こんにゃく…1《いっ》丁《ちょう》	蒟蒻…1 塊
油《あぶら》揚《あ》げ…2《に》丁《ちょう》	油炸豆皮…2 塊
ちくわ…2《に》本《ぼん》	竹輪…2 條
つみれ…4《よん》個《こ》	魚丸…4 顆
はんぺん…2《に》枚《まい》	魚糕…2 片

調味料

だし汁《じる》…8《はち》カップ	柴魚昆布高湯…8 杯
みりん…80cc《はちじゅっシーシー》	味醂…80cc
しょうゆ…80cc《はちじゅっシーシー》	醬油…80cc
（お好《この》みで濃口《こいくち》、薄口《うすくち》どちらでも可《か》）	（深色或淺色醬油皆可，視喜好而定）

作り方

輪切《わぎ》り 切成圓柱狀。 面取《めんと》り 去掉切口的角。避免因長時間燉煮糊掉的手法。 下《した》ゆでする 調味前先行燙煮備用。 煮《に》たつ 煮滾，煮開。
いったん 一次，一度，暫時。 温《あたた》め直《なお》す 重新加熱。

❶ 大根《だいこん》は厚《あつ》さ2《に》センチの輪切《わぎ》りにし、皮《かわ》をむいて面取《めんと》りし、片《かた》面《めん》に十文字《じゅうもんじ》に切《き》り込《こ》みを入《い》れ、米《こめ》のとぎ汁《じる》で柔《やわ》らかくなるまでゆでておく。
❷ こんにゃくは厚《あつ》さを半分《はんぶん》に切《き》り、三角《さんかく》に切《き》って下《した》ゆでする。
❸ ちくわとはんぺんは斜《なな》め半分《はんぶん》に切《き》る。
❹ 油《あぶら》揚《あ》げは熱湯《ねっとう》をかけて油《あぶら》抜《ぬ》きをし、半分《はんぶん》に切《き》る。
❺ 鍋《なべ》にだし汁《じる》とみりん、しょうゆを入《い》れ、煮汁《にじる》を作《つく》る。
❻ 5《ご》の煮汁《にじる》が煮《に》立《た》ったら、大根《だいこん》やこんにゃく、卵《たまご》など味《あじ》のしみにくい具《ぐ》を入《い》れて煮《に》込《こ》む。
❼ 残《のこ》りの具《ぐ》をすべて鍋《なべ》に入《い》れ、さらに弱火《よわび》で30《さんじゅっ》分《ぷん》ほど煮《に》込《こ》む。
❽ いったん火《ひ》を止《と》め、味《あじ》をなじませる（約《やく》2《に》～3《さん》時間《じかん》置《お》くとより一層《いっそう》おいしくなる）。食《た》べるときに温《あたた》め直《なお》せばよい。

① 白蘿蔔切成厚度 2cm 的圓柱狀，削皮並去掉切口的角，單面（用刀）劃下十字，再用洗米水先煮到變軟為止。
② 將蒟蒻的厚度切半，再切成三角形燙好備用。
③ 竹輪和魚糕斜切成一半。
④ 用滾水澆油炸豆皮去油，再切半。
⑤ 在鍋裡放入柴魚昆布高湯和味醂、醬油，做出滷汁。
⑥ step5 的滷汁滾了之後，放入白蘿蔔或蒟蒻、雞蛋等不易入味的材料燉煮。
⑦ 把剩下的材料全部放進鍋內，再用小火燉煮 30 分鐘左右。
⑧ 先關一次火，使其入味（約放置 2~3 小時會更加美味）。食用時重新加熱即可。

1

2

3

4

5

6

7

8

60

すき焼《や》き

文／林潔珏
圖／shutterstock

すき焼《や》きという言葉《ことば》はもともと、江戸時代《えどじだい》に農民《のうみん》たちが仕事中《しごとちゅう》に腹《はら》が減《へ》ったとき、「鋤《すき》」などの鉄製農具《てっせいのうぐ》を鉄板《てっぱん》代《が》わりにして獣《けもの》の肉《にく》を焼《や》いて食《た》べていたことから生《う》まれたそうだ。他《ほか》にも薄《うす》く切《き》った肉《にく》を意味《いみ》する「すき身《み》」からすき焼《や》きとなったという説《せつ》がある。

明治時代《めいじじだい》に入《はい》るまで日本《にほん》は肉食《にくしょく》を公的《こうてき》に禁《きん》じていたので、すき焼《や》きの歴史《れきし》はわりと浅《あさ》い。明治天皇《めいじてんのう》が牛肉《ぎゅうにく》を食《た》べたことがきっかけとなり、一般庶民《いっぱんしょみん》にも牛肉《ぎゅうにく》を食《た》べることが許《ゆる》され、関西《かんさい》ではすき焼《や》き、関東《かんとう》では牛鍋《ぎゅうなべ》が庶民《しょみん》の間《あいだ》にはやり始《はじ》めた。その後《ご》、関東大震災《かんとうだいしんさい》で関東《かんとう》の牛鍋屋《ぎゅうなべや》が大《おお》きな被害《ひがい》を受《う》けたため、関西《かんさい》のすき焼《や》きが関東《かんとう》にも広《ひろ》まり、次第《しだい》に今《いま》のすき焼《や》きの形《かたち》となった。

すき焼《や》きの調理法《ちょうりほう》は大《おお》まか[1]に分《わ》けて関東風《かんとうふう》[2]と関西風《かんさいふう》がある。関東風《かんとうふう》はだし・みりん・しょうゆ・酒《さけ》・砂糖《さとう》を調合《ちょうごう》して作《つく》った「割《わ》り下《した》」で肉《にく》と野菜《やさい》を同時《どうじ》に煮《に》るのが特徴《とくちょう》。関西風《かんさいふう》は関東風《かんとうふう》と違《ちが》い、まず肉《にく》を焼《や》き、焼《や》けたところに砂糖《さとう》をまぶし[3]、しょうゆを直接《ちょくせつ》加《くわ》えて[4]味《あじ》付《つ》けし、その後《ご》野菜《やさい》を入《い》れることが主流《しゅりゅう》である。

[1] 大《おお》まか　大致上。　[2] 風《ふう》　樣式，風格。　[3] まぶす　灑。　[4] 加《くわ》える　添加。

50

壽喜燒

壽喜燒這個語彙據説原是江戶時代農民們在工作中肚子餓的時候，利用「鋤頭」等鐵製農具代替鐵板燒烤獸肉食用而誕生的。其他也有取自把肉切成薄薄的肉片之意而演變成壽喜燒的說法。

直到進入明治時代為止，日本都禁止公開吃肉，因此壽喜燒的歷史比想像的還短。其契機為明治天皇食用牛肉，因此，一般民眾也被允許吃牛肉，壽喜燒在關西、牛鍋在關東，開始於平民之間流行起來。其後，關東的牛鍋店因關東大地震而蒙受莫大的損害，因此關西的壽喜燒也在關東擴展開來，進而逐漸演變成今日壽喜燒的形態。

壽喜燒的烹調法大致上可分為關東風與關西風。關東風的特徵為使用高湯、味醂、醬油、酒、砂糖調合而成的醬汁同時烹煮肉和蔬菜。關西風則和關東風不同，首先要先煎肉，在煎好時灑下砂糖，並直接加上醬油調味，隨後再放入蔬菜為主流。

わりと

用於表現出乎意料之外，可用於正面評價、負面評價。可譯成「分外、格外」。

61

天《てん》ぷら

文／林潔珏
圖／shutterstock

51

天婦羅

天《てん》ぷらは400《よんひゃく》年《ねん》ほど前《まえ》にポルトガル人《じん》によって伝《つた》えられたものと言《い》われている。そのため、「天《てん》ぷら」の語源《ごげん》はポルトガル語《ご》で調理《ちょうり》[1]を意味《いみ》する「tempero」から来《き》たという説《せつ》が有力《ゆうりょく》である。現在《げんざい》の天《てん》ぷらの手法《しゅほう》[2]が広《ひろ》まったのは江戸時代《えどじだい》の前期《ぜんき》で、江戸前《えどまえ》（江戸《えど》の前《まえ》の海《うみ》の意《い》で、東京湾《とうきょうわん》のこと）の新鮮魚介類《しんせんぎょかいるい》を使《つか》った天《てん》ぷらが最《もっと》も有名《ゆうめい》だ。天《てん》ぷらはもともと串《くし》に刺《さ》した形《かたち》で屋台《やたい》で売《う》られていたが、後《のち》に上品《じょうひん》な[3]雰囲気《ふんいき》に改良《かいりょう》され、寿司《すし》やすき焼《や》きと並《なら》ぶ日本三大料理《にほんさんだいりょうり》となった。

天《てん》ぷらは魚介類《ぎょかいるい》や野菜《やさい》に衣《ころも》をつけ、油《あぶら》で揚《あ》げた代表的《だいひょうてき》な日本料理《にほんりょうり》の一《ひと》つである。日本料理《にほんりょうり》の店《みせ》でよく扱《あつか》われて[4]いるほか、家庭《かてい》で作《つく》ることも多《おお》い。食材《しょくざい》の旨《うま》みをサクサク[5]とした衣《ころも》で包《つつ》み込《こ》んだ[6]天《てん》ぷらは、大根《だいこん》おろしを入《い》れた天《てん》つゆにつけて食《た》べるのが一般的《いっぱんてき》な食《た》べ方《かた》だ。素材《そざい》の持《も》ち味《あじ》[7]を活《い》かしたい場合《ばあい》は、少量《しょうりょう》の塩《しお》だけをつけて食《た》べてもよい。

[1] 調理《ちょうり》 烹調。 [2] 手法《しゅほう》 技巧。 [3] 上品《じょうひん》[な] 高尚的。 [4] 扱《あつか》う 販賣。 [5] サクサク 酥脆。
[6] 包《つつ》み込《こ》む 包覆。 [7] 持《も》ち味《あじ》 原味。

據説天婦羅是在 400 年前左右由葡萄牙人傳到日本，因此「天婦羅」的語源是來自葡萄牙語意思為烹調的「tempero」，此説法較可信。現今天婦羅的料理技巧則在江戶時代前期普及，以使用江戶前（江戶前面的海之意，即東京灣）新鮮魚貝類的天婦羅最享盛名。天婦羅原本是以插在竹籤上的方式在路邊攤販售，隨後被改良成高尚的氛圍，與壽司、壽喜燒並列為日本三大料理。

天婦羅是將魚貝類或蔬菜裹上麵衣，再用油炸的一種具代表性的日本料理。除了常在日本料理店販賣外，也是常做的家庭料理。用酥脆的麵衣將食材美味封住的天婦羅，一般的吃法是沾加了蘿蔔泥的天婦羅醬汁食用。如果要帶出食材的原味，只要沾一點點的鹽巴食用即可。

美食家的定番

海老《えび》 蝦子
きす 沙鮻
なす 茄子
かぼちゃ 南瓜
たけのこ 竹筍
タラの芽《め》 楤木芽
松茸《まつたけ》 松茸

62 天《てん》ぷら

52

天婦羅

材料

4 人分	4 人份
えび（無頭《むとう》）…8 尾《はちび》	蝦子（去頭）…8 尾
なす…2 本《にほん》	茄子…2 條
かぼちゃ…1/6 個《ろくぶんのいっこ》	南瓜…1/6 個
ピーマン…2 個《にこ》	青椒…2 個
大根《だいこん》おろし…適量《てきりょう》	蘿蔔泥…適量
衣	麵衣
卵《たまご》1 個《いっこ》を冷水《れいすい》と合《あ》わせて…1《いち》 カップ	1 個蛋加冷水…1 杯
薄力粉《はくりきこ》…1《いち》 カップ	低筋麵粉…1 杯
天《てん》つゆ	天婦羅高湯醬油
しょう油《ゆ》…大《おお》さじ 4《よん》	醬油…4 大匙
だし汁《じる》 ...250cc《にひゃくごじゅうシーシー》	柴魚昆布高湯…250cc
みりん ... 大《おお》さじ 4《よん》	味醂…4 大匙

作り方

❶ えびは尾《お》の一節《ひとふし》を残《のこ》して殻《から》を剥《む》き、背《せ》わたを取《と》る。腹《はら》に 4 本《よんほん》ほどの浅《あさ》い切《き》り込《こ》みを入《い》れる。

❷ なすはヘタを切《き》り落《お》とし、縦《たて》4《よ》つ割《わ》りにする。

❸ かぼちゃの種《たね》をスプーンで取《と》り、適当《てきとう》な幅《はば》にカットする。

❹ ピーマンは縦半分《たてはんぶん》に切《き》り、ヘタと種《たね》を取《と》り除《のぞ》いて更《さら》に縦《たて》2《ふた》つに切《き》る。

❺ ボウルに卵《たまご》と冷水《れいすい》を混《ま》ぜ合《あ》わせてから薄力粉《はくりきこ》を入《い》れ、粉《こな》が残《のこ》る程度《ていど》にざっくり混《ま》ぜる。

❻ だし汁《じる》とみりんを火《ひ》にかけて沸騰《ふっとう》させ、そこにしょう油《ゆ》を入《い》れ、もう一度《いちど》沸騰《ふっとう》させて、天《てん》つゆを作《つく》っておく。

❼ 1《いち》、2《に》、3《さん》、4《よん》のタネに5《ご》の衣《ころも》を付《つ》け、170℃《ひゃくななじゅうど》くらいの油《あぶら》で揚《あ》げる。

❽ 皿《さら》に 7《なな》を盛《も》り、付《つ》け合《あ》わせの大根《だいこん》おろしを添《そ》えたらできあがり。

1

5

2

6

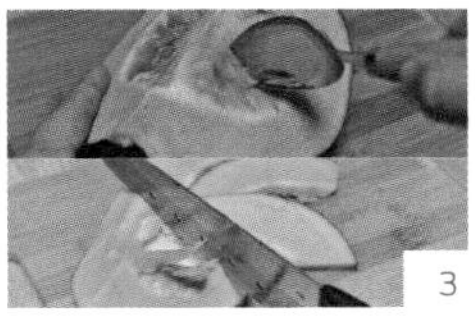
3

7

4

8

① 蝦子去殼留下尾部一節，並抽掉泥腸。腹部淺淺劃上 4 刀。
② 將茄子的蒂切除，再縱切成 4 塊。
③ 用湯匙去除南瓜籽，並切成適當的寬度。
④ 青椒縱切成一半，去除蒂和籽後，再縱切成 2 塊。
⑤ 在大碗裡將蛋與冷水混合後加入低筋麵粉，大致攪拌至還留些粉的程度。
⑥ 將柴魚昆布高湯與味醂加熱使其沸騰，再加醬油使其沸騰，做成天婦羅高湯醬油備用。
⑦ step1、2、3、4 的配料裹上 step5 的麵衣，再用 170℃左右的油炸。
⑧ 將 step7 裝盤，附上配料的蘿蔔泥便大功告成。

剥《む》く 剝。　背《せ》わた 泥腸。　ヘタ 蒂。　取《と》り除《のぞ》く 去除。　ざっくり 大致地。

料理のコツ　料理的訣竅

魚介類《ぎょかいるい》は予《あらかじ》め薄力粉《はくりきこ》をまぶしておくと、衣《ころも》が均等《きんとう》に付《つ》く。
粉《こな》も水《みず》もボウルも冷《ひや》しておくと粘《ねば》りが出《で》にくいので、衣《ころも》がカラリと揚《あ》がる。

魚貝類若事先灑上低筋麵粉，麵衣就會上得很均勻。
麵粉、水和大碗若事先冰過，便不易生黏性，麵衣可炸得很酥脆。

予《あらかじ》め 事先，預先。　カラリ〔と〕 酥脆狀。

63 焼《や》き餃子《ギョウザ》

53

日式煎餃

文／林潔珏　圖／shtterstock

1 亡命《ぼうめい》する　流亡。
2 教《おそ》わる　跟～學習，受教。
3 引《ひ》き揚《あ》げる　撤離。
4 主流《しゅりゅう》　主流。
5 不向《ふむ》き　不適合的。
6 余《あま》る　剩餘。
7 地域差《ちいきさ》　地區差別。
8 逆《ぎゃく》に　反之，相反。

餃子《ギョウザ》は元々中国《もともとちゅうごく》から伝《つた》わってきた食《た》べ物《もの》である。日本国内《にほんこくない》で初《はじ》めて餃子《ギョウザ》を食《た》べた人《ひと》は水戸黄門《みとこうもん》として知《し》られている徳川光圀《とくがわみつくに》とされ、日本《にほん》に亡命《ぼうめい》した[1]明《みん》の儒学者《じゅがくしゃ》から教《おそ》わった[2]という。太平洋戦争後《たいへいようせんそうご》、中国《ちゅうごく》から引《ひ》き揚《あ》げて[3]きた人《ひと》たちにより広《ひろ》まり、一般《いっぱん》の日本人《にほんじん》でも食《た》べるようになった。なぜ日本《にほん》では焼《や》き餃子《ギョウザ》が主流《しゅりゅう》[4]になったのか。それは日本人《にほんじん》の主食《しゅしょく》が米《こめ》であることと関係《かんけい》がある。

中国《ちゅうごく》では主食《しゅしょく》として食《た》べられる水餃子《すいギョウザ》の味《あじ》は淡白《たんぱく》すぎて、ご飯《はん》のおかずには不向《ふむ》き[5]だ。それが、余《あま》った[6]水餃子《すいギョウザ》を油《あぶら》で焼《や》いたものを偶然食《ぐうぜんた》べたことで、ご飯《はん》に合《あ》うことが日本人《にほんじん》の間《あいだ》に知《し》られ始《はじ》め、副食《ふくしょく》として定着《ていちゃく》するようになったという。

日本《にほん》の焼《や》き餃子《ギョウザ》は大《おお》きさと皮《かわ》に地域差《ちいきさ》[7]がある。北《きた》・東方面《ひがしほうめん》へ行《い》くに従《したが》い、皮《かわ》は大《おお》きく厚《あつ》くなる。逆《ぎゃく》に[8]西《にし》へ行《い》くと、大阪《おおさか》の一口餃子《ひとくちギョウザ》のように小《ちい》さく薄《うす》くなる傾向《けいこう》が見《み》られる。餃子《ギョウザ》で有名《ゆうめい》な街《まち》としては最《もっと》も知名度《ちめいど》の高《たか》い宇都宮市《うつのみやし》や、餃子消費量《ギョウザしょうひりょう》で日本一《にほんいち》となったこともある浜松市《はままつし》などが挙《あ》げられる。

餃子原是由中國傳入的食物。在日本國內第一個吃到餃子的人被認為是以水戶黃門聞名的德川光圀，據說是跟流亡至日本的明代儒學家所學。太平洋戰爭之後，在從中國撤離回日本的人士的傳播下，一般的日本人也開始食用。為什麼煎餃在日本變成主流呢？這和日本人以米飯為主食有關。

在中國被當作主食食用的水餃味道太過清淡，不適合當作下飯的菜餚。而據說在偶然情況下吃到將吃剩的水餃用油煎成的煎餃，日本人開始知道這很下飯，因此被當作副食而定型下來。

日本煎餃的大小和麵皮有地區的差別。越往北、東方向走，麵皮就越大越厚；反之，越往西走，可見到越小越薄的傾向，如大阪的一口餃子。以餃子聞名的城鎮有最具知名度的宇都宮市，或餃子消費量曾達到日本之冠的濱松市等地。

64

焼《や》き餃子《ギョウザ》

54

日式煎餃

材料

24 個分
豚《ぶた》ひき肉《にく》…150g《ひゃくごじゅうグラム》
キャベツ…100g《ひゃくグラム》
にら…1《ひと》束《たば》（約《やく》100g《ひゃくグラム》）
餃子《ぎょうざ》の皮《かわ》…24《にじゅうよん》枚《まい》

24 個份
豬絞肉…150g
高麗菜…100g
韭菜：1 把（約 100g）
餃子皮…24 張

下ごしらえ

Ⓐ
鶏《とり》がらスープの素《もと》（顆粒《かりゅう》）…小《こ》さじ1《いち》
塩《しお》…小《こ》さじ1/2《にぶんのいち》
しょう油《ゆ》、酒《さけ》、ごま油《あぶら》…各《かく》小《こ》さじ1《いち》
生姜汁《しょうがじる》…大《おお》さじ1《いち》
片栗粉《かたくりこ》…大《おお》さじ1《いち》

Ⓐ
雞湯粉（顆粒）…1 小匙
鹽…1/2 小匙
醬油、酒、麻油…各 1 小匙
薑汁…1 大匙
太白粉…1 大匙

作り方

こねる 和，揉。　ざっと 約略地，大致地。　ひだ 褶。　きつね色《いろ》 金黃色。　とばす 散發。

❶ キャベツはみじん切《ぎ》りにする。
❷ にらは2《に》～《から》3mm《さんミリ》幅《はば》に切《き》る。
❸ ひき肉《にく》にⒶを入《い》れ、粘《ねば》りが出《で》るまでこねる。
❹ 3《さん》に1《いち》と2《に》を加《くわ》えてざっと混《ま》ぜる。
❺ 4《よん》を餃子《ぎょうざ》の皮《かわ》にのせ、ひだをつけながら口《くち》を閉《と》じる。同様《どうよう》にして全部《ぜんぶ》で24《にじゅうよん》個《こ》作《つく》る。
❻ フライパンを熱《ねっ》してサラダ油《あぶら》を敷《し》き、5《ご》を並《なら》べる。
❼ 皮《かわ》の底《そこ》がきつね色《いろ》になったら100cc《ひゃくシーシー》の水《みず》を加《くわ》えてふたをし、蒸《む》し焼《や》きにする。
❽ ふたを取《と》って水分《すいぶん》をとばし、仕上《しあ》げにごま油《あぶら》（分量外《ぶんりょうがい》）をふって、チリチリと音《おと》がしてきたらできあがり。

① 高麗菜切絲。
② 韭菜切成 2~3mm 的寬度。
③ 絞肉放入Ⓐ，揉到有黏性為止。
④ step3 加入 step1 與 step2，約略攪拌一下。
⑤ 將 step4 放在餃子皮上，一邊打摺一邊封住開口。同樣的方式全部做 24 個。
⑥ 平底鍋燒熱，鋪上沙拉油，將 step5 排好。
⑦ 待皮的底下成金黃色時，加 100cc 的水蓋上鍋蓋蒸烤。
⑧ 掀開鍋蓋讓水分蒸發，最後灑上麻油（本材料分量以外的麻油），待發出滋滋作響的聲音時便大功告成。

1

2

3

4
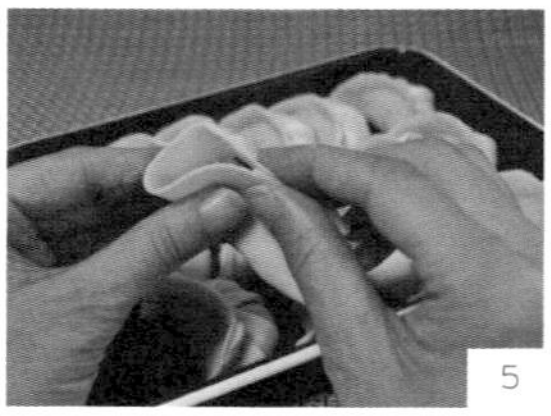
5

6

7

8

65 コロッケ

可樂餅

55

文/EZ Japan 編輯部　日文翻譯/水島利惠
圖/shutterstock

外《そと》はサクサク、中《なか》はふんわりやわらかなコロッケは、明治初期《めいじしょき》にフランスから日本《にほん》へ伝《つた》わって来《き》た洋食《ようしょく》である。コロッケはフランスの家庭料理《かていりょうり》で、作《つく》り方《かた》は、茹《ゆ》でて押《お》しつぶしたじゃがいもと、野菜《やさい》、ひき肉《にく》または魚介類《ぎょかいるい》を均等《きんとう》に混《ま》ぜ合《あ》わせた後《あと》、小判型《こばんがた》に丸《まる》めてパン粉《こ》をまぶし[1]、きつね色《いろ》になるまで揚《あ》げれば完成《かんせい》だ。

コロッケは手軽《てがる》に調理《ちょうり》できることから、日本《にほん》のお母《かあ》さんがちょっと手抜《てぬ》きをしたい時《とき》によく作《つく》られる料理《りょうり》で、それは、益田太郎冠者《ますだたろうかじゃ》が作曲《さっきょく》した「コロッケの唄《うた》」からも窺《うかが》い知《し》ることができる。「ワイフもらってうれしかったが、いつも出《で》てくるおかずはコロッケ、今日《きょう》もコロッケ、明日《あした》もコロッケ」という愉快《ゆかい》なフレーズ[2]に家庭《かてい》の状況《じょうきょう》が描《えが》かれており、コロッケが夕食《ゆうしょく》の食卓《しょくたく》によくのぼるおかずであるということがわかる。

[1] まぶす　敷滿、抹滿。　[2] フレーズ　（英：phrase）短句。

外皮酥脆、內餡鬆軟的可樂餅，是明治初期從法國傳入日本的洋食。可樂餅是法國的家庭料理（法文 Croquette），作法是將馬鈴薯泥、蔬菜、碎雞肉或魚肉攪拌均勻後捏成橢圓餅狀，裹麵包屑炸至金黃色即完成。

可樂餅由於作法簡單，是日本媽媽想偷懶時最常做的料理。普及程度可從日本作曲家——益田太郎冠者創作的「可樂餅之歌」窺知一二，歌詞中「討到老婆好開心，但小菜總是可樂餅，今天吃可樂餅，明天也吃可樂餅……」，愉快的句子敘述家中的狀況，也說明了可樂餅是晚餐飯桌上常見的菜色之一。

～ということ

用於概括說話的內容，從前句敘述導入後句的結論。可譯成「……的是……」。

66 コロッケ

可樂餅

56

材料

２人分	2 人份
じゃがいも…3《さん》個《こ》	馬鈴薯…3 個
豚《ぶた》か牛《ぎゅう》のひき肉《にく》…100《ひゃく》g《グラム》	豬或牛的絞肉…100 公克
玉《たま》ねぎ…1/2《にぶんのいっ》個《こ》	洋蔥…1/2 個
バター…大《おお》さじ１《いち》（約《やく》15《じゅうご》g《グラム》）	奶油…1 大匙（約 15 公克）
塩《しお》…小《こ》さじ 1/3《さんぶんのいち》（約《やく》1．7《いってんなな》g《グラム》）	鹽…1/3 小匙（約 1.7 公克）
こしょう…少々《しょうしょう》	胡椒…少許
揚《あ》げ油《あぶら》…適量《てきりょう》	炸油…適量
衣	麵衣
小麦粉《こむぎこ》、溶《と》き卵《たまご》、パン粉《こ》各適量《かくてきりょう》	麵粉、蛋汁、麵包粉各適量
付け合せ	配料
レタスやプチトマト、	萵苣或小番茄、荷蘭芹等，
パセリなどお好《この》みで	視喜好而定

作り方

❶ じゃがいもを洗《あら》い、お湯《ゆ》で柔《やわ》らかくなるまでゆでる（電子《でんし》レンジで調理《ちょうり》しても可《か》）。熱《あつ》いうちに皮《かわ》をむいてつぶす。

❷ 玉《たま》ねぎをみじん切《ぎ》りにし、バターでしんなりするまで炒《いた》める。

❸ 2《に》にひき肉《にく》を入《い》れて炒《いた》め、塩《しお》とこしょうで味《あじ》つけする。

❹ つぶしておいたじゃがいもに 3《さん》を加《くわ》えてよく混《ま》ぜる。

❺ 小判形《こばんがた》か俵形《たわらがた》に形《かたち》を整《ととの》える。

❻ 小麦粉《こむぎこ》、溶《と》き卵《たまご》、パン粉《こ》の順《じゅん》に衣《ころも》をつけ、１８０《ひゃくはちじゅう》℃の油《あぶら》できつね色《いろ》になるまで揚《あ》げる。

❼ 付《つ》け合《あわ》せの野菜《やさい》を添《そ》えた皿《さら》にコロッケを盛《も》る。

① 將馬鈴薯洗淨，用滾水煮至熟軟（用微波爐烹調亦可）。趁熱剝皮並壓成泥。
② 洋蔥切成碎末，用奶油炒到變軟為止。
③ 將絞肉放進 step 2 裡炒，再用鹽和胡椒調味。
④ 在事先壓成泥的馬鈴薯裡加入 step 3，再充分攪拌。
⑤ 把形狀調整成橢圓形。
⑥ 按照麵粉、蛋汁、麵包粉的順序裹上麵衣，再以 180 ℃ 的油炸到呈金黃色為止。
⑦ 把可樂餅盛在附上蔬菜配料的盤子。

1

2

3

4

5

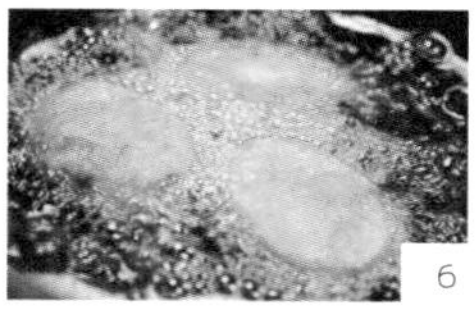
6

7

電子《でんし》レンジ　微波爐。　みじん切《ぎ》り　切碎，碎末。　つぶす　壓壞，搗碎。　きつね色《いろ》　金黃色。　盛《も》る　盛，裝。

67

鶏《とり》の唐《から》揚《あ》げ

文／林潔珏　日文翻譯／水島利恵
圖／shutterstock

「唐揚《からあ》げ」とは、粉《こな》をまぶした食材《しょくざい》を油《あぶら》で揚《あ》げる調理法《ちょうりほう》、または、このようにして作《つく》られた料理《りょうり》のことを指《さ》す。鶏肉《とりにく》だけに限《かぎ》らず、魚《さかな》、野菜《やさい》などを使《つか》って作《つく》る唐揚《からあ》げもあるが、特別《とくべつ》に明記《めいき》されていなければ、一般的《いっぱんてき》に「唐揚《からあ》げ」というと、鶏《とり》の唐《から》揚《あ》げのことを指《さ》す。そもそも、なぜ「唐揚《からあ》げ」と呼《よ》ばれるのだろうか。唐揚《からあ》げの始《はじ》まりは、江戸初期《えどしょき》で、中国《ちゅうごく》から伝《つた》わってきた「普茶料理《ふちゃりょうり》」（中国《ちゅうごく》の精進料理《しょうじんりょうり》）の中《なか》に、小《ちい》さく切《き》った豆腐《とうふ》を油《あぶら》で揚《あ》げた後《あと》、醤油《しょうゆ》や酒《さけ》で煮込《にこ》んだ「唐揚《からあ》げ」という料理《りょうり》があり、それが変遷《へんせん》したと言《い》われている。また、唐揚《からあ》げと、フライドチキン[1]の違《ちが》いであるが、両者《りょうしゃ》の最大《さいだい》の違《ちが》いは、唐揚《からあ》げは醤油《しょうゆ》などの和風調味料《わふうちょうみりょう》で作《つく》ったたれに漬《つ》け込《こ》んで下味《したあじ》[2]をつけるが、フライドチキンはハーブ[3]やスパイス[4]を使《つか》って味付《あじつ》けをするところだ。

57

和風炸雞

[1] フライドチキン　（英：fried chicken）炸雞。　[2] 下味《したあじ》　預先調味。　[3] ハーブ　（英：herb）香草。
[4] スパイス　（英：spice）辛香料。

「唐揚」是一種將食材沾粉後油炸的烹調方法，亦指用這種方法調理出來的料理。雖然食材不限雞肉，也有使用魚類、蔬菜等做成的油炸物，若無特別註明的話，一般多指炸雞。為什麼叫「唐揚」？據説「唐揚」最初由江戸初期從中國傳進的「普茶料理」（中國式的素菜料理）中，將豆腐切成小塊，用油炸過，再以醬油或酒煮成的料理所演變而來。和西式炸雞最大的不同就在於和風炸雞使用的是醬油等和式醃料，西式炸雞則是使用西式的花草辛香料。

～というと、

用於表現欲提出一個話題時。從前句想到的事而延伸出後句的看法，可譯成「提到」。

68 和《わ》風《ふう》鶏《とり》の唐《から》揚《あ》げ

58

和風炸雞

材料

4 人分　／　4 人份

鶏《とり》もも肉《にく》（骨《ほね》付《つ》き、骨《ほね》なしどちらでも）…2《に》枚《まい》　／　雞腿肉（帶骨、去骨皆可）…2 片

調味料

下味《したあじ》：　／　醃料：

しょう油《ゆ》…大《おお》さじ 2《に》　／　醬油…2 大匙

お酒《さけ》…大《おお》さじ 1《いち》　／　酒…1 大匙

塩《しお》…小《こ》さじ 1/2《にぶんのいち》　／　鹽…1/2 小匙

粗《あら》挽《び》き黒《くろ》胡《こ》椒《しょう》…（なければ普《ふ》通《つう》の胡《こ》椒《しょう》でも可《か》）お好《この》み　／　粗黑胡椒粒…（沒有的話普通的胡椒亦可）量視喜好

にんにく（すりおろし）…小《こ》さじ 1《いち》　／　蒜頭（磨成泥）…1 小匙

しょうが（すりおろし）…小《こ》さじ 1《いち》　／　薑（磨成泥）…1 小匙

卵《たまご》…1《いっ》個《こ》　／　蛋…1 顆

片《かた》栗《くり》粉《こ》（小《こ》麦《むぎ》粉《こ》を混《ま》ぜても可《か》）…適量《てきりょう》　／　太白粉（也可攙麵粉）…適量

揚《あ》げ油《あぶら》…適量《てきりょう》　／　炸油…適量

作り方

❶ 鶏肉《とりにく》を食《た》べやすい大《おお》きさに切《き》る。
❷ 1《いち》をボールに入《い》れ、下味《したあじ》の材料《ざいりょう》を加《くわ》えて手《て》でよくもみ込《こ》み、1《いち》時《じ》間《かん》ほど漬《つ》けておく。
❸ 2《に》に片《かた》栗《くり》粉《こ》をふり入《い》れ、よく混《ま》ぜ合《あ》わせる。
❹ 3《さん》を中温《ちゅうおん》の油《あぶら》（１７０《ひゃくななじゅう》℃前《ぜん》後《ご》）できつね色《いろ》になるまで揚《あ》げる。
❺ 4《よん》の油《あぶら》をよく切《き》る。
❻ 5《ご》を器《うつわ》に盛《も》り、お好《この》みの付《つ》け合《あ》わせを添《そ》える。

① 將雞肉切成容易入口的大小。
② 將 step1 放入大碗中，加上醃料用手充分地揉搓，再醃漬約 1 個小時。
③ 將 step2 灑上太白粉，並充分混合。
④ 將 step3 以中溫的油（170 ℃左右）炸成金黃色。
⑤ 將 step4 的油瀝乾。
⑥ 將 step5 裝盤，並加上喜好的配菜。

1

4

2

5

3

6

もみ込《こ》む　充分揉搓。　漬《つ》ける　醃漬。　ふり入《い》れる　灑入。　揚《あ》げる　炸。　付《つ》け合《あ》わせ　配菜。

料理のコツ　料理的訣竅

下味《したあじ》に卵《たまご》を一緒《いっしょ》に入《い》れて漬《つ》け込《こ》むとお肉《にく》が柔《やわ》らかくなる。
はじめに皮《かわ》の方《ほう》を下《した》にして揚《あ》げると皮《かわ》がパリッとなる。
衣《ころも》は片《かた》栗《くり》粉《こ》だけでもいいが、3《さん》割《わり》くらい小《こ》麦《むぎ》粉《こ》を混《ま》ぜて作《つく》るとふっくらとした食感《しょっかん》が楽《たの》しめる。

把蛋加進醃料一起醃的話，肉會變軟。
一開始就將帶皮的那面朝下油炸的話，皮會變得酥脆。
麵衣只用太白粉也可以，但若混合了 3 成左右的麵粉去做，可享受鬆軟的口感。

柔《やわ》らかい　柔軟的。　パリッと　酥脆地。　ふっくら　鬆軟地。　食感《しょっかん》　口感。

69

玉子《たまご》焼《や》き

文／林潔珏　日文翻譯／水島利惠
圖／shutterstock

59

日式煎蛋

玉子焼《たまごや》きとは、溶《と》いた卵《たまご》を、焼《や》きながら筒状《つつじょう》に巻《ま》いていく日本料理《にほんりょうり》のことで、朝《あさ》ごはんのおかずとして欠《か》かせないだけでなく、お弁当《べんとう》の定番《ていばん》のおかずでもあり、また寿司屋《すしや》では、最後《さいご》の口直《くちなお》し[1]として食《た》べる寿司《すし》だねでもある。玉子焼《たまごや》きを作《つく》るのは、簡単《かんたん》そうに見《み》えるかもしれないが、見《み》た目《め》に美《うつく》しく、繊細《せんさい》な味《あじ》で、しかも冷《さ》めても硬《かた》くならない玉子焼《たまごや》きを作《つく》るのは、相当《そうとう》の腕前《うでまえ》[2]が必要《ひつよう》だ。

卵《たまご》の溶《と》き方《かた》、火加減《ひかげん》の調整《ちょうせい》、動作《どうさ》の速《はや》さ、このどれもが玉子焼《たまごや》きの食感《しょっかん》を左右《さゆう》するという。寿司《すし》の世界《せかい》で、玉子焼《たまごや》きを上手《うま》く焼《や》き上《あ》げられなければ、寿司職人《すししょくにん》とは呼《よ》んでもらえないというのも、このような理由《りゆう》からだ。玉子焼《たまごや》きは、砂糖《さとう》と味醂《みりん》を加《くわ》えることから、少《すこ》し甘《あま》みがある味《あじ》わいで、やわらかくふんわりとした食感《しょっかん》に仕上《しあ》がる。

[1] 口直《くちなお》し　換口味、清口。　[2] 腕前《うでまえ》　能力、本事。

日式煎蛋是一種用打散的蛋汁，一邊煎一邊捲成筒狀的日本料理，不僅是日式早餐不可或缺的菜餚與日本經典的便當菜，也是壽司店用來收尾清口的壽司配料。日式煎蛋看似簡單，但要做出外型美觀、柔嫩滋味、涼了也不會變硬的日式煎蛋，可需要一手真功夫。

從打蛋技巧、火候拿捏、動作快慢都會左右煎蛋的口感。這也是在壽司業界，若做不好日式煎蛋，就稱不上是壽司職人之故。日式煎蛋的調味料因添加糖與味醂，會略帶甜味，口感會較為鬆軟。

〜というのも、…からだ

用於表現陳述理由。相當於「〜という話《はなし》」，先說結論，後陳述得出該結論的理由，可譯成「之所以……是因為……」。

70 玉子《たまご》焼《や》き

60

日式煎蛋

材料

卵《たまご》...3《さん》個《こ》	蛋 ...3 個
大根《だいこん》おろし	蘿蔔泥
大葉《おおば》	紫蘇葉
Ⓐ だし汁《じる》…大《おお》さじ 3《さん》	Ⓐ 日式高湯…3 大匙
（お湯《ゆ》に粉末《ふんまつ》だしを溶《と》かしたものでも可《か》）	（把高湯粉末溶在熱水裡亦可）
みりん…小《こ》さじ 1《いち》	味醂…1 小匙
塩《しお》…小《こ》さじ 1/4《よんぶんのいち》	鹽…1/4 小匙
醤油《しょうゆ》（できれば薄口《うすくち》）…小《こ》さじ 1《いち》	醬油（盡可能用淺色）…1 小匙
砂糖《さとう》…小《こ》さじ 2《に》	砂糖…2 小匙
（お好《この》みで調節《ちょうせつ》してください）	（請視喜好調整）
サラダ油《あぶら》…適量《てきりょう》	沙拉油…適量
付け合わせ	配料
大根《だいこん》おろしや大葉《おおば》などお好《この》みで	蘿蔔泥或紫蘇葉等皆可，視喜好而定

作り方

❶ 卵《たまご》を割《わ》りほぐし、Ⓐ を加《くわ》えてよく混《ま》ぜる。
❷ 卵焼《たまごや》き鍋《なべ》（フライパンでも可《か》）を中火《ちゅうび》で熱《ねっ》し、サラダ油《あぶら》を含《ふく》ませたキッチンペーパーで鍋全体《なべぜんたい》に油《あぶら》をひく。
❸ 適量《てきりょう》の卵液《らんえき》を鍋全体《なべぜんたい》に広《ひろ》げる。
❹ 半熟《はんじゅく》になったら、向《む》こう側《がわ》から手前《てまえ》に巻《ま》く。
❺ 手前《てまえ》まで巻《ま》いたら卵《たまご》を向《む》こう側《がわ》へ寄《よ》せ、鍋《なべ》に再《ふた》び油《あぶら》をひく。
❻ 再《ふた》び卵液《らんえき》を流《なが》し入《い》れる。巻《ま》き終《お》わった卵《たまご》を持《も》ち上《あ》げてその下《した》にも卵液《らんえき》を流《なが》し込《こ》む。4《よん》から 6《ろく》までの手順《てじゅん》を繰《く》り返《かえ》して焼《や》き上《あ》げる。
❼ 粗熱《あらねつ》がとれたら食《た》べやすい大《おお》きさに切《き》って皿《さら》に盛《も》る。

① 把蛋打散，加入Ⓐ攪拌均勻。
② 用中火將煎蛋鍋預熱（用平底鍋亦可），再用沾了沙拉油的紙巾將整個鍋子抹上油。
③ 把適量的蛋汁均勻地倒進整個鍋子。
④ （蛋）半熟後，從對邊朝（自己的）面前捲。
⑤ 捲到面前後，將蛋推到對邊，在鍋子上再抹一次油。
⑥ 再次倒入蛋汁。（用筷子）撐起好的蛋，讓下面也流入蛋汁。重覆 step4~step6 的程序將蛋煎好。
⑦ 稍待冷卻後，（將蛋）切成方便食用的大小後裝盤。

1

2

3

4

5

6

7

割《わ》りほぐす　打散。　熱《ねっ》する　加熱。　寄《よ》せる　推攏。　流《なが》し込《こ》む　倒入。　粗熱《あらねつ》　剛加熱後無法碰觸的熱度。

料理のコツ　料理的訣竅

菜箸《さいばし》の代《か》わりにフライ返《がえ》しを使《つか》えば、簡単《かんたん》に卵《たまご》を巻《ま》くことができる。
卵《たまご》をふんわり焼《や》くコツはこまめに油《あぶら》をひくことだ。

若使用鍋鏟取代長筷子，就能輕鬆地把蛋捲起來。
把蛋煎得鬆軟的祕訣就是勤快抹油。

菜箸《さいばし》　做菜用的長筷子。　フライ返《がえ》し　鍋鏟。　ふんわり　鬆軟地。

71

ちゃんちゃん焼《や》き

鏘鏘燒

文／林潔珏　日文翻譯／水島利惠
圖／shutterstock

61

ちゃんちゃん焼《や》きは、北海道《ほっかいどう》の漁師町《りょうしまち》で生《う》まれた料理《りょうり》で、ちゃんちゃん焼《や》きという名前《なまえ》の由来《ゆらい》は、「ちゃっちゃと（素早《すばや》く[1]）作《つく》れるから」、「お父《とう》ちゃんが焼《や》いて調理《ちょうり》するから」、「焼《や》くときに、鉄板《てっぱん》がチャンチャンという音《おと》を立《た》てるから」など、諸説《しょせつ》ある。

普通《ふつう》、ちゃんちゃん焼《や》きは、北海道産《ほっかいどうさん》の鮭《さけ》（ニジマスを使《つか》う地域《ちいき》もある）と、新鮮《しんせん》な玉《たま》ねぎ、長《なが》ネギ、もやし、キャベツ、にんじん、ピーマン、しいたけ、しめじなどの野菜《やさい》を材料《ざいりょう》として作《つく》られる。調理《ちょうり》の方法《ほうほう》はとても簡単《かんたん》で、バター若《も》しくはサラダ油《あぶら》をひいた鉄板《てっぱん》やホットプレートの上《うえ》に、全《すべ》ての材料《ざいりょう》を乗《の》せ、白《しろ》みそ、日本酒《にほんしゅ》、みりん、砂糖《さとう》を合《あ》わせて作《つく》った合《あ》わせ調味料《ちょうみりょう》をかけ、その後蓋《ごふた》をするかアルミホイル[2]で蒸《む》し焼《や》きにし、熱《ねつ》が通《とお》ったら材料《ざいりょう》を全部《ぜんぶ》混《ま》ぜ合《あ》わせれば完成《かんせい》だ。

[1] 素早《すばや》い　俐落、迅速。　[2] アルミホイル　鋁箔紙。

鏘鏘燒是誕生於北海道的漁村料理。鏘鏘燒名稱的由來有諸多說法，例如「因為很快就能做好」「因為是老爸燒烤烹調」「因為燒烤時鐵板會發出鏘鏘的聲響」等諸說。

一般而言，鏘鏘燒使用的材料為北海道盛產的鮭魚（有些地方使用鱒魚），和新鮮的洋蔥、大蔥、豆芽菜、高麗菜、胡蘿蔔、青椒、香菇、鴻喜菇等蔬菜。料理方式很簡單，只要將全部的材料鋪在放有奶油或沙拉油的鐵板或電烤盤上，再淋上用米製成的淺色味噌、日本酒、味醂、砂糖調合而成的綜合調味料，蓋上蓋子或鋁箔紙蒸烤，熟透之後，將所有食材攪拌均勻便完成。

72 ちゃんちゃん焼《や》き

62

鏘鏘燒

材料

4 人分	4 人份
生鮭《なまざけ》の切《き》り身《み》…4《よん》 切《き》れ	生鮭魚切片…4 塊
キャベツ…1/2《にぶんのいっ》 個《こ》	高麗菜…1/2 個
人参《にんじん》…1/2《にぶんのいっ》 本《ぽん》	胡蘿蔔…1/2 條
もやし…1《ひと》 袋《ふくろ》	豆芽菜…1 袋
ピーマン…2《に》 個《こ》	青椒…2 個
塩《しお》…少々《しょうしょう》	鹽…少許
バター…大《おお》さじ 2《に》	奶油…2 大匙

調味料

Ⓐ 味噌《みそ》だれ	Ⓐ 味噌醬
味噌《みそ》…大《おお》さじ 2《に》	味噌…2 大匙
砂糖《さとう》…小《こ》さじ 1《いち》	砂糖…1 小匙
酒《さけ》…大《おお》さじ 2《に》	酒…2 大匙
一味唐辛子《いちみとうがらし》（好《この》みで）…少々《しょうしょう》	辣椒粉（依喜好）…少許

作り方

❶ 鮭《さけ》は食《た》べやすい大《おお》きさに切《き》り、身《み》のほうに塩《しお》を振《ふ》る。

❷ キャベツは大《おお》きめの一口大《ひとくちだい》に手《て》でちぎる。

❸ 人参《にんじん》は長《なが》さ 3《さん》 ~《から》 4cm《よんセンチ》 の短冊《たんざく》切《ぎ》りにする。

❹ ピーマンは幅《はば》 1cm《いっセンチ》 の縦《たて》切《ぎ》りにする。

❺ 容器《ようき》に Ⓐ を入《い》れてよく混《ま》ぜ、味噌《みそ》だれを作《つく》る。

❻ ホットプレート（フライパンでも可《か》）にバターを入《い》れて熱《ねっ》し、鮭《さけ》をのせて周囲《しゅうい》に全《すべ》ての野菜《やさい》を入《い》れ、ふたをして蒸《む》し焼《や》きにする。

❼ 鮭《さけ》に火《ひ》が通《とお》ったら、5《ご》 の味噌《みそ》だれをかけ、全体《ぜんたい》をほぐし混《ま》ぜていただく。

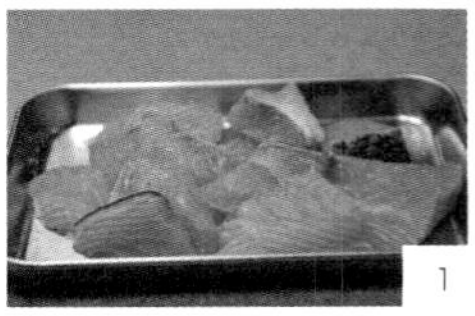
1

5

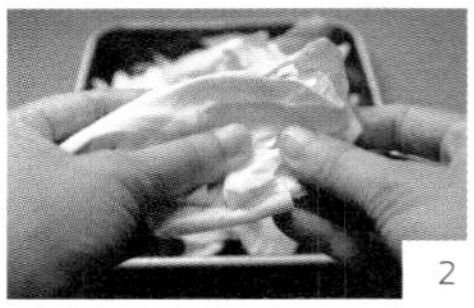
2

6

3

7

4

8

① 鮭魚切成方便食用的大小，並在魚肉的部分灑鹽。

② 高麗菜用手撕成稍大的一口大小。

③ 胡蘿蔔切成 3~4cm 長的長方形。

④ 青椒縱切成 1cm 寬（的長條形）。

⑤ 將Ⓐ放進容器，並充分攪拌成味噌醬。

⑥ 將奶油放進燒烤盤（平底鍋亦可）燒熱，放上鮭魚並將所有的蔬菜排放在周圍加蓋烘烤（蒸煮）。

⑦ 待鮭魚熟透，淋上 step5 的味噌醬，整個翻炒之後即可食用。

ちぎる　撕碎。　縦《たて》切《ぎ》り　縱切。　ホットプレート　燒烤盤。　蒸《む》し焼《や》き　烘烤（蒸煮）。

火《ひ》が通《とお》る　熟透。

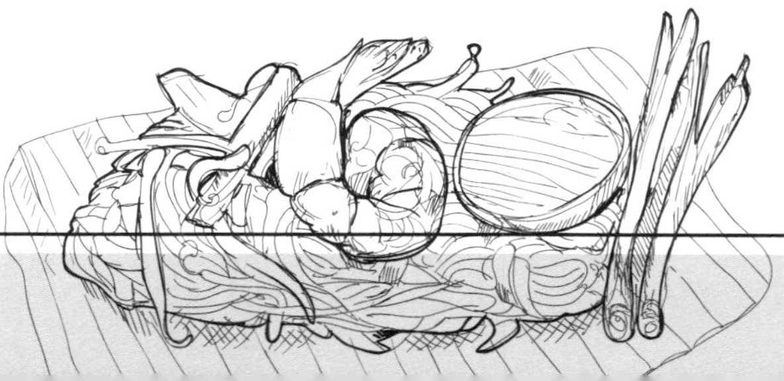

73 たこ焼《や》き

63

章魚燒

文／EZ Japan 編輯部　日文翻譯／水島利惠
圖／shutterstock

小学館出版《しょうがくかんしゅっぱん》の「にっぽん探検大図鑑《たんけんだいずかん》」によると、初期《しょき》のたこ焼《や》きは、小麦粉《こむぎこ》から作《つく》った粉《こな》に、こんにゃくやエンドウ豆《まめ》を入《い》れ、一口大《ひとくちだい》の丸形《まるがた》にして作《つく》ったものであったといわれ、「明石焼《あかしや》き」からヒントを得《え》て、タコを入《い》れるようになり、今日《こんにち》に見《み》られるたこ焼《や》きの姿《すがた》へと変《か》わっていった。明石焼《あかしや》きとは、すでに１６０年《ひゃくろくじゅうねん》もの歴史《れきし》がある兵庫県明石市《ひょうごけんあかしし》の名物《めいぶつ》で、小麦粉《こむぎこ》、卵《たまご》、だしを均等《きんとう》になるようよく混《ま》ぜ合《あ》わせた後《あと》、明石特産《あかしとくさん》のタコを入《い》れ、丸形《まるがた》に焼《や》いて作《つく》っていく食《た》べ物《もの》である。

まるまると[1]したたこ焼《や》きは、外《そと》はカリッと[2]、中《なか》はふわとろの食感《しょっかん》で、大阪《おおさか》ではＢ級《きゅう》グルメ㊟ナンバーワンの名《な》を誇《ほこ》り、一般《いっぱん》の家庭《かてい》でも日常的《にちじょうてき》に作《つく》られる料理《りょうり》の一《ひと》つである。

㊟：いわゆるＢ級《きゅう》グルメとは、安価《あんか》で庶民的《しょみんてき》、かつおいしい料理《りょうり》のことをいう。

[1] まるまると　圓滾滾　　[2] カリッと　酥脆

根據小學館出版的《日本探險大圖鑑》，最早的章魚燒是小麥粉加入蒟蒻或豌豆，做成一口大小的丸子，受到「明石燒」的啟發加入章魚，才演變成今日所見的章魚燒。明石燒是兵庫縣明石市的名產，已有 160 多年歷史，作法是將麵粉、雞蛋、湯汁攪拌均勻後放入明石特產的章魚，以燒烤方式製成丸子狀。

圓滾滾的章魚燒，外層酥脆、內層濕軟的口感，有大阪第一的 B 級美食㊟之稱，亦是日本家庭於日常在家做的料理之一。

㊟所謂 B 級美食，是指「價格平易近人且美味的料理」。

〜ていく

本文用於表現動作的持續進行，未來也將持續。

いわゆる〜とは

常用於簡單說明一件事情，いわゆる後面接說明的內容，可譯成「所謂」。

文／EZ Japan 編輯部　日文翻譯／水島利惠
圖／shutterstock

74 串《くし》焼《や》き

64

串燒

～ず

否定助動詞，屬於書面用語或慣用表現句，表現否定的意思，可譯成「不、沒」。

～っぽい

接於名詞或動詞ます形後，有兩種含意，一是表現物體「富含、盈滿」，一是表現有某種傾向「動不動」，可譯成「容易」。

[1]酌《く》み交《か》わす　對飲、相互敬酒。

[2]うってつけ　適合、恰當。

[3]さばく　處理、操縱。

[4]コントロール　控制。

[5]味《あじ》わい　味道。

串焼《くしや》きは、明治時代《めいじじだい》に普及《ふきゅう》してから今日《こんにち》に至《いた》り、今《いま》でも仕事帰《しごとがえ》りに数人《すうにん》の仲間《なかま》と酌《く》み交《か》わす[1]席《せき》でのうってつけ[2]の料理《りょうり》である。串焼《くしや》きとは、一本《いっぽん》の竹串《たけぐし》に食材《しょくざい》を刺《さ》して焼《や》いた料理《りょうり》のことを指《さ》し、日本《にほん》の串焼《くしや》きは、鶏肉《とりにく》やその内臓《ないぞう》から作《つく》る「焼《や》き鳥《とり》」と、鶏肉以外《とりにくいがい》の肉《にく》や魚《さかな》、野菜《やさい》などを串《くし》に刺《さ》して作《つく》る「串焼《くしや》き」に分《わ》けられる。台湾《たいわん》では、串《くし》の上《うえ》にたれを塗《ぬ》るスタイルが好《この》まれるが、本場《ほんば》日本《にほん》の串焼《くしや》きは、たれも塗《ぬ》らず、塩《しお》もふらない、食材《しょくざい》のもつ新鮮《しんせん》な味《あじ》が活《い》かされている料理《りょうり》である。

串焼《くしや》き専門店《せんもんてん》では、「串打《くしう》ち三年《さんねん》、焼《や》き一生《いっしょう》」という言葉《ことば》が職人《しょくにん》たちの間《あいだ》で言《い》われている。食材《しょくざい》の特徴《とくちょう》を理解《りかい》するところから、スムーズなさばき[3]方《かた》、食材《しょくざい》の組《く》み合《あ》わせ、火加減《ひかげん》のコントロール[4]まで、その全《すべ》ての工程《こうてい》は、どれも学問《がくもん》のように厳密《げんみつ》で、いい加減《かげん》にすることは許《ゆる》されない。また、串焼《くしや》きを食《た》べるときは、生《なま》のキャベツと一《いっ》緒《しょ》に食《た》べると、口《くち》の中《なか》の油《あぶら》っぽさをとり除《のぞ》いてくれるが、もし生《なま》のキャベツの味《あじ》が好《す》きでない人《ひと》には、さっぱりとしたポン酢《ず》をつけて食《た》べるのもお薦《すす》めだ。果汁《かじゅう》の香《かお》りと甘酸《あまず》っぱい味《あじ》わい[5]が、肉《にく》の新鮮《しんせん》な味《あじ》を引《ひ》き立《た》たせてくれるだろう。

串燒始於明治時代普及至今，仍舊是下班後三五好友小酌幾杯的最佳小菜。串燒是指用竹籤串成一串的燒烤料理。日本的串燒可分為雞肉或雞肉內臟串成的雞肉串燒與其他肉類、魚類，蔬菜類串成的串燒。有別於台灣店家喜歡塗抹上醬汁，道地的日本串燒既不沾醬也不灑鹽巴，是道展現食材的鮮味的料理。

在串燒專賣店，師傅間流傳這麼一句話「學串食材要三年，烤串燒要磨練一輩子」，從了解食材屬性，順應食材紋理的切法、食材間的搭配，以至掌握火侯，每項環節都是如學問般縝密，馬虎不得。而吃串燒時，可搭配生高麗菜一解口中的油膩感，若不喜歡生高麗菜味道的人，不妨沾清爽的柚子醋，帶點果香的酸甜滋味能襯托出肉質的鮮味。

75 とんかつ

日式豬排

65

文/林潔玨　圖/shutterstock

1 縁起《えんぎ》かつぎ　討吉利。
2 語呂合《ごろあ》わせ　諧音。
3 派生《はせい》する　衍生。
4 さきがけ　先驅，前身。
5 利《き》かせる　使～發揮作用，使～有效。
6 かみ切《き》る　咬斷，咬破。
7 反《そ》る　捲翹，捲曲。
8 決《き》め手《て》　決勝負的關鍵、手段。
9 じっくり　慢慢地。

とんかつと言《い》えば日本《にほん》の定番家庭料理《ていばんかていりょうり》の一《ひと》つであり、受験生《じゅけんせい》が試験《しけん》の前《まえ》によく食《た》べる縁起《えんぎ》かつぎ[1]の代表食《だいひょうしょく》でもある。なぜならとんかつの「かつ」と「勝《か》つ」の語呂《ごろ》合《あ》わせ[2]で、「受験《じゅけん》に勝《か》つ」に通《つう》じるからだ。とんかつは元々《もともと》イギリスから伝《つた》わってきた洋食《ようしょく》の「カツレツ」から派生《はせい》した[3]ものである。そのさきがけ[4]は、明治時代《めいじじだい》に銀座《ぎんざ》にある「煉瓦亭《れんがてい》」という洋食《ようしょく》レストランで、薄切《うすぎ》りにした豚肉《ぶたにく》を天《てん》ぷら風《ふう》に揚《あ》げたものだとされている。その後《ご》、様々《さまざま》なアレンジを利《き》かせ[5]、徐々《じょじょ》に現在《げんざい》のご飯《はん》やみそ汁《しる》、キャベツの千切《せんぎ》り、漬物《つけもの》などとともに食《た》べるスタイルに進化《しんか》した。

歯《は》に当《あ》たったときの衣《ころも》のサクッとした食感《しょっかん》と、かみ切《き》った[6]豚肉《ぶたにく》からジュワッとあふれ出《で》る甘《あま》い肉汁《にくじる》がとんかつの最大《さいだい》の魅力《みりょく》。作《つく》り方《かた》は旨《うま》みの強《つよ》い豚《ぶた》ロース肉《にく》や柔《やわ》らかいヒレ肉《にく》を小麦粉《こむぎこ》、卵《たまご》、パン粉《こ》の順《じゅん》に付《つ》け、油《あぶら》で揚《あ》げて作《つく》るのが基本《きほん》。

表面《ひょうめん》はサクサク、中《なか》はジューシーに仕上《しあ》げるためにはコツがいる。まず、揚《あ》げたときに肉《にく》がくるんと反《そ》る[7]のを防《ふせ》ぐため、肉《にく》の脂肪《しぼう》と赤身《あかみ》の境目《さかいめ》に数箇所《すうかしょ》包丁《ほうちょう》で切《き》れ目《め》を入《い》れる。次《つぎ》に、中《なか》の肉汁《にくじる》を逃《のが》さずふっくらと揚《あ》げるためには、しっかりと衣《ころも》を作《つく》ることが欠《か》かせない。おいしいとんかつを作《つく》る決《き》め手《て》[8]となるのはやはり油《あぶら》の温度《おんど》加減《かげん》である。始《はじ》めは中温《ちゅうおん》（約《やく》１７０℃《ひゃくななじゅうど》）の油《あぶら》でじっくり[9]と揚《あ》げ、仕上《しあ》げに高温《こうおん》（約《やく》１８０℃《ひゃくはちじゅうど》以上《いじょう》）にすることで油切《あぶらぎ》れがよく、カラッとおいしいとんかつができる。

說到日式豬排，既是日本家庭料理的基本款，也是考生在考試前為討個吉利而常吃的代表食物。這是因為炸豬排的「かつ」和「勝つ（勝利）」諧音，與「在考試中得勝」相通之故。日式豬排原本是從英國傳來的洋食「炸豬排」所衍生出來的料理。其前身被認為是在明治時代銀座一家名為「煉瓦亭」的洋食餐廳，將切成薄片的豬肉油炸成天婦羅風味的料理。其後，運用各式各樣的調整，慢慢演化成目前和米飯、味噌湯、高麗菜絲、醬菜等一起食用的形式。

麵衣碰到牙齒時酥脆的口感和咬斷豬肉時溢出的甜美肉汁是日式豬排最大的魅力。基本作法是將甜味較強的豬里肌或柔軟的腰內肉依序沾上麵粉、蛋、麵包粉後用油油炸。

要做成表皮酥脆，內層多汁是需要訣竅的。首先，為了防止炸出來的肉捲翹，必須在肉的脂肪和瘦肉的分界線上用菜刀劃上數刀。接下來，為了不讓肉汁流失、炸得軟嫩，一定得確實裹上麵衣。要做好吃的日式豬排，最大關鍵還是油溫的控制。一開始以中溫（約 170℃）慢慢地炸，要完成時加到高溫（約 180℃以上），藉此可逼出油分，就能做出酥脆美味的日式豬排。

76 とんかつ

日式豬排

66

材料

2人分
豚《ぶた》ロース肉《にく》…2《に》枚《まい》
塩《しお》…少々《しょうしょう》
胡椒《こしょう》…少々《しょうしょう》
サラダ油《あぶら》…適量《てきりょう》
衣
小麦粉《こむぎこ》…大《おお》さじ2《に》
溶《と》き卵《たまご》…1《いっ》個分《こぶん》
パン粉《こ》…適量《てきりょう》
付け合わせ
キャベツ…適量《てきりょう》
プチトマト…適量《てきりょう》

2人份
豬里肌肉…2片
鹽…少許
胡椒…少許
沙拉油…適量
麵衣
麵粉…2大匙
蛋汁…1個份
麵包粉…適量
配菜
高麗菜…適量
小番茄…適量

作り方

筋《すじ》 筋。 整《ととの》える 整理。 くぐる 放進・鑽過。 押《お》し付《つ》ける 按壓。 返《かえ》す 翻面。

❶ 豚肉《ぶたにく》の筋《すじ》を切《き》る。
❷ 肉《にく》たたきで軽《かる》く肉《にく》をたたき、形《かたち》を整《ととの》える。
❸ 肉《にく》の両面《りょうめん》に塩《しお》とこしょうをふる。
❹ 肉《にく》の両面《りょうめん》にしっかりと小麦粉《こむぎこ》をまぶす。余分《よぶん》な粉《こな》を落《お》としてから卵《たまご》にくぐらせる。
❺ パン粉《こ》のトレーに移《うつ》し、押《お》し付《つ》けるようにパン粉《こ》をまんべんなくつける。
❻ １７０℃《ひゃくななじゅうど》のサラダ油《あぶら》に5《ご》を入《い》れ、肉《にく》を返《かえ》しながら火《ひ》が通《とお》るまで揚《あ》げる。
❼ 油《あぶら》を切《き》って、食《た》べやすい大《おお》きさに切《き》る。
❽ 器《うつわ》に7《なな》を盛《も》り、千切《せんぎ》りにしたキャベツとプチトマトを添《そ》えたらできあがり

① 將豬肉的筋切斷。
② 用肉槌輕輕敲肉，並將形狀整妥。
③ 在肉的兩面灑上鹽和胡椒粉。
④ 將肉的兩面沾滿麵粉。抖落多餘的粉，放進蛋汁裡。
⑤ （將肉）移至麵包粉的盤子，並按壓以充分沾上麵包粉。
⑥ 將 step5 放進 170℃的沙拉油中，一邊翻面並炸到熟透為止。
⑦ 將油瀝乾，並切成容易食用的大小。
⑧ 將 step7 裝盤，搭配切絲的高麗菜與小番茄便大功告成。

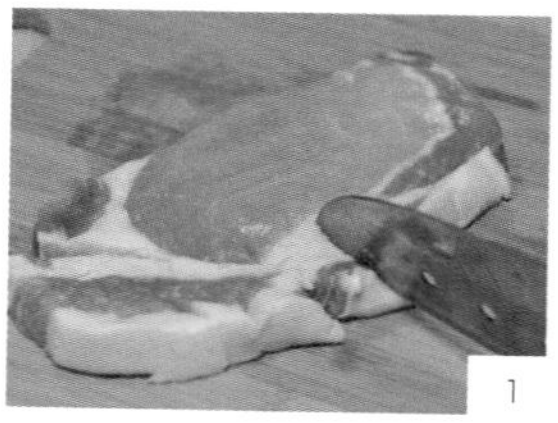
1

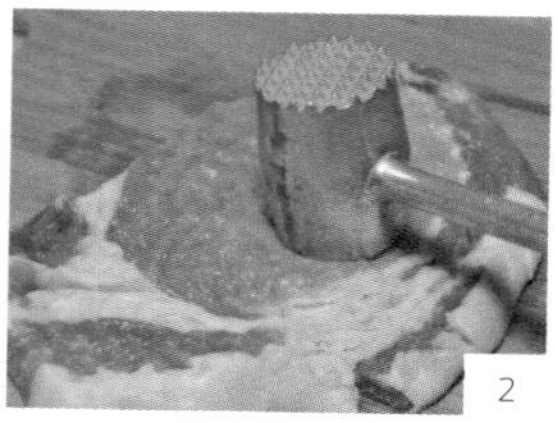
2

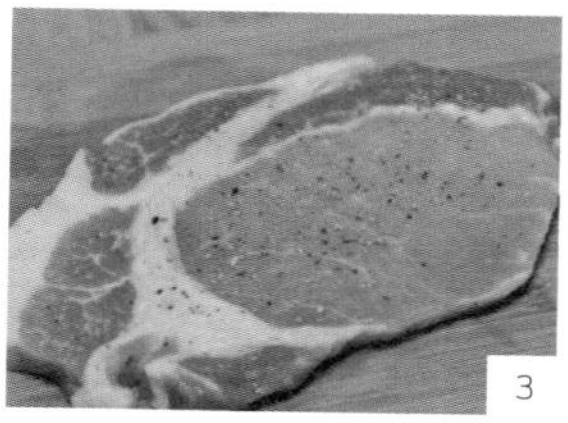
3

4

5

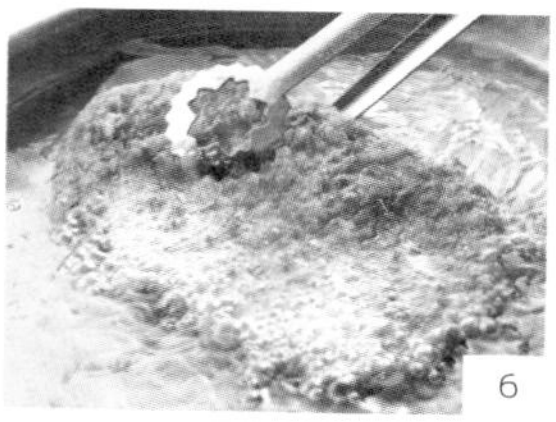
6

7

8

料理のコツ　料理的訣竅

パン粉《こ》は目《め》が粗《あら》めの方《ほう》がサクサクした食感《しょっかん》に仕上《しあ》がる。
揚《あ》げた時《とき》に肉《にく》が縮《ちぢ》んだり丸《まる》まったりするのを防《ふせ》ぐため、必《かなら》ず筋切《すじき》りをする。
始《はじ》めは中《ちゅう》ぐらいの温度《おんど》でじっくりと揚《あ》げ、仕上《しあ》げは高温《こうおん》にすれば油切《あぶらぎ》れがよくなる。

仕上《しあ》げる 完成。 縮《ちぢ》む 收縮。 じっくり〔と〕 慢慢地。 油切《あぶらぎ》れ 去油。

粗粒的麵包粉可做出較酥脆的口感。
為防止油炸時肉收縮或捲起來，一定要把筋切斷。
一開始的時候用中溫慢慢炸，快炸好時改高溫會比較容易去油。

77

焼《やき》肉《にく》

67

焼肉

文／林潔珏　圖／shutterstock

焼肉《やきにく》は韓国《かんこく》の食文化《しょくぶんか》と思《おも》われがちだが、実《じつ》は日本《にほん》で生《う》まれた食文化《しょくぶんか》である。最《もっと》も有力《ゆうりょく》な[1]説《せつ》は、江戸時代《えどじだい》からひっそり[2]続《つづ》いていた焼肉《やきにく》の風習《ふうしゅう》[3]が明治維新後《めいじいしんご》に世《せ》界各国《かいかっこく》の影響《えいきょう》を受《う》けて変化《へんか》し、現在《げんざい》のような形《かたち》となったというものだ。

炭火《すみび》は遠赤外線《えんせきがいせん》の効果《こうか》により、外《そと》はカリッと中《なか》はジューシーに焼《や》き上《あ》げることができる。また、焼《や》くときに脂《あぶら》が滴《したた》り落《お》ち、さっぱりとした味《あじ》になるほか、落《お》ちた脂《あぶら》による煙《けむり》で多少《たしょう》いぶされる[4]ので香《こう》ばしくもなる。特《とく》に備長炭《びんちょうたん》などの純度《じゅんど》の高《たか》い炭《すみ》で焼《や》くと香《こう》ばしさが増《ま》し、食材《しょくざい》そのものの風味《ふうみ》[5]を壊《こわ》すこともない。焼《や》き上《あ》げた肉《にく》は醤油《しょうゆ》をベース[6]に酒《さけ》、砂糖《さとう》、にんにくなどを調合《ちょうごう》して作《つく》ったタレや塩《しお》、レモン汁《じる》などで味付《あじつ》けするのが一般的《いっぱんてき》である。

[1] 有力《ゆうりょく》〔な〕　有力的。　[2] ひっそり　悄悄地。　[3] 風習《ふうしゅう》　風俗，習慣。　[4] いぶす　燻烤。　[5] 風味《ふうみ》　風味，味道。

[6] ベース　（英：base）底，基本。

燒肉常被誤認為韓國的飲食文化，但實際上卻是在日本誕生的。最具說服力的說法是從江戶時代就悄悄地延續至今的燒肉風俗，在明治維新後受到世界各國的影響產生變化，演變成現在的形式。

因遠紅外線的效果，炭火可以（將肉）烤得外脆內嫩。此外，燒烤時因油脂滴落，除了口味變得清爽，受到滴落的油脂所產生的油煙些許的燻炙，也會更添香味。特別是用備長炭等高純度的炭來燒烤的話，除了增添香味，也不會破壞食材本身的風味。烤好的肉一般多以醬油為底，調和酒、砂糖、蒜頭製成的醬料、鹽、檸檬汁等來調味。

がち

接於動詞後表現往往有某種傾向，多用於負面。可譯成「容易、往往」。

78 お好《この》み焼《や》き

御好燒

68

文／林潔珏　日文翻譯／水島利惠
圖／shutterstock

関西風お好み焼き

広島焼

もんじゃ焼き

[1]もてなし　款待。

[2]シャキシャキ　（咀嚼）清脆聲。

[3]土手《どて》　堤。

お好《この》み焼《や》き（中国語《ちゅうごくご》で「御好焼」または「什錦焼」）とは、粉《こな》に水《みず》を加《くわ》えて作《つく》った生地《きじ》と、野菜《やさい》、魚介類《ぎょかいるい》、肉《にく》などの具材《ぐざい》を鉄板《てっぱん》の上《うえ》で焼《や》き上《あ》げた食《た》べ物《もの》である。お好《この》み焼《や》きの起源《きげん》は、遠《とお》く安土桃山時代《あづちももやまじだい》にまで遡《さかのぼ》り、千利休《せんのりきゅう》が茶会《ちゃかい》でもてなし[1]に使《つか》っていた「麩《ふ》の焼《やき》」（水《みず》で溶《と》いた小麦粉《こむぎこ》を焼《や》いたものに、味噌《みそ》を包《つつ》んだ和菓子《わがし》）であるといわれている。生地《きじ》を鉄板《てっぱん》の上《うえ》で焼《や》いて食《た》べる習慣《しゅうかん》は、江戸時代末期《えどじだいまっき》に民間《みんかん》の間《あいだ》で流行《はや》りはじめ、現在《げんざい》に見《み》られるお好《この》み焼《や》きへと発展《はってん》していった。

お好《この》み焼《や》きは、大《おお》きく関西風《かんさいふう》と広島風《ひろしまふう》の２《ふた》つに分《わ》けられ、それぞれ「関西風《かんさいふう》お好《この》み焼《や》き」「広島焼《ひろしまや》き」と呼《よ》ばれている。この２《ふた》つにおける最大《さいだい》の違《ちが》いは作《つく》り方《かた》で、関西風《かんさいふう》お好《この》み焼《や》きは全部《ぜんぶ》の材料《ざいりょう》を混《ま》ぜ合《あ》わせて焼《や》くが、広島焼《ひろしまや》きはまず生地《きじ》を薄《うす》く焼《や》いてから、その上《うえ》にかつお節《ぶし》、キャベツ、もやし、天《てん》かす、ねぎ、バラ肉《にく》の順《じゅん》に重《かさ》ねて乗《の》せ、ゆっくりと蒸《む》し焼《や》きにする。一般的《いっぱんてき》に、関西風《かんさいふう》お好《この》み焼《や》きは作《つく》り方《かた》が簡単《かんたん》なことから、自分《じぶん》で焼《や》く客《きゃく》も多《おお》いが、大量《たいりょう》の野菜《やさい》を使用《しよう》して作《つく》るシャキシャキ[2]の食感《しょっかん》が命《いのち》の広島焼《ひろしまや》きは、絶妙《ぜつみょう》な火加減《ひかげん》のコントロールが要求《ようきゅう》されるのに加《くわ》え、裏返《うらがえ》す際《さい》にも、たくさんの具《ぐ》が周《まわ》りに飛《と》び散《ち》らないようにするには、相当《そうとう》の技《わざ》を必要《ひつよう》とするため、店《みせ》の人《ひと》に焼《や》いてもらうことが多《おお》い。

お好《この》み焼《や》きの前身《ぜんしん》は「もんじゃ焼《や》き」で、もともと江戸時代《えどじだい》の末期《まっき》に私塾《しじゅく》で、子供《こども》に文字《もじ》を教《おし》えるため、鉄板《てっぱん》の上《うえ》に小麦粉《こむぎこ》を水《みず》で溶《と》いたもので文字《もじ》を書《か》き、子供《こども》に食《た》べさせながら文字《もじ》を覚《おぼ》えさせていたことからこの名前《なまえ》がついたと言《い》われている。初期《しょき》のもんじゃ焼《や》きは、水《みず》に小麦粉《こむぎこ》を溶《と》かし、焼《や》いて味付《あじつ》けをしただけの簡単《かんたん》なお菓子《かし》だったが、今《いま》ではお好《この》み焼《や》きと同様《どうよう》、使用《しよう》する材料《ざいりょう》も豊富《ほうふ》である。お好《この》み焼《や》きとの違《ちが》いであるが、もんじゃ焼《や》きは、だしの量《りょう》が比較的多《ひかくてきおお》めで、まず先《さき》に炒《いた》めた具材《ぐざい》で丸《まる》い土手《どて》[3]を作《つく》り、そこに生地《きじ》を一気《いっき》に流《なが》し込《こ》んで粘《ねば》りが出《で》るまで待《ま》った後《あと》よく混《ま》ぜたら、上《うえ》に青《あお》のりを散《ち》らしていただく。

御好燒，又稱什錦燒，是一種將麵粉加水調成粉漿，加上蔬菜、魚貝類、肉類等配料，在鐵板上煎烤的食物。御好燒的起源，最遠可追溯到安土桃山時代，千利休在茶會用來招待的「麩燒」（用粉漿煎製、包味噌的薄餅），將粉漿放在鐵板上煎烤食用的習慣也在江戶時代末期於民間開始流傳，最後便發展成現今的御好燒。

御好燒大致可分成關西風和廣島風兩大派，也就是俗稱的大阪燒和廣島燒。其最大的差異在於作法，大阪燒是將所有的材料攪拌著煎烤，而廣島燒則是先將粉漿煎成薄餅，按順序在上面放上一層層的柴魚粉、高麗菜、豆芽、麵酥、蔥、三層肉再慢慢蒸烤。一般來說大阪燒作法簡單，多由顧客自行製作；廣島燒由於使用大量蔬菜，要做得清脆美味，需要絕妙的火候控制，而且翻面時要避免量多的食材散開，需要相當的功力，因此多由師傅製作。

御好燒的前身「文字燒」，據說原本是江戶時代末期的私塾為了教導孩童寫字，在鐵板上用粉漿寫文字，一邊讓小孩吃，一邊讓他們記憶文字而得名。初期的文字燒只是單純用水把麵粉調開，再行煎烤調味的簡易點心。但現在和御好燒一樣，使用的材料都很豐富，不同的是因為文字燒高湯含量較多，得先把材料撥出來炒熟作成圍堤，然後一口氣倒入麵糊，待麵糊成黏稠狀後，再充分攪拌、灑上海苔粉食用。

〜に加《くわ》え

書面用語，用於表現追加說明，除了前項提到的之外，還有其他的事情。可譯成「而且、加上」。

〜ないようにする

用於表現人為意志決定使其發生、改變，接於動詞否定形後表示留心不做某事。

79 お好《この》み焼《や》き

御好燒

69

材料

2人分	2人份
キャベツ…200 g《にひゃくグラム》	高麗菜…200g
豚《ぶた》バラ薄《うす》切《ぎ》り肉《にく》…100 g《ひゃくグラム》	豬五花肉片…100g
長芋《ながいも》…100 g《ひゃくグラム》	山藥…100g
揚《あ》げ玉《だま》…10 g《じゅうグラム》	麵酥…10g
刻《きざ》み紅《べに》しょうが…10 g《じゅうグラム》	紅薑絲…10g
薄力粉《はくりきこ》…100 g《ひゃくグラム》	低筋麵粉…100g
卵《たまご》…2個《にこ》	蛋…2個
だし汁《じる》…200c c《にひゃくシーシー》	柴魚昆布高湯…200cc
ソース…適量《てきりょう》	什錦燒醬…適量
鰹節《かつおぶし》…適量《てきりょう》	柴魚片…適量
青《あお》のり…適量《てきりょう》	海苔粉…適量
マヨネーズ…適量《てきりょう》	美乃滋…適量

作り方

千切《せんぎ》り 切絲。　すりおろす 磨成泥，磨碎。　並《なら》べる 排，擺。　ひっくり返《かえ》す 翻面。　散《ち》らす 灑。

❶ キャベツは千切《せんぎ》りにする。

❷ 長芋《ながいも》はすりおろしておく。

❸ ボウルに薄力粉《はくりきこ》を入《い》れ、だし汁《じる》と2《に》を加《くわ》えてよく混《ま》ぜる。

❹ キャベツと揚《あ》げ玉《たま》、紅《べに》しょうが、卵《たまご》を3《さん》に入《い》れてさらに混《ま》ぜる。

❺ フライパンにサラダ油《あぶら》を熱《ねっ》して4《よん》の半分量《はんぶんりょう》を直径《ちょっけい》15cm《じゅうごセンチ》大《だい》に丸《まる》く広《ひろ》げ、その上《うえ》にバラ肉《にく》を並《なら》べる。

❻ 中火《ちゅうび》で3分《さんぷん》くらい焼《や》いたら、ひっくり返《かえ》して中《なか》まで火《ひ》を通《とお》す。残《のこ》りの1枚《いちまい》も同様《どうよう》に焼《や》く。

❼ 皿《さら》に盛《も》ってソースとマヨネーズを塗《ぬ》り、青《あお》のりと鰹節《かつおぶし》を散《ち》らしたらできあがり。

① 高麗菜切絲。

② 山藥磨成泥。

③ 將低筋麵粉放入大碗中，再加入柴魚昆布高湯與step2，充分攪拌。

④ 將高麗菜、麵酥、紅薑絲、蛋放入step3中，再度攪拌。

⑤ 將平底鍋裡的沙拉油燒熱，將step4一半的量攤成直徑15cm大的圓形，並在上面排上五花肉。

⑥ 用中火煎大約3分鐘之後，翻面再煎至內部熟透為止。剩下的一片也用同樣的方法煎製。

⑦ 裝盤後塗上什錦燒醬與美乃滋，再灑上海苔粉與柴魚片便大功告成。

1

2

3

4

5

6

7

80 肉じゃが

文／林潔珏　日文翻譯／水島利惠
圖／shutterstock

70

馬鈴薯燉肉

　肉《にく》じゃがは、「日本《にほん》のおふくろの味《あじ》」を代表《だいひょう》するもので、「彼氏《かれし》受《う》けナンバーワン料理《りょうり》」の称号《しょうごう》ももつ。これらからもわかるように、肉《にく》じゃがは、人《ひと》を幸《しあわ》せ一杯《いっぱい》の温《あたた》かい気持《きも》ちにしてくれるごちそう[1]なのである。

　肉《にく》じゃがは、日本《にほん》海軍《かいぐん》の東郷平八郎《とうごうへいはちろう》が発明《はつめい》したとされ、東郷《とうごう》がイギリス留学中《りゅうがくちゅう》に愛《あい》してやまなかったビーフシチューを、日本《にほん》に帰《かえ》ってから海軍《かいぐん》に作《つく》らせた。当時《とうじ》、日本《にほん》にはワインも、ドミグラスソースもなく、そもそも料理人《りょうりにん》はビーフシチューというものを食《た》べたことがない。東郷《とうごう》の描写《びょうしゃ》だけを頼《たよ》りに、その場《ば》にあった醤油《しょうゆ》と砂《さ》糖《とう》を使《つか》って味付《あじつ》けをし、今《いま》の肉《にく》じゃがができたという話《はなし》だ。非常《ひじょう》に栄養《えいよう》が豊富《ほうふ》であり、明治時代《めいじじだい》の文明開化《ぶんめいかいか》の時代《じだい》であったこととも相《あい》まって[2]、一般《いっぱん》の人《ひと》たちも牛《ぎゅう》肉《にく》を食《た》べ始《はじ》め、民間《みんかん》の間《あいだ》にこの料理《りょうり》が急速《きゅうそく》に広《ひろ》まっていった。当初《とうしょ》は「肉《にく》と馬鈴《ばれい》薯《しょ》の甘煮《あまに》」という名《な》で呼《よ》ばれており、「肉《にく》じゃが」と呼《よ》ばれるようになったのは、１９７０《せんきゅうひゃくななじゅう》年《ねん》中頃《なかごろ》だといわれている。

[1] ごちそう　招待、款待。　[2] 相《あい》まって　相互結合。

　馬鈴薯燉肉是「日本媽媽的味道」的代表，還有「最受男友歡迎的第一名料理」的稱號，由此可知這是一道能讓人倍感幸福溫馨的美味佳餚。

　據説馬鈴薯燉肉是由日本海軍大將東郷平八郎所發明，由於東郷在英國留學期間，深深愛上當地的牛肉燉菜，回到日本之後，便讓海軍製作這道料理，不過當時的日本既沒有紅酒，也沒有牛肉燴醬，而廚師也沒吃過牛肉燉菜，只能根據東郷的描述，並使用現有的醬油與糖調味，便成了今日的馬鈴薯燉肉。因為營養非常豐富，再加上適逢明治時代文明開化期間，一般人也開始吃牛肉，於是很快地擴展至民間。最初這道菜的名稱為「肉和馬鈴薯的甜煮」，大約至 1970 年代中期，才被稱為「馬鈴薯燉肉」。

～とする

多用於書面用語，可譯成「看成……、判斷為……」。

81 肉《にく》じゃが

馬鈴薯燉肉

71

材料

牛肉《ぎゅうにく》（薄切《うすぎ》り）…100《ひゃく》 g《グラム》	牛肉（薄切片）…100g
玉《たま》ねぎ…1《いっ》個《こ》	洋蔥…1 個
じゃがいも…3《さん》個《こ》	馬鈴薯…3 個
人参《にんじん》…1／2《にぶんのいっ》本《ぽん》	胡蘿蔔…1/2 條
糸《いと》こんにゃく…1《ひと》玉《たま》	蒟蒻絲…1 球
絹《きぬ》さや…適量《てきりょう》	豌豆莢…適量
サラダオイル…大《おお》さじ2《に》	沙拉油…2 大匙
砂糖《さとう》…大《おお》さじ1《いち》	砂糖…1 大匙
酒《さけ》…大《おお》さじ1《いち》	酒…1 大匙
みりん…大《おお》さじ1《いち》	味醂…1 大匙
しょうゆ…大《おお》さじ3《さん》	醬油…3 大匙
水《みず》…2《に》カップ	水…2 杯

作り方

❶ 牛肉《ぎゅうにく》、玉《たま》ねぎ、人参《にんじん》、じゃがいも、ゆでたしらたきは食《た》べやすい大《おお》きさに切《き》る。

❷ 鍋《なべ》にサラダオイルを熱《ねっ》し、肉《にく》を炒《いた》める。肉《にく》の色《いろ》が変《か》わったら、玉《たま》ねぎ、人《にん》参《じん》、じゃがいもを加《くわ》えて炒《いた》め合《あ》わせる。

❸ 2《に》 に水《みず》を入《い》れ、煮立《にた》ったらアクを取《と》り、砂糖《さとう》と酒《さけ》、みりん、しょうゆで味《あじ》付《つ》けする。

❹ アルミホイルなどで落《おと》しぶたをし、弱火《よわび》で 15《じゅうご》分《ふん》ほど煮《に》る。

❺ さっとゆでた絹《きぬ》さやを飾《かざ》る。

① 牛肉、洋蔥、胡蘿蔔、馬鈴薯、燙過的蒟蒻絲切成容易食用的大小。

② 將鍋裡的油燒熱，炒肉。肉的顏色變了之後，再加入洋蔥、胡蘿蔔、馬鈴薯一起炒。

③ 在 step2 裡加入水，滾了之後撈除浮沫，再用砂糖、酒、味醂、醬油調味。

④ 蓋上用鋁箔紙等做的落蓋，用小火煮 15 分鐘左右。

⑤ 用快速燙過的豌豆莢做裝飾。

1

4

2

5

3

ゆでる　燙，水煮。

炒《いた》める　炒。

アク　浮沫。

落《おと》しぶた　落蓋（比鍋子還小的蓋子，可使鍋內上下的材料均勻入味）。

さっと　迅速地。

82 和《わ》風《ふう》ハンバーグ

文/EZ Japan 編輯部 日文翻譯/水島利惠
圖/shutterstock

72

和風漢堡排

[1]インスタント食品《しょくひん》（英：instant）速食食品。
[2]出回《でまわ》る 上市。

ハンバーグは18世紀《じゅうはっせいき》にドイツで生《う》まれたが、当時《とうじ》はハンブルク港《こう》の労働者《ろうどうしゃ》が好《この》んで食《た》べていた「タルタルステーキ」という名《な》で広《ひろ》まっていた。タルタルステーキとは、13世紀《じゅうさんせいき》にヨーロッパに攻《せ》め込《こ》んだモンゴル帝国《ていこく》のタタール人《じん》が食《た》べていた生肉《せいにく》料理《りょうり》が原型《げんけい》とされており、細《こま》かく刻《きざ》んだ生肉《せいにく》に玉《たま》ねぎを加《くわ》え、胡椒《こしょう》などの香辛料《こうしんりょう》で味《あじ》をつけた料理《りょうり》である。18世紀《じゅうはっせいき》から20世紀《にじゅっせいき》前半頃《ぜんはんごろ》、多《おお》くのドイツ人《じん》がハンブルク港《こう》から船《ふね》に乗《の》ってアメリカへ移住《いじゅう》したが、当時《とうじ》このドイツ人《じん》たちがよく口《くち》にしていた肉《にく》料理《りょうり》を、アメリカ人《じん》は「ハンブルク風《ふう》ステーキ」（ハンバーグステーキ）と呼《よ》んでいた。

ハンバーグがいつ頃《ごろ》日本《にほん》に伝《つた》わったのかを記録《きろく》した文献《ぶんけん》は見《み》つかっていないが、日本人《にほんじん》は仏教《ぶっきょう》を深《ふか》く信仰《しんこう》していたことから、仏教《ぶっきょう》が盛《さか》んであった時期《じき》（飛鳥時代《あすかじだい》～江戸時代《えどじだい》）は、肉《にく》を食《た》べることが厳《きび》しく禁《きん》じられており、以降明治時代《いこうめいじじだい》になると、街《まち》には西洋料理《せいようりょうり》のレストランが建《た》ち並《なら》ぶようになり、ハンバーグも当時《とうじ》のレストランのメニューに載《の》るようになったと考《かんが》えられる。初《はじ》めは西洋料理《せいようりょうり》レストランで食《た》べられる料理《りょうり》の一《ひと》つというだけの存在《そんざい》であったハンバーグだが、1960年《せんきゅうひゃくろくじゅうねん》にコーヒーやラーメン、インスタント食品《しょくひん》[1]が市場《しじょう》に出回《でまわ》る[2]ようになり人々《ひとびと》の人気《にんき》を得《え》ると、続《つづ》いてハンバーグも売《う》り出《だ》されるようになり、今《いま》では家庭《かてい》でよく作《つく》られる料理《りょうり》となっている。

漢堡排源自於 18 世紀的德國，是當時深受漢堡港的勞動者所喜愛的一種叫「塔塔肉排」的食物。據說塔塔肉排的原型是 13 世紀攻打歐洲的蒙古帝國塔塔人吃的生肉料理，是一種將生肉剁碎，加入洋蔥、胡椒等香料調味而成的食物。18 ～ 20 世紀前半葉，許多德國人從漢堡港搭船移居美國，當時這批德國人常吃的肉排料理，美國人稱之為「漢堡風肉排」（漢堡排）。

然而文獻上並沒有記載漢堡排是何時傳入日本，但可知道的是，日本由於篤信佛教，佛教盛行時期（飛鳥時代～江戶時代）嚴禁吃葷食，直到明治時代，街坊出現西洋餐館，漢堡排則出現在當時的菜單上。一開始只是西洋餐館出現的菜色之一，直到1960 年市面推出咖啡、拉麵等速食食品廣受歡迎後，接著推出漢堡排，遂成為今日日本常見的家庭料理。

口《くち》にする

慣用語，可譯成「吃、喝」。「～にする」的慣用語還有「目《め》にする」（看）、「耳《みみ》にする」（聽）、「手《て》にする」（拿）。

83 和《わ》風《ふう》ハンバーグ

和風漢堡排

73

材料

2人分
牛《ぎゅう》と豚《ぶた》の合《あ》いびき肉《にく》…300g《さんびゃくグラム》
（牛《ぎゅう》7《なな》：豚《ぶた》3《さん》の割合《わりあい》）
玉《たま》ねぎ…1/2《にぶんのいっ》個《こ》
パン粉《こ》…1/2《にぶんのいち》カップ
牛乳《ぎゅうにゅう》…50cc《ごじゅっシーシー》
卵《たまご》…1《いっ》個《こ》
塩《しお》…少々《しょうしょう》
こしょう…少々《しょうしょう》
サラダ油《あぶら》…適量《てきりょう》
ポン酢《ず》かしょう油《ゆ》…適量《てきりょう》
大根《だいこん》（すりおろす）…厚《あつ》さ5《ご》センチぐらい
小《こ》口《ぐち》切《ぎ》りにした万能《ばんのう》ねぎ…適量《てきりょう》
付《つ》け合《あ》わせ…茹《ゆ》でたオクラやジャガイモ、
人参《にんじん》などをお好《この》みで

2人份
混和牛肉和豬肉的絞肉…300g
（牛7：豬3的比例）
洋蔥…1/2個
麵包粉…1/2杯
牛奶…50cc
蛋…1個
鹽…少許
胡椒…少許
沙拉油…適量
香橙醋或醬油…適量
白蘿蔔（磨成泥）…一段約5cm厚
切成蔥花的蝦夷蔥…適量
配菜…煮熟的秋葵或馬鈴薯、
胡蘿蔔等視個人喜好

作り方

冷《さ》ます 弄涼，冷卻。　溶《と》く 打散，溶解。　浸《ひた》す 浸，泡。　粘《ねば》り 黏性。　へこませる 使～凹下。

❶ 玉《たま》ねぎはみじん切《ぎ》りにし、透明《とうめい》になるまで炒《いた》めて冷《さ》ましておく。
❷ 卵《たまご》は溶《と》いておく。
❸ パン粉《こ》は牛乳《ぎゅうにゅう》に浸《ひた》しておく。
❹ ボールに合《あ》いびき肉《にく》と上記《じょうき》の材料《ざいりょう》、塩《しお》、こしょうを入《い》れ、粘《ねば》りが出《で》るまでよく混《ま》ぜ合《あ》わせる。
❺ 4《よん》で混《ま》ぜ合《あ》わせたものを2《ふた》つに分《わ》けてそれぞれ楕円形状《だえんけいじょう》にまとめ、真《ま》ん中《なか》を少《すこ》しへこませる。
❻ フライパンを熱《ねっ》してサラダ油《あぶら》をひき、中火《ちゅうび》で5《ご》を焼《や》く。
❼ 焼《や》き色《いろ》が付《つ》いたら裏返《うらがえ》し、ふたをして弱火《よわび》で3《さん》～4分《よんぷん》蒸《む》し焼《や》きにする。
❽ 焼《や》きあがったハンバーグを皿《さら》に盛《も》り、付《つ》け合《あ》わせの野菜《やさい》を添《そ》える。
❾ ハンバーグの上《うえ》に大根《だいこん》おろしと万能《ばんのう》ねぎをのせ、ポン酢《ず》かしょう油《ゆ》をかけたらできあがり。

① 洋蔥切成碎末，炒到變透明為止，放涼備用。
② 蛋打散備用。
③ 麵包粉浸入牛奶中備用。
④ 在大碗中放進混和（牛肉與豬肉）的絞肉與上述的材料、鹽、胡椒，充分混和攪拌至出現黏性為止。
⑤ 將step4攪拌好的絞肉分成二等分後各自捏成橢圓形，並使中間稍微凹下。
⑥ 將平底鍋加熱，放進沙拉油鋪平，用中火煎step5。
⑦ 若呈現焦色了就翻面，蓋上鍋蓋再用小火蒸烤3~4分鐘。
⑧ 將煎好的漢堡排裝盤，附上搭配的蔬菜。
⑨ 在漢堡排上放上蘿蔔泥和蝦夷蔥，淋上香橙醋或醬油便大功告成。

1

2

3

4

5、6

7

8

9

84

和風《わふう》ロールキャベツ

文／林潔珏　日文翻譯／水島利惠

圖／shutterstock

74

和風高麗菜捲

日本《にほん》でロールキャベツといえば洋食《ようしょく》に属《ぞく》する料理《りょうり》だが、明治時代《めいじじだい》の刊行物《かんこうぶつ》に、日本人《にほんじん》の口《くち》に合《あ》うものとして、干瓢《かんぴょう》で結《むす》び、和風《わふう》だしで煮《に》た「和洋折衷版《わようせっちゅうはん》」のロールキャベツが紹介《しょうかい》されている。

ロールキャベツを作《つく》るのは、いくつかのコツ[1]さえ覚《おぼ》えておけば、実《じつ》は、見《み》た目《め》に美《うつく》しいロールキャベツが作《つく》れるのだ。まず芯《しん》を取《と》り除《のぞ》き、あとは水《みず》の中《なか》に浸《つ》けて葉《は》と葉《は》の間《あいだ》に水《みず》を入《い》れるだけで、簡単《かんたん》に葉《は》を剥がすことができる。次《つぎ》に、中《なか》のタネであるが、タネは必《かなら》ず粘《ねば》り気《け》[2]が出《で》るくらいまで混《ま》ぜることが大切《たいせつ》だ。こうすることで、煮《に》たときに、中《なか》のタネが出《で》てこなくなる。

キャベツは豊富《ほうふ》なビタミンUを含《ふく》んでおり、胃《い》の粘膜《ねんまく》を修復《しゅうふく》し、肝臓機能《かんぞうきのう》を促《そく》進《しん》する機能《きのう》がある。一度《いちど》でたくさんのキャベツが摂《と》れるロールキャベツ、特《とく》にあっさりとした和風《わふう》ロールキャベツは、栄養《えいよう》が豊富《ほうふ》なだけでなく、さっぱりしていて胃《い》に負担《ふたん》もかからないため、季節《きせつ》を問《と》わずおいしく食《た》べられる一品《いっぴん》である。

[1]コツ　訣竅　[2]粘《ねば》り気《け》　黏性

在日本，高麗菜捲雖然屬於洋食，但在明治時代的刊物中便有介紹，為迎合日本人的口味，出現了綁上瓢瓜絲乾、用和風高湯熬煮的「和洋折衷」版高麗菜捲。

製作高麗菜捲其實只要記得幾個訣竅，就可做出漂亮高麗菜捲。首先，將菜芯切除，之後放在水中浸泡讓水滲進葉間，很容易可以剝除。接下來就是內餡，內餡一定要攪拌至有黏性，烹煮時就不會露餡。

高麗菜含豐富維他命U，有修復胃的黏膜和促進肝臟機能的效用。一次就能攝取大量高麗菜的高麗菜捲，特別是清淡的和風高麗菜捲，不僅營養豐富，吃起來清爽、對胃又無負擔是任何季節都能吃到的一道料理。

健康應援關鍵字

ビタミンU　維他命U

胃《い》の粘膜《ねんまく》を修復《しゅうふく》する　修復胃的黏膜

肝臓機能《かんぞうきのう》を促進《そくしん》する　促進肝臟機能

85 和《わ》風《ふう》ロールキャベツ

75

和風高麗菜捲

材料

2人分	2人份
キャベツの葉《は》…6《ろく》枚《まい》	高麗菜葉…6片
かんぴょう…適量《てきりょう》	瓢瓜絲乾…適量
（サッとゆでたにらでも可《か》）	（稍微燙過的韭菜亦可）
豚《ぶた》ひき肉《にく》…150g《ひゃくごじゅうグラム》	豬絞肉…150g
玉《たま》ねぎ（小《しょう》）…1/2《にぶんのいっ》個《こ》	洋蔥（小）…1/2個
生椎茸《なましいたけ》…2《に》枚《まい》	生香菇…2朵
浅葱《あさつき》…適量《てきりょう》	蝦夷蔥…適量
生姜《しょうが》（すりおろし）…小《こ》さじ1《いち》（約《やく》5g《ごグラム》）	生薑（泥）…1小匙（約5g）
片栗粉《かたくりこ》…小《こ》さじ1《いち》（約《やく》5g《ごグラム》）	太白粉…1小匙（約5g）
だし汁《じる》…600cc《ろっぴゃくシーシー》	柴魚昆布高湯…600cc
Ⓐ 調味料《ちょうみりょう》Ⅰ	Ⓐ 調味料Ⅰ
酒《さけ》…小《こ》さじ2《に》（約《やく》10g《じゅうグラム》）	酒…2小匙（約10g）
みりん…小《こ》さじ2《に》（約《やく》10g《じゅうグラム》）	味醂…2小匙（約10g）
濃口《こいくち》しょう油《ゆ》…小《こ》さじ2《に》（約《やく》10g《じゅうグラム》）	深色醬油…2小匙（約10g）
Ⓑ 調味料《ちょうみりょう》Ⅱ	Ⓑ 調味料Ⅱ
酒《さけ》…大《おお》さじ1《いち》（約《やく》15g《じゅうごグラム》）	酒…1大匙（約15g）
みりん…大《おお》さじ1《いち》（約《やく》15g《じゅうごグラム》）	味醂…1大匙（約15g）
薄口《うすくち》しょう油《ゆ》…大《おお》さじ1《いち》（約《やく》15g《じゅうごグラム》）	淺色醬油…1大匙（約15g）

作り方

❶ かんぴょうを少量《しょうりょう》の塩水《しおみず》でよくもみ、水洗《みずあら》いをした後《あと》、たっぷりの水《みず》につける。

❷ キャベツはサッと下《した》ゆでし、硬《かた》い軸《じく》をそぎ落《お》とす。

❸ 玉《たま》ねぎと椎茸《しいたけ》はみじん切《ぎ》りにする。浅葱《あさつき》は小口切《こぐちぎ》りにする。

❹ ボウルに豚《ぶた》ひき肉《にく》、片栗粉《かたくりこ》、すりおろした生姜《しょうが》、3《さん》の玉《たま》ねぎと椎茸《しいたけ》、Ⓐを入《い》れ、粘《ねば》りが出《で》るまでよく混《ま》ぜ合《あ》わせる。

❺ 2《に》のキャベツを広《ひろ》げ、4《よん》の具《ぐ》を巻《ま》き、1《いち》のかんぴょうで結《むす》ぶ。

❻ 鍋《なべ》に5《ご》を敷《しき》き詰《つ》め、だし汁《じる》を入《い》れて火《ひ》にかける。煮立《にた》ったらⒷを加《くわ》え、落《おと》し蓋《ぶた》をして弱《よわ》めの中火《ちゅうび》で15分《じゅうごふん》ほど煮込《にこ》む。

❼ 器《うつわ》に6《ろく》を盛《も》り付《つ》け、汁《しる》をかけてから浅葱《あさつき》を散《ち》らす。

① 瓢瓜絲乾用少量的鹽水充分搓揉，水洗後浸泡於足量的水。

② 高麗菜稍微燙一下，並切除硬梗。

③ 洋蔥和香菇切成碎末。蝦夷蔥切成蔥花。

④ 大碗裡放進豬絞肉、太白粉、生薑泥、step3 的洋蔥與香菇以及Ⓐ，充分攪拌至出現黏性。

⑤ 將 step2 的高麗菜攤開，包 step4 的餡料，再用 step1 的瓢瓜絲綁起來。

⑥ 將 step5 鋪滿於鍋，放進柴魚昆布高湯後點火。煮開後加入Ⓑ，蓋上小鍋蓋以稍弱的中火燉煮 15 分鐘左右。

⑦ 將 step6 裝盤，淋上湯汁後灑上蝦夷蔥。

1

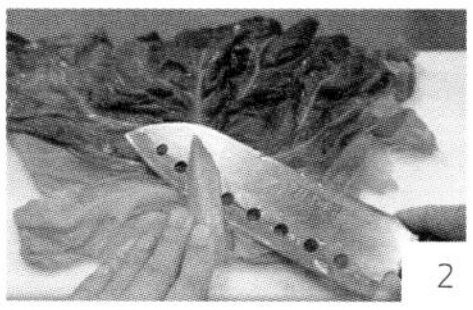
2

3

4

5

6

7

そぎ落《お》とす　切除。　結《むす》ぶ　綁。　敷《し》き詰《つ》める　鋪滿。　煮込《にこ》む　燉煮。

86

茶碗《ちゃわん》蒸《む》し

文／林潔珏　日文翻譯／水島利惠
圖／shutterstock

76

茶碗蒸

茶碗蒸《ちゃわんむ》しは、日本《にほん》の卵料理《たまごりょうり》を代表《だいひょう》するもので、一般的《いっぱんてき》な回転寿司店《かいてんずしてん》であろうとも、料理店《りょうりてん》で出《だ》される御膳《ごぜん》であろうとも、または豪華《ごうか》な会席料理《かいせきりょうり》であろうとも、どの場面《ばめん》においても茶碗蒸《ちゃわんむ》しは欠《か》かせない存在《そんざい》である。

また、普通《ふつう》の茶碗蒸《ちゃわんむ》しだけでなく、うどんを入《い》れた「小田巻《おだま》き蒸《む》し」や、豆腐《とうふ》を具材《ぐざい》に使《つか》い、蒸《む》した茶碗蒸《ちゃわんむ》しの上《うえ》から葛《くず》あんをかけた「空也蒸《くうやむ》し」など、違《ちが》ったバリエーション[1]のものもあるが、どれも茶碗蒸《ちゃわんむ》しが変化《へんか》したものである。

茶碗蒸《ちゃわんむ》しに使《つか》う食材《しょくざい》は、シンプルでもよいし、たくさんの具材《ぐざい》を使《つか》ってもよいが、滑《なめ》らかで繊細《せんさい》な口当《くちあ》たりのものを作《つく》るのには、ちょっとした心《こころ》がけが必《ひつ》要《よう》だ。一《ひと》つ目《め》は、卵《たまご》の溶《と》き汁《じる》とだしを混《ま》ぜる割合《わりあい》が正《ただ》しくなければならない。一般的《いっぱんてき》に１：３《いったいさん》がいいといわれているが、もっとスムーズな口当《くちあ》たりのものにしたければ、１：４《いったいよん》の比率《ひりつ》で合《あ》わせてもよい。二《ふた》つ目《め》として、卵《たまご》の溶《と》き汁《じる》は、必《かなら》ず濾《こ》しておくこと、三《みっ》つ目《め》は、火加減《ひかげん》のコントロールで、強火《つよび》にしすぎると表面《ひょうめん》にす[2]が入《はい》りやすくなってしまうので、注意《ちゅうい》しなければならない。

[1] バリエーション　（英：variation）　變化。　[2] す（鬆）　坑洞。

茶碗蒸是最具代表性的日本雞蛋料理，不論是在一般迴轉壽司店，或是餐廳提供的「豪華版定食餐」，還是奢華的會席料理，茶碗蒸在每個場面都是不可或缺的存在。

此外，不僅一般的茶碗蒸，例如加了烏龍麵的「小田卷茶碗蒸」、用豆腐當材料，在蒸好的茶碗蒸淋上葛粉芡汁的「空也蒸」等，都是茶碗蒸的變化型。

茶碗蒸所使用的食材可簡單亦可豐富，但要做出滑順細緻的口感則需要一些技巧，第一，蛋汁和高湯的比例要正確，一般來說是 1:3，如果口感要更細緻些，也可以用 1:4 的比例來調理；第二，蛋汁一定要濾過；第三則是火候的控制，火太大表面很容易出現坑坑洞洞，必須注意。

Aであろうとも、Bであろうとも

不管是 A 還是 B 都一樣，用法相當「～であれ」。書面用語，可譯成「無論……還是……」。

～こと

接於句末，用於表現那樣做的話，最好、最洽當，含有間接地忠告、命令對方。

87 茶碗蒸《ちゃわんむ》し

77

茶碗蒸

材料

4人分

卵液《らんえき》：卵《たまご》…3《さん》個《こ》

調味料

- Ⓐ だし汁《じる》…2《に》カップ（400cc《よんひゃくシーシー》）
- 塩《しお》…適量《てきりょう》
- 酒《さけ》…小《こ》さじ1《いち》（約《やく》5g《ごグラム》）
- 薄口《うすくち》しょう油《ゆ》…小《こ》さじ1《いち》（約《やく》5g《ごグラム》）
- みりん…小《こ》さじ1《いち》（約《やく》5g《ごグラム》）

鶏《とり》のささ身《み》…1《いっ》本《ぽん》

むきえび…4《よん》尾《び》

なると

（なければかまぼこでも可《か》）…4《よん》切《き》れ

生《なま》しいたけ…2《に》枚《まい》

三《み》つ葉《ば》…適量《てきりょう》

4人份

蛋汁：蛋…3個

- Ⓐ 柴魚昆布高湯…2杯（400cc）
- 鹽…適量
- 酒…1小匙（約5g）
- 淺色醬油…1小匙（約5g）
- 味醂…1小匙（約5g）

雞柳…1條

蝦仁…4尾

粉色漩渦狀花紋的魚板

（沒有的話，一般的魚板亦可）…4片

生香菇…2朵

三葉芹…適量

作り方

❶ 鶏《とり》のささ身《み》はスジを取《と》って斜《なな》めにそぎ切《ぎ》りにする。
❷ 生《なま》しいたけは軸《じく》を取《と》り、4《よっ》つに切《き》る。
❸ ボウルに卵《たまご》を溶《と》き、Ⓐのだし汁《じる》と調味料《ちょうみりょう》を加《くわ》えて混《ま》ぜ合《あ》わせる。
❹ 3《さん》をざるで濾《こ》す。
❺ 器《うつわ》に鶏《とり》のささ身《み》、むきえび、生《なま》しいたけ、なるとを入《い》れ、4《よん》の卵液《らんえき》を注《そそ》ぎ、浮《う》いた泡《あわ》を丁寧《ていねい》に取《と》り除《のぞ》く。
❻ 蒸気《じょうき》の上《あ》がった蒸《む》し器《き》に5《ご》を入《い》れ、弱火《よわび》で12《じゅうに》分《ふん》ほど蒸《む》す。
❼ 仕上《しあ》げに三《み》つ葉《ば》をのせればできあがり。

① 雞柳去筋，切成斜片。
② 生香菇去蒂，切成4塊。
③ 在大碗中把蛋打散，加上Ⓐ的高湯和調味料攪拌均勻。
④ 用篩籃將step 3濾過。
⑤ 將雞柳、蝦仁、生香菇、魚板放進碗中，再倒入step 4的蛋汁，並小心地將浮沫撇去。
⑥ 將step 5放進充滿蒸氣的蒸籠中，用小火蒸12分鐘左右。
⑦ 完成時放上三葉芹便大功告成。

1

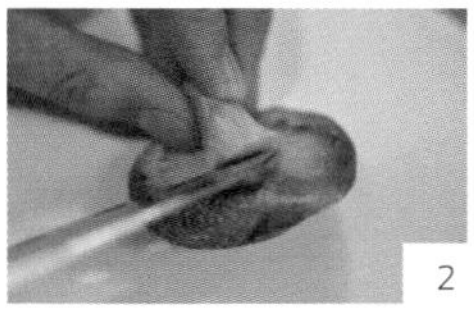
2

3

4

5

6

7

スジ　筋。　軸《じく》　菇類的蒂，蔬菜的莖。　浮《う》く　浮，漂。　取《と》り除《のぞ》く　去除。　仕上《しあ》げ　完成。

料理のコツ　料理的訣竅

茶碗蒸《ちゃわんむ》しは卵《たまご》1《いち》に対《たい》してだし汁《じる》が3《さん》の割合《わりあい》で合《あ》わせるとちょうどいい硬《かた》さになる。
混《ま》ぜ合《あ》わせた卵液《らんえき》をざるで濾《こ》すことで、なめらかな口当《くちあ》たりに仕上《しあ》がる。

茶碗蒸以蛋1對柴魚昆布高湯3的比例來搭配的話可蒸出剛好的硬度。
攪拌好的蛋汁用篩籃濾過可使口感滑順。

なめらか　滑溜的。　口当《くちあ》たり 口感。

88 茶《ちゃ》菓《が》子《し》

文／林潔珏 圖／shutterstock

78 茶菓子

1 引《ひ》き立《た》つ　襯托。
2 水分量《すいぶんりょう》　含水量，水分。
3 練《ね》る　攪拌。
4 組《く》み合《あ》わせ　搭配。
5 模《かたど》る　仿照。
6 盛《も》り上《あ》げる　增添。
7 大《おお》いに　大大地。
8 食《しょく》する　吃。
9 結《むす》びつく　相結合。
10 改称《かいしょう》する　改稱。

日本《にほん》の茶菓子《ちゃがし》はお茶《ちゃ》の美味《おい》しさを引《ひ》き立《た》たせる[1]ために欠《か》かせないものである。茶菓子《ちゃがし》全体《ぜんたい》を見《み》ると、数《かぞ》えきれないほど沢山《たくさん》の種類《しゅるい》があるが、茶道《さどう》においては、大《おお》まかに分《わ》けると主菓子《おもがし》（生菓子《なまがし》）と干菓子《ひがし》の二種類《にしゅるい》に分《わ》けられる。

主菓子《おもがし》とは水分量《すいぶんりょう》[2]の高《たか》い饅頭《まんじゅう》や餅菓子《もちがし》、金団《きんとん》（豆《まめ》や芋《いも》などを練《ね》って[3]丸《まる》めたもの）、羊羹《ようかん》などのボリュームと甘《あま》みのある菓子《かし》のことで、干菓子《ひがし》とは金平糖《こんぺいとう》、煎餅《せんべい》など、水分量《すいぶんりょう》が20 %《にじゅっパーセント》以下《いか》の菓子《かし》のことである。正式《せいしき》には、濃茶《こいちゃ》には主菓子《おもがし》を、薄茶《うすちゃ》には干菓子《ひがし》という組《く》み合《あ》わせ[4]が基本《きほん》だが、現在《げんざい》では薄茶《うすちゃ》に主菓子《おもがし》や干菓子《ひがし》を組《く》み合《あ》わせて出《だ》されることもある。どちらも四季《しき》に関《かん》する自然《しぜん》を模《かたど》った[5]ものが多《おお》く、季節感《きせつかん》を盛《も》り上《あ》げて[6]くれるほか、芸術作品《げいじゅつさくひん》として、目《め》でも大《おお》いに[7]楽《たの》しませてくれる。

茶菓子《ちゃがし》は元々特別階級《もともととくべつかいきゅう》で食《しょく》されて[8]いたもので、一般的《いっぱんてき》には食《た》べられていなかった。室町時代《むろまちじだい》には武士《ぶし》の精神《せいしん》と禅宗《ぜんしゅう》が結《むす》びつき[9]、武家社会《ぶけしゃかい》を中心《ちゅうしん》に茶《ちゃ》の湯《ゆ》（明治時代《めいじじだい》に茶道《さどう》と改称《かいしょう》[10]）が発達《はったつ》し、茶道《さどう》の確立《かくりつ》とともに茶菓子《ちゃがし》も発達《はったつ》するようになった。戦後《せんご》、茶道《さどう》の一般化《いっぱんか》につれ、茶菓子《ちゃがし》も広《ひろ》く知《し》られるようになった。

日本的茶菓子為襯托茶的美味，是不可或缺的食品。就全體來看，茶菓子的種類多到數不清，但就茶道上來說，大致可分成主菓子（生菓子）和乾菓子兩種。

所謂的主菓子是指含水量較高的饅頭或麻糬點心、金團（豆子或薯類等攪拌揉合而成的食品）、羊羹等有分量和甜分的點心；而乾菓子則是指金平糖、仙貝等含水量在20%以下的點心。在正式的茶道中，基本上是用濃茶搭配主菓子、薄茶搭配乾菓子，但現在也會以薄茶搭配主菓子或乾菓子上茶。不論是哪一種，大多仿照和四季有關的自然景致，除了增添季節感之外，也能當作藝術品讓視覺大大地享受樂趣。

茶菓子原本是特殊階級食用的東西，一般人是吃不到的。在室町時代武士的精神和禪宗相結合，以武家社會為中心的茶湯（在明治時代改稱為茶道）發達，茶道的確立也讓茶菓子一同發展起來。戰後隨著茶道的普及，茶菓子也變得廣為人知。

美食家的定番

饅頭《まんじゅう》　饅頭
餅菓子《もちがし》　麻糬點心
金団《きんとん》　金團
羊羹《ようかん》　羊羹
金平糖《こんぺいとう》　金平糖
煎餅《せんべい》　仙貝

89

おはぎ

79

萩餅

文／林潔珏　日文翻譯／水島利惠
圖／shutterstock

[1]搗《つ》く　搗。
[2]こだわる　拘泥。

蒸《む》したもち米《ごめ》と小豆《あずき》で作《つく》られたおはぎの起源《きげん》は江戸時代《えどじだい》だが、当時《とうじ》、砂糖《さとう》がとても貴重《きちょう》で高価《こうか》なものであったことから、初期《しょき》のおはぎには塩《しお》あんが使用《しよう》されていた。明治時代以降《めいじじだいいこう》になると、砂糖《さとう》が普及《ふきゅう》したことにより、現在《げんざい》のような甘《あま》いあんを使《つか》ったものも作《つく》られるようになっていった。小豆《あずき》は邪気《じゃき》を払《はら》ってくれると言《い》われており、春《しゅん》分《ぶん》と秋分《しゅうぶん》に前後三日間《ぜんごみっかかん》を足《た》したお彼岸《ひがん》、または四十九日《しじゅうくにち》の忌明《いみあ》けの際《さい》に作《つく》り、先祖《せんぞ》に供《そな》えられる。

そもそも、どうしておはぎと呼《よ》ばれているのかというと、見《み》た目《め》が萩《はぎ》の花《はな》によく似《に》ているからだそうだ。おはぎは季節《きせつ》、地方《ちほう》、中《なか》の米《こめ》の状態《じょうたい》、材料《ざいりょう》、大《おお》きさなど、それぞれによって違《ちが》いがあり、牡丹《ぼたん》の花《はな》に似《に》ていることから付《つ》けられた「ぼたもち」という名前《なまえ》もある。春《はる》のもの、比較的大《ひかくてきおお》きいもの、主《おも》にもち米《ごめ》から作《つく》られ、米粒《こめつぶ》の形《けい》状《じょう》が残《のこ》っていないもち状《じょう》もの、外《そと》がこしあんで包《つつ》まれているもの、これらがぼた餅《もち》と呼《よ》ばれ、関西地区《かんさいちく》ではこのように呼《よ》ばれる傾向《けいこう》が強《つよ》く、秋《あき》のもの、比較的《ひかくてき》小《ち》さいもの、主《おも》にうるち米《まい》から作《つく》られるもの、搗《つ》いた[1]米《こめ》の粒《つぶ》が半分《はんぶん》くらい残《のこ》っているもの、外《そと》が粒《つぶ》あんで包《つつ》まれているもの、これらがおはぎと呼《よ》ばれ、関東地区《かんとうちく》ではこう呼《よ》ばれる傾《けい》向《こう》が強《つよ》い。しかし現在《げんざい》では実際《じっさい》のところ、2つは同《おな》じものだと言《い》ってもよいほど両者《りょうしゃ》の区別《くべつ》はだんだん不明確《ふめいかく》になって来《き》ているため、呼《よ》び方《かた》にそれほどこだわる[2]必要《ひつよう》はないであろう。

用煮熟的糯米和紅豆製作而成的萩餅源於江戶時代，當時因砂糖非常昂貴，早期使用的是鹽餡，明治時代以後，因砂糖普及，口味才變成現在的甜餡。據說紅豆有驅邪的效用，因此在春分、秋分前後3天的時期（彼岸）或七七四十九日喪期終了祭祖之際，常被用來當作供品。

為什麼會叫做萩餅，據說是因為外形很像萩花（胡枝子花）。萩餅因季節、地方、米的狀態、用料、大小等而有所不同，因外形也像牡丹花，而有「牡丹餅」的稱呼。原則上春天的形狀較大，主要以糯米製成，看不到飯粒形狀的麻糬狀、外面包紅豆沙，被稱為牡丹餅，關西地區多以此稱呼；而秋天的形狀較小，主要以梗米（蓬萊米）製作，飯粒只搗到半碎、外面包的是保持完整顆粒紅豆餡的即是萩餅，關東地區多以此稱呼。但就目前實際的情況來說，兩者間的區分越來越不明顯，甚至還可說是同樣的東西，無須太過追究名稱。

90 おはぎ

80

萩餅

材料

約 20 個

小豆《あずき》…250g《にひゃくごじゅうグラム》

砂糖《さとう》…300g《さんびゃくグラム》

もち米《ごめ》…2合《にごう》（300g《さんびゃくグラム》）

きな粉《こ》（すりごまでも可《か》）…50g《ごじゅうグラム》

塩《しお》…適量《てきりょう》

約 20 個

紅豆…250g

砂糖…300g

糯米…2 杯（300g）

黃豆粉（芝麻粉亦可）…50g

鹽…適量

作り方

❶ 小豆《あずき》はよく洗《あら》い、魔法瓶《まほうびん》や保温調理鍋《ほおんちょうりなべ》に熱湯《ねっとう》と共《とも》に入《い》れ、2時間《にじかん》ほど置《お》いてからざるに上《あ》げる。

❷ 鍋《なべ》に1《いち》の小豆《あずき》と水《みず》を入《い》れ、5分《ごふん》ほど沸騰《ふっとう》させてざるに上《あ》げる。これを2回《にかい》繰《く》り返《かえ》し、アクを抜《ぬ》きながら、小豆《あずき》を柔《やわ》らかくゆでる。

❸ 水気《みずけ》をよく切《き》った小豆《あずき》を鍋《なべ》に戻《もど》し、同量《どうりょう》（250g《にひゃくごじゅうグラム》）の砂糖《さとう》と適量《てきりょう》の塩《しお》を加《くわ》え、混《ま》ぜながら煮《に》る。適当《てきとう》な硬《かた》さに煮詰《につ》まったらつぶあんの出来上《できあ》がり。

❹ もち米《ごめ》は白《しろ》ごはんと同《おな》じ要領《ようりょう》で炊《た》く。炊《た》けたら、すりこぎで半搗《はんつ》きにする。

❺ 塩水《しおみず》を手《て》につけ、4《よん》を20《にじゅっ》個《こ》に分《わ》けて丸《まる》めておく（粒《つぶ》あん用《よう》はきな粉用《こよう》より小《ちい》さくする）。

❻ 適量《てきりょう》の粒《つぶ》あんを手《て》のひらでのばし、5《ご》を包《つつ》む。

❼ きな粉《こ》は同量《どうりょう》（50g《ごじゅうグラム》）の砂糖《さとう》と混《ま》ぜ合《あ》わせ、残《のこ》りの5《ご》にたっぷりまぶす。

① 將紅豆洗淨，與熱開水一起放進保溫瓶或悶燒鍋裡，放置約 2 小時後再放進篩籃。

② 將 step1 的紅豆和水放進鍋裡，煮沸約 5 分鐘後用濾網去水。重複此步驟 2 次，一邊去除澀味，一邊將紅豆煮軟。

③ 將瀝乾水分的紅豆放回鍋內，加上等量的砂糖（250g）和適量的鹽攪拌熬煮。煮到相當程度的軟硬度即成帶殼豆沙。

④ 糯米以和白飯同樣的要領炊煮。煮熟之後，用研磨棒將米飯搗成帶顆粒的泥狀。

⑤ 手沾鹽水，將 step4 分別揉成 20 個小糰（包帶殼豆沙的糯米糰要揉得比黃豆粉口味的小）。

⑥ 把適量的帶殼豆沙在手掌上攤平，包 step5。

⑦ 將黃豆粉和等量的砂糖拌勻，充分灑在剩餘的 step5 上。

1

2

3

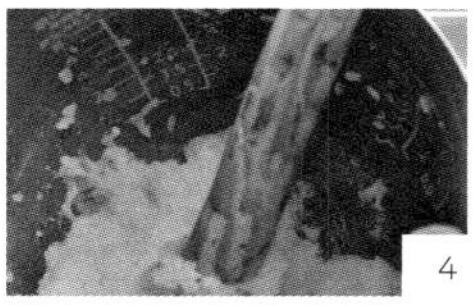
4

5

6

7

8

魔法瓶《まほうびん》 保溫瓶。 繰《く》り返《かえ》す 反覆。 半搗《はんつ》き 半精製，粗製。 丸《まる》める 揉成糰。 のばす 攤平。

91

文／林潔珏　日文翻譯／水島利惠

圖／shutterstock

りんご金団《きんとん》

蘋果金團

81

「金団《きんとん》」とは、蒸《む》したさつま芋《いも》を濾《こ》し器《き》で濾《こ》して[1]芋餡《いもあん》をつくり、そこに栗《くり》の甘《かん》露《ろ》煮《に》や豆《まめ》を入《い》れた和菓子《わがし》である。室町時代《むろまちじだい》の文献《ぶんけん》には、既《すで》に「栗金団《くりきんとん》」が見受《みう》けられるが、当時《とうじ》の栗金団《くりきんとん》とは、栗餡《くりあん》を丸《まる》めて作《つく》っただけの和菓子《わがし》であり、現在《げんざい》の芋餡《いもあん》の中《なか》に栗《くり》を入《い》れた栗金団《くりきんとん》が食《た》べられるようになったのは、明治時代《めいじじだい》になってからだといわれている。「金団《きんとん》」という字《じ》には、金色《きんいろ》の団子《だんご》、または金色《きんいろ》の布団《ふとん》という意《い》味《み》があり、金塊《きんかい》や昔《むかし》のお金《かね》であった小判《こばん》を象徴《しょうちょう》していると考《かんが》えられる。また、見《み》た目《め》においても、とても色鮮《いろあざ》やか[2]で美《うつく》しい（更《さら》にお金《かね》の色《いろ》に近《ちか》づけるために、よくクチナシで色付《いろづ》けされる）ことから、昔《むかし》から金運《きんうん》や財運《ざいうん》をもたらす[3]縁起《えんぎ》のよい食《た》べ物《もの》であるとみなされており、日本《にほん》の正月《しょうがつ》に食《た》べられるおせち料理《りょうり》には、この金団《きんとん》が欠《か》かせないのである。

[1] 濾《こ》す　過濾。　[2] 色鮮《いろあざ》やか　鮮豔。　[3] もたらす　招致，帶來。

「金團」是種將番薯煮熟後過篩網壓成泥狀，裹住用糖煮過的栗子或豆類的一種點心。「栗子金團」在室町時代的文獻便曾出現，不過當時的金團只是將栗子餡搓成圓形的點心，現今用番薯泥裹住栗子的栗子金團，據說是從明治時代才有的。就字面上來看，「金團」有金色的丸子或棉被的含意，象徵金塊和古時金幣小判，再加上外型色澤非常亮眼（為了讓色澤更像黃金，一般會使用梔子花果來著色），據說會帶來金運、財運，自始以來就被視為吉祥的食品，因此在日本新年期間享用的年菜，一定少不了金團。

～のみならず

是「～だけでなく」的書面用語，用於表現添加說明，可譯成「不僅如此……」。

92 りんご金団《きんとん》

82

蘋果金團

材料

4人分	4人份
さつま芋《いも》…大《だい》1《いっ》本《ぽん》	番薯…大的1條
りんご…1《いっ》個《こ》	蘋果…1個
砂糖《さとう》…80g《はちじゅうグラム》	砂糖…80g
クチナシの実《み》…2《に》個《こ》	梔子花果…2個
（さつま芋《いも》を鮮《あざ》やかな黄金色《こがねいろ》に仕《し》上《あ》げるため）	（為讓番薯呈現鮮豔的金黃色）
レモン汁《じる》…適量《てきりょう》	檸檬汁…適量
みりん…大《おお》さじ2《に》	味醂…2大匙
お茶《ちゃ》パック…1《いち》枚《まい》	茶包袋…1個

作り方

❶ さつま芋《いも》は皮《かわ》をむき、1cm《いっセンチ》の厚《あつ》さに切《き》って10《じゅっ》分《ぷん》ぐらい水《みず》にさらし、アクをぬく。

❷ 鍋《なべ》に1《いち》のさつま芋《いも》と砕《くだ》いてお茶《ちゃ》パックに入《い》れたクチナシの実《み》を入《い》れ、ひたひたの水《みず》を加《くわ》えて柔《やわ》らかくなるまで煮《に》る。

❸ りんごは皮《かわ》をむき、一口大《ひとくちだい》に切《き》る。

❹ 別鍋《べつなべ》に3《さん》のりんごと水《みず》100《ひゃく》cc《シーシー》、砂糖《さとう》の半分量《はんぶんりょう》を加《くわ》え、中火《ちゅうび》で煮《に》る。焦《こ》げないように混《ま》ぜながら、水分《すいぶん》を少《すこ》し残《のこ》した状態《じょうたい》で火《ひ》を止《と》める。

❺ 2《に》のさつま芋《いも》をざるにあげ、クチナシの実《み》を取《と》り除《のぞ》いてから裏《うら》ごしする（大変《たいへん》なら、マッシャーでつぶしても可《か》）。

❻ 5《ご》のさつま芋《いも》を鍋《なべ》に戻《もど》し、みりんと残《のこ》りの砂糖《さとう》を入《い》れ、弱火《よわび》にかけながら練《ね》る。

❼ 6《ろく》のさつま芋《いも》に、4《よん》のりんごとレモン汁《じる》を混《ま》ぜて出《で》来《き》上《あ》がり（ラップを使《つか》って茶巾形《ちゃきんがた》に絞《しぼ》っても可《か》）。

① 番薯削皮，切成1cm厚度，再泡水約10分鐘以去除澀味。

② 將step1的番薯和弄碎裝進茶包袋的梔子花果放入鍋中，加上剛好蓋住食材的水，煮至變軟為止。

③ 蘋果去皮，切成一口的大小。

④ 另一個鍋子放進step3的蘋果、水100cc和一半的砂糖，用中火煮。一邊攪拌以免燒焦，剩一點水後熄火。

⑤ 將step2的番薯放進篩籃瀝乾水分，取出梔子花果後過篩網壓成泥狀（若嫌麻煩，用壓碎器壓碎亦可）。

⑥ 將step5的番薯放回鍋中，放進味醂和剩下的砂糖，開小火攪至有黏性。

⑦ 在step6的番薯中混合step4的蘋果和檸檬汁便大功告成（用保潔膜擰成包子狀亦可）。

1

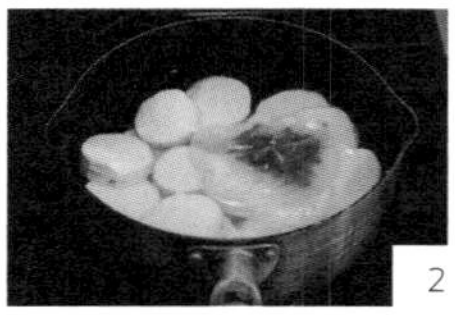
2

3

4

5

6

7

8

砕《くだ》く　弄碎。　ひたひた　水剛好蓋過食材的狀態。　焦《こ》げる　焦掉。　裏《うら》ごしする　過篩網壓成泥狀。　練《ね》る　攪至有黏性。

93

かき氷《ごおり》

83

日式刨冰

文/EZ Japan 編輯部　日文翻譯/水島利惠
圖/shutterstock

いうところの

意思相當於「いわゆる」，用於表現世間一般都這樣稱之，可譯成「所謂」。

夏《なつ》が来《く》ると、店《みせ》の前《まえ》に掛《か》けられた「氷《こおり》」の旗《はた》（赤《あか》で書《か》かれた氷《こおり》という字《じ》と、千鳥《ちどり》と波紋様《なみもんよう》が印刷《いんさつ》された旗《はた》で、波千鳥《なみちどり》は、大波小波《おおなみこなみ》を乗《の》り越《こ》える縁起《えんぎ》のいい紋様《もんよう》とされている）に吸《す》い寄《よ》せられるように、ついかき氷《ごおり》が食《た》べたくなってしまう。そのかき氷《ごおり》を一口《ひとくち》食《た》べると、火照《ほて》った[1]体《からだ》の熱《ねつ》がすっと引《ひ》いていき、ひんやりと涼《すず》しくなるのだ。日本《にほん》のかき氷《ごおり》は、上《うえ》にいろいろなトッピングを乗《の》せる台湾風《たいわんふう》かき氷《ごおり》とは違《ちが》い、氷《こおり》の上《うえ》にシロップをかけるもので、カラフルな色《いろ》のシロップが白《しろ》い氷《こおり》を染《そ》めていく様子《ようす》は、まるで虹《にじ》のように幻想的《げんそうてき》で、思《おも》わず感嘆《かんたん》の声《こえ》をあげてしまう。また縁《えん》日《にち》では、かき氷《ごおり》を筆頭《ひっとう》[2]に、たこ焼《や》き、焼《や》きそば、りんご飴《あめ》などが定番《ていばん》の食《た》べ物《もの》で、毎年夏《まいとしなつ》に行《おこな》われる夏祭《なつまつ》りには欠《か》かすことのできない存在《そんざい》である。

史料《しりょう》によると、かき氷《ごおり》の起源《きげん》は平安時代《へいあんじだい》にまで遡《さかのぼ》り、清少納言《せいしょうなごん》の書《か》いた『枕草《まくらのそう》子《し》』にもかき氷《ごおり》が登場《とうじょう》するが、当時《とうじ》のかき氷《ごおり》は、台湾《たいわん》でいうところの「七葉膽（甘《あま》茶蔓《ちゃづる》）」を煎《せん》じて作《つく》った汁《しる》を氷《こおり》の上《うえ》にかけたものであった。古代《こだい》には製氷《せいひょう》の技術《ぎじゅつ》がなかったため、冬《ふゆ》になると氷《こおり》を採《と》って山《やま》の洞窟《どうくつ》まで運《はこ》び、乾《かわ》いた草《くさ》で覆《おお》って氷《こおり》を保《ほ》冷《れい》していた。そして、夏《なつ》が来《く》ると、その氷《こおり》を取《と》り出《だ》して、かき氷《ごおり》を作《つく》っていたという。当時《とうじ》、貴族《きぞく》しか食《しょく》することができなかった極《きわ》めて珍《めずら》しく貴重《きちょう》なかき氷《ごおり》、平安貴《へいあんき》族《ぞく》が産《う》み出《だ》した優雅《ゆうが》な文化《ぶんか》の産物《さんぶつ》とでもいえるであろう。

[1] 火照《ほて》る　發熱。　[2] 筆頭《ひっとう》　首位。

一到夏日，懸掛在店家前的招牌「冰旗」（印有「冰」的紅字與千鳥、波浪圖樣的白旗子，波千鳥為象徵乘風破浪的吉利紋樣）總能吸引人們上前吃上一口刨冰消暑又清涼。有別於加料的台式刨冰，日式刨冰是一種在清冰上淋上糖漿的冰品，色彩繽紛的糖漿在清冰上渲染開來，形成彩虹般奇幻景象，令人讚歎不已。以刨冰為首，章魚燒、炒麵、蘋果糖等代表性小吃，在每年的夏日祭典上已是不可或缺的存在。

根據文史資料，刨冰的起源可追溯於平安時代，在清少納言的著書《枕草子》曾有記載，刨冰是用台灣俗稱的七葉膽熬煮成汁，淋在清冰上。由於古代沒有製冰技術，冬天會將冰塊運至山洞，鋪上乾草保冰，到夏天時取出製冰。在當時刨冰屬稀有珍品，只有貴族才能享用，儼然是平安貴族孕育出的風雅文化產物。

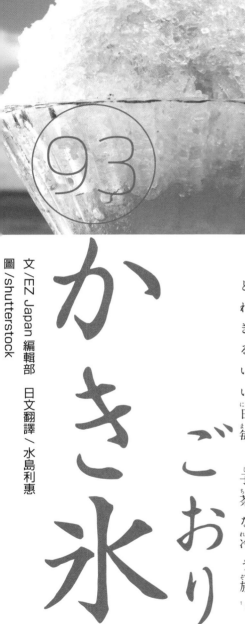

94 シュークリーム

84

泡芙

文/EZ Japan 編輯部　日文翻譯/水島利惠
圖/shutterstock

[1] 提唱《ていしょう》する　提倡。

[2] 掌《つかさど》る　執掌。

シュークリームは、明治時代《めいじじだい》にフランスから伝《つた》わったもので、「シュークリーム」という名前《なまえ》は、フランス語《ご》の「chou」に、英語《えいご》の「cream」が加《くわ》えられて付《つ》いた名前《なまえ》である。フランス語《ご》で「chou」というのは、キャベツのことで、シュークリームの形《かたち》が、ふんわりと丸《まる》い形《かたち》をしたキャベツと似《に》ており、中《なか》にクリームが入《はい》ったキャベツのようであるとして、「シュークリーム」という名前《なまえ》がつけられた。

シュークリームの起源《きげん》について、今《いま》ではよく分《わ》からなくなってしまったが、日本《にほん》に伝《つた》えられたのは、徳川幕府末期《とくがわばくふまっき》で、一人《ひとり》のフランス人《じん》が洋菓子《ようがし》を日本《にほん》に持《も》ち込《こ》み、横浜《よこはま》で洋菓子店《ようがしてん》を開《ひら》いたのが初《はじ》めとされている。明治時代《めいじじだい》、政府《せいふ》は西洋化《せいようか》を大《おお》きく提唱《ていしょう》して[1]おり、料理人《りょうりにん》に西洋菓子《せいようかし》を学《まな》ぶことを奨励《しょうれい》していた。当時宮内省《とうじくないしょう》の厨房《ちゅうぼう》を掌《つかさど》って[2]いた村上光保《むらかみみつやす》は、3年間《さんねんかん》かけて洋菓子《ようがし》を習得《しゅうとく》し、西洋菓子《せいようかし》の専門店《せんもんてん》「開新堂《かいしんどう》」を開店《かいてん》する。始《はじ》めは外国人《がいこくじん》や上流階級《じょうりゅうかいきゅう》の人々《ひとびと》だけのお菓子《かし》であったシュークリームも、村井弦斎《むらいげんさい》が発表《はっぴょう》した小説《しょうせつ》『食堂楽《しょくどうらく》』の中《なか》でシュークリームが紹介《しょうかい》されると、一《いっ》般家庭《ぱんかてい》でも作《つく》れることが広《ひろ》く知《し》れ渡《わた》り流行《りゅうこう》していった。

明治時代從法國傳入日本的泡芙，日文名稱為「シュークリーム」，取自法文的「chou」加上英文的「cream」。「chou」在法文裡指的是高麗菜，由於泡芙的外型似高麗菜蓬鬆圓潤，宛如是加入奶油的高麗菜，因而以此命名。

泡芙源自於何處已不可考，但傳入日本的時間據說是德川幕府末期，一位法國人將西洋甜點引進日本並在橫濱經營洋菓子店。明治時代政府大幅提倡西化，鼓勵料理人學習西式甜點，當時負責宮內省廚房的村上光保花了３年時間習得洋菓子有成，遂而開設「開新堂」專賣西洋菓子，一開始只是外國人和上流階層的點心，直到村井弦齋發表的小說《食道樂》中介紹到泡芙，大家才知道在一般家庭也能做泡芙，開始流傳起來。

～により

與格助詞「で」都用於說明原因、理由，但～により含有更強烈的強調意味。可譯成「由於，因為」屬書面用語。

95

団子《だんご》

85

糯米丸子

文 /EZ Japan 編輯部　日文翻譯 / 水島利惠
圖 /shutterstock

少《すこ》し焼《や》き目《め》をつけた団子《だんご》を串《くし》に刺《さ》し、甘《あま》く煮詰《につ》めた醤油《しょうゆ》あんの中《なか》に浸《ひた》すと、白《しろ》い団子《だんご》は艶《つや》やかな茶色《ちゃいろ》い甘辛《あまから》のたれで覆《おお》われる。これこそが、みたらし団子《だんご》である。みたらし団子《だんご》の由来《ゆらい》は、京都《きょうと》で悠久《ゆうきゅう》の歴史《れきし》を誇《ほこ》る神社《じんじゃ》の一《ひと》つでもあり、世界文化遺《せかいぶんかい》産《さん》に登録《とうろく》されている建築物《けんちくぶつ》でもある下鴨神社《しもがもじんじゃ》にある。室町時代《むろまちじだい》に後醍醐天皇《ごだいごてんのう》がこの神社《じんじゃ》の御手洗池《みたらしのいけ》で水《みず》をすくおう[1]としたところ、突然大《とつぜんおお》きな泡《あわ》が一《ひと》つ出《で》て来《き》、次《つ》いで4《よっ》つの泡《あわ》が出《で》てきたという。商家《しょうか》では、この様子《ようす》を模《も》して[2]、5《いつ》つの団子《だんご》を作《つく》り、一《ひと》つを串《くし》の先《さき》に、その下《した》には残《のこ》りの4《よっ》つを刺《さ》して食《た》べたとされ、この池《いけ》の名前《なまえ》にちなんでみたらし団子《だんご》の名《な》が付《つ》けられたそうである。今《いま》ではよく見《み》ることのできる和《わ》菓子《がし》の一《ひと》つとなった。

夏目漱石《なつめそうせき》の『吾輩《わがはい》は猫《ねこ》である』、また正岡子規《まさおかしき》の『仰臥漫録《ぎょうがまんろく》』の文学作品《ぶんがくさくひん》の中《なか》には、東京《とうきょう》にある団子《だんご》の老舗《しにせ》「羽二重《はぶたえ》」が登場《とうじょう》する。この店《みせ》は、江戸時代《えどじだい》の1819《せんはっぴゃくじゅうきゅう》年《ねん》に創業《そうぎょう》してから現在《げんざい》に至《いた》るまでの200《にひゃく》年近《ねんちか》い歴史《れきし》を擁《よう》す代々受《だいだいう》け継《つ》がれている老舗《しにせ》で、初代《しょだい》からの味《あじ》が今《いま》なお守《まも》られている。円盤状《えんばんじょう》のつやつやとした団《だん》子《ご》は、柔《やわ》らかく弾力《だんりょく》があり、文豪《ぶんごう》たちにひらめきを与《あた》えてくれる、創作活動《そうさくかつどう》の中《なか》での素材《そざい》の一《ひと》つでもあった。

[1] すくう　撈取。　[2] 模《も》す　模仿。

將略為烤過的糯米丸子整串浸入勾了芡的甜味醬油中，使表面沾滿甜甜鹹鹹的茶色醬汁，這就是甜醬油糯米丸子。甜醬油糯米丸子發源地「下鴨神社」（賀茂御祖神社）不僅是京都歷史最悠久的神社之一，同時也是世界文化遺產建築群。據說，室町時代的後醍醐天皇在這座神社的御手洗池裡用手捧水喝時，突然冒出 1 個大泡泡，接著又有4個泡泡冒出來，於是商家便模仿此景象做了5顆糯米丸子，在竹籤最上端串上1顆，下方再串上剩下的 4 顆，命名據說也由此池名而來，該糯米丸子遂成為現今常見的和菓子之一。

在夏目漱石的《我是貓》和正岡子規的《仰臥漫錄》的文學作品中，都曾提到東京的糯米丸子老店「羽二重」，該店創立於江戶時代的 1819 年，世代傳承至今已有近兩百年歷史，到現在仍保有第一代的味道。色澤圓潤的圓盤形外觀、彈牙綿密的口感給予文豪們靈感，也是他們創作的素材之一。

付録

廚房料理用語集

廚房料理 用語集

96｜食材・調味

椎茸《しいたけ》　香菇

エリンギ　杏鮑菇

松茸《まつたけ》　松茸

しめじ　鴻喜菇

絹《きぬ》さや　豌豆莢

エンドウ豆《まめ》　豌豆

にら　韭菜

長芋《ながいも》　山藥

たけのこ　竹筍

万能《ばんのう》ねぎ　蝦夷蔥

タラの芽《め》　楤木芽

三《み》つ葉《ば》　三葉芹

パセリ　荷蘭芹

大葉《おおば》　紫蘇葉

ハーブ　香草

オクラ　秋葵

からし　黃芥末

かいわれ大根《だいこん》　蘿蔔嬰

しょうが　生薑

紅《べに》ショウガ　紅薑

たくあん　醃黃蘿蔔

梅干《うめぼ》し　醃梅

鶏《とり》のささ身《み》　雞柳

鶏《とり》もも肉《にく》　雞腿肉

鶏《とり》むね肉《にく》　雞胸肉

豚《ぶた》バラ薄切《うすぎ》り肉《にく》　豬五花肉片

豚《ぶた》のひき肉《にく》　豬絞肉

牛《ぎゅう》ミンチ　牛絞肉

バラ肉《にく》　三層肉

油揚《あぶらあ》げ　油炸豆皮

厚揚《あつあ》げ　油豆腐

ちくわ　竹輪

かまぼこ　魚板

はんぺん　魚糕

つみれ　魚丸

しらす　魩仔魚

ニジマス　虹鱒

桜《さくら》えび　櫻花蝦

かにかま　蟹肉棒

むきえび　蝦仁

きす　沙鮻

煮干《にぼ》し　小魚干

ツブ貝《がい》　螺貝

帆立《ほたて》　扇貝

ちくわ麩《ふ》　竹輪麩

湯葉《ゆば》　豆皮

刻《きざ》み海苔《のり》　海苔絲

結《むす》び昆布《こんぶ》　海帶結

薬味《やくみ》　辛香料

七味唐辛子《しちみとうがらし》　七味辣椒粉

一味唐辛子《いちみとうがらし》　辣椒粉

塩《しお》こしょう　胡椒鹽

粗挽《あらび》き黒胡椒《くろこしょう》　粗黑胡椒粒

薄口《うすくち》しょうゆ　清淡醬油

濃《こ》い口《くち》しょうゆ　濃郁醬油(一般常見醬油)

小麦粉《こむぎこ》　麵粉

片栗粉《かたくりこ》　太白粉

薄力粉《はくりきこ》　低筋麵粉

パン粉《こ》　麵包粉

きな粉《こ》　黃豆粉

すりごま　芝麻粉

97｜調理道具

炊飯器《すいはんき》　電鍋

電子《でんし》レンジ　微波爐

耐熱容器《たいねつようき》　耐熱容器

フライパン　平底鍋

卵焼《たまごや》き鍋《なべ》　煎蛋鍋

魔法瓶《まほうびん》　保溫瓶

保温調理鍋《ほおんちょうりなべ》　悶燒鍋

鉄板《てっぱん》　鐵板

ホットプレート　電烤盤

蒸《む》し器《き》　蒸籠

ざる　篩籃

マッシャー　壓碎器

菜箸《さいばし》　長筷

フライ返《がえ》し　鍋鏟

しゃもじ　飯匙

落《おと》し蓋《ぶた》　比鍋子還小的蓋子，使鍋內的食材均勻入味

巻《ま》きす　壽司捲簾

すりこぎ　研磨棒

肉《にく》たたき　肉槌

アルミホイル　鋁箔紙

98｜度量單位・切法

大《おお》さじ1：15cc、約《やく》15g　1大匙：15cc，約15g

小《こ》さじ1：5cc、約《やく》5g　1小匙：5cc，約5g

束《たば》　把

尾《び》　隻

玉《たま》　球

本《ほん》　條

合《ごう》　杯

カップ　杯

枚《まい》　片、朵

切《き》れ　塊

丁《ちょう》　塊

個《こ》　顆、個

パック　包

袋《ふくろ》　袋

箱《はこ》　盒

大《おお》さじ　大匙

小《こ》さじ　小匙

少々《しょうしょう》　少許

適量《てきりょう》　適量

小口《こぐち》　切細末

みじん切《ぎ》り　碎末

一口大《ひとくちだい》　一口大小

薄《うす》切《ぎ》り　薄片

細《ほそ》切《ぎ》り　細條

斜《なな》め切《ぎ》り　斜切片

短冊《たんざく》切《ぎ》り　細長形（外型似詩籤）

いちょう切《ぎ》り　切片後再切成 4 等分（外型似銀杏）

輪《わ》切《ぎ》り　切成圓片狀

面《めん》取《と》り　去掉切口的角

ささがき　細長形 (外型似竹葉)

千《せん》切《ぎ》り　切絲

棒状《ぼうじょう》　棒狀

六等分《ろくとうぶん》にカットする　切成六等分

十文字《じゅうもんじ》　十字形切紋

隠《かく》し包丁《ほうちょう》　劃刀紋

縦半分《たてはんぶん》　縱切成半

半月《はんげつ》切《ぎ》り　半月形

99｜作法

強火《つよび》　大火

中火《ちゅうび》　中火

弱火《よわび》　小火

濾《こ》す　濾過

浸《ひた》す　浸泡

もみ洗《あら》いする　搓洗

もみ込《こ》む　揉搓

ざるに上《あ》げる　濾網去水

水《みず》を切《き》る　瀝乾水分

切《き》り落《お》とす　切除

アクを取《と》る　撇去浮沫

硬《かた》い軸《じく》をそぎ落《お》とす　切除硬梗

わたを取り除《のぞ》く　去除籽和白膜

背《せ》わたを取《と》る　去泥腸

筋《すじ》を取《と》る　去筋

ヘタを取《と》り除《のぞ》く　去蒂

つまむ　夾、掐

すりおろす　磨成泥

下味《したあじ》　事先調味

ちぎる　撕成

散《ち》らす　撒

溶《と》きほぐす　打散

混《ま》ぜる　拌勻

敷《し》き詰《つ》める　鋪滿

のばす　擀平

砕《くだ》く　弄碎

押《お》し付《つ》ける　按壓

半熟《はんじゅく》　半熟

炒《いた》める　拌炒

煮込《にこ》む　燉煮

火《ひ》が通《とお》る　熟透

漬《つ》ける　醃漬

蒸《む》し焼《や》く　烘烤、蒸煮

いぶす　燻烤

流《なが》しいれる　倒入

返《かえ》す　翻面

くぐる　放進，鑽過

油《あぶら》切《ぎ》れ　去油

しんなりする　變軟

とろみがつく　呈黏稠狀

ひたひた　水蓋過食材的狀態

煮詰《につ》める　煮至水分收乾

ひと煮立《にだ》ちする　滾一下

100｜形容詞

さっぱり系《けい》　清爽型

まろやかさ　味道醇和、順口

柔《やわ》らかい　柔軟的

トロトロ　黏稠

なめらか〔な〕　滑溜的

カチカチ〔な〕　乾硬的

パサパサ　乾巴巴

サクサク　酥脆

パリッ〔と〕　酥脆地

カラリ〔と〕　酥脆貌

ふっくら〔と〕　鬆軟地

ふんわり　鬆軟地

シャキシャキ　(咀嚼) 清脆聲

甘酸《あまず》っぱ　酸甜

濃厚《のうこう》　濃郁

しみる　入味

ジューシー　多汁

口《くち》に入《い》れると口《くち》の中《なか》で溶《と》ける　入口即化

歯《は》ごたえ　嚼勁

油《あぶら》っぽさ　油膩感

生臭《なまぐさ》さ　腥膻味

鼻《はな》にツンとくる　嗆鼻